매미 우는 소리가
들리지 않으면 가을이다

제48회
한국소설문학상
수상작가
장편소설

매미 우는 소리가
들리지 않으면 가을이다

민금애 장편소설

도화

차 례

작가의 말

누가 뭐래도 나는 참 행복한 사람이다.

하고싶은 일을 하면서 사는 것만큼 행복한 삶.

어제까지는 정말 치열하게 살았다.

누구도 고칠 수 없는 기저질환.

요즘 나이가 기저질환이라는 것을 실감한다.

조용한 전원생활은 아닐지라도 나만의 공간에서 독서하고

글쓰는 일을 계속한다. 신의 축복이라 생각한다.

어느 선배님이 말했다. 소설가는 거짓말쟁이라고.

나름의 철학을 즐기시던 분이다.

제 글을 읽어보시고 보내주신 최고의 찬사다.

ㄸㅊ도사님, 그 말씀이 용기가 되었다.

현시대의 이야기는 쓰고 싶지 않고

자신의 이야기도 아직 이르다는 생각이 든다.

그래서 아직은 주변의 이야기만 쓰고 있다.

그리고 아직도 많은 주변의 이야기.

그들의 이야기를 얼른 내보내고 싶은 간절함 때문에 조금은
초조하다.

매미 우는 소리가
들리지 않으면 가을이다

1

　일학년 오월 끝날. 며칠 내린 비로 하늘은 더 파랗고 공기도 맑다. 모든 색은 물을 만나 연해지는데 오월의 녹음은 더 진해진다. 며칠 동안 주룩주룩 내린 빗물을 흠뻑 흡수한 교정校庭의 녹음이 무섭게 파랗다. 세상의 이치를 다스리는 자연의 약속이다. 사람들의 약속은 형편에 따라 서로에게 상처를 만들고 흐지부지되지만, 자연현상의 불가사의는 인간이 거스를 수 없는 섭리다. 멀리 보이는 산이 환호한다. 플라타너스, 히말라야삼나무, 땅바닥을 기는 잡초들. 시샘하며 진한 녹색 옷을 입느라 분주하다. 녹음이 절정을 이룬 것이다.

　개교기념일을 맞아 열린 축제 행사로 신입생들 술 먹기대회가 마지막 날 밤 열린다. 어느 행사보다 남학생들의 마음을 사로잡는다. 부담 없어 모두 즐겁다.

　술고래 근영은 미술대학 대표로 대회에 참석할 권리를 얻었다. 근영과 술. 그의 창자는 항상 술에 푹 담가져 있으며, 입에서도 술 냄새가 멈추지 않는다. 여학생들은 곁을 지나는 것도 피했다. 그런 여학생 따위는 근영의 안중에 없다. 술에 대한 근영의 집착은 우스웠다.

'꼭지만 틀면 언제든 술이 콸콸 쏟아지는 집을 지으리라.'

근영의 평소 생각이고 소망이다. 이 생각을 하면 자기도 모르게 행복해 웃음이 나왔다.

'언제든 돈이 좀 모이면 화장실에서도 술을 마실 수 있는 집을 지으리라.'

그는 이루어지지 않는 통일 따위를 소원 삼지 않는 현실주의자다. 불우한 환경에 대한 도전으로 술을 가까이했다. 환경을 이기지 못한 무능력. 취하면 이길 수 없지만 무시할 수 있다. 술 속에선 웃을 수 있다. 적당히 잠들면 세상은 천국. 잠자는 시간은 죽어있는 시간이라지만 휴식이다. 취중의 꿈은 현실에서 이루지 못한 많은 것들을 이루게 해준다. 부자가 되기도 했다. 흐린 기억속에 부자가 된 꿈은 입맛을 쓰게 해주지만 현실에 전혀 용납되지 않는 것들을 취할 수 있다. 그래서 더욱 취했고, 취하면 어디든 누워 자는 버릇이 생겼다.

'오늘 밤은 돈 없이도 흠뻑 마실 수 있는 기쁨만 생각해야지. 소주면 좋을 텐데!'

안주 없는 소주에 익숙한 근영은 불만이다. 막걸리는 뒷맛이 개운하지 않아 즐기지 않는 음식이다. 여학생 몇 명 속에 다가와

코를 쿵쿵거리며 냄새를 맡는 혜연이 보인다. 근영이가 거북해 피하는 상대다. 술을 사발로 마시기 시작했다.

얼마나 마셨는지? 시장에서 밥장사하시는 어머니의 얼굴이 떠오른다. 어머니의 술국 끓이는 솜씨는 일품이다. 술에 취해 부대낀 다음 날, 어머니가 끓인 국을 먹으면 모든 숙취가 깨끗이 없어졌다. 이백 원짜리 담배를 피우며, 쌍스러운 욕을 심하게 하는 아버지의 초라한 모습이 어른거린다. 장터 사람들의 거친 음색에 어울리는 욕, 어머니의 한숨. 아버진 무성영화의 연사 노릇을 한 건달이다. 활동사진에서 몇 장면 얼굴을 비친 조연이기도 했다. 그 건달에게 술은 좋은 친구고, 그런 남편을 둔 어머니의 과제는 숙취를 빨리 없애는 방법이다.

'내가 취했나?'

어른거리는 가족의 모습이 희미해진다. 술을 마시던 사람이 줄어들었다. 여기저기 멋대로 엎어진 남자들과 술병들. 마지막 눈앞에서 얼씬거린 사람이 앞으로 푹 꼬꾸라졌다.

'이겼군!'.

여기저기 탄성이 울린다. 한참 더 마셨다. 흐릿해지는 정신에 딱한 표정을 지으며 내려다보는 혜연의 모습이 보인다. 눈이 마주치자 혜연이 웃는다. 미친 여자처럼 천진한 웃음. 천진난만함이 자신을 무기력하게 만들고 있음을 느꼈다.

'수렁이군.'

수렁에 빠지는 듯한 기분이 되었다. 술 먹기대회를 하다 죽은 얼간이 이야기를 신문에서 본 기억이 난다. 너무 조용하다. 속이 생각보다 쓰리지 않은 것은 술의 종류가 한 가지인 때문일 것이다. 여러 가지 술이 들어가면 각기 자신들의 위세를 알리기라도 하듯 요란한 트림을 해 뒤틀리지만, 신기할 정도로 한 가지만 마시면 고통이 없다. 술들만의 독특한 고집스러운 맛 때문이다. 별빛인지 불빛인지 가늠하기 힘든 빛이 보인다. 시끄러운 소리가 들렸다 조용해진다.

'다들 집으로 가버렸군. 개새끼들.'

투덜거리며 일어나려고 했다. 몸이 술에 취해서인지 이슬에 젖어시인지 축축하고 무겁다. 어딘가에 이슬떨이라도 있었으면 좋겠다 생각이 든다.

'장원? 기록이 깨졌나?'

"꼭 나갈 생각이면 밥을 배부르게 먹어요. 배가 가득 차 배설이 시작되면 술은 몸을 지날 뿐이지 스며들지 않아요. 밥이 소화되는 시간을 술은 기다리지 않아요. 아시겠어요?"

혜연이 김밥을 내밀면서 하던 말이다.

'그래 공복이면 힘들지.'

근영은 혜연이 준 김밥을 배부르게 먹었었다.

"이거 마셔요."

말소리를 듣고 사람이 곁에 있음을 알았다.

"지혜롭지 못한 내기에 승부 걸지 말아요."

"당신은 누굽니까? 물 한 컵으로 지옥에서 구원받으려는 얌체는 아니지요?"

"파 한 뿌리로 인정 없는 여자가 천당으로 갈 뻔했지요. 동화일 뿐이에요. 천사가 여자의 친척이었음을 안 것은 최근이에요."

꿀물! 가슴이 뭉클했다. 서러운 물이다. 어렸을 때, 부자 친구의 가방이나 도시락 등을 들어다 주면서 친구집에 자주 갔다. 친구는 혼자 꿀물을 마시고, 한 모금 정도 남겨주면 허겁지겁 마셨다. 한 모금 이상은 절대로 되지 않은 양, 어떨 때는 목구멍으로 넘어가지도 않고 입안에서 말라버릴 정도의 양. 먹을 것에 대한 자존심은 임금에게도 존재하지 않는다, 자존심 따위는 처음부터 없다. 아무도 없는 친구 집에 개구멍으로 들어갔다. 꿀을 물에 타지도 않고 몇 숟가락 떠먹었다. 집에 돌아온 근영은 메스꺼웠다. 단맛이 아니다. 침이 계속 나왔다. 참으려 해도 참을 수 없다. 영문을 모른 할머니는 허둥지둥 놀랐고, 근영은 자신의 행동 때문에 말도 못 하고 고통에 시달렸다. 차라리 쓴맛이었다면 견디기 쉬웠을 것이다. 개구멍으로 들어갈 때 탱자나무 가시에 긁힌 고통보다 견디기 힘들었다. 간질인가? 할머니는 하늘 보고 한숨 쉬며, 아들 내외를 향해 악담을 퍼부었다, 할머니의 악담이 듣기 싫어 귀를 막으면서 방을 굴러다니며 꿀 훔쳐먹은 벌을 받았다. 지금까지 맛본 근영의 꿀에 대한 기억이다. 달콤하지만 속을 메슥거리게 한 표현할 수 없는 괴로움. 그 맛이 생각나자 쓴웃음과 함께 구역질이 났다. 서러운 어린 시절의 한쪽을 장식한 중요한 사건이다. 부끄러운 마음은 그를 몹시 힘들게 했다. 그 기억은 마음에 정직함을 자라게 한 중요한 교훈이었다. 생활이 어렵고 힘들더라도 남의 물건을 탐내면 안 되고, 도둑질도 안 된다는 교훈.

"술에 맞은 사람에게 좋대요. 마셔요."

"모두 어디 갔습니까?"

"새벽 두 시에요. 일어나요."

"다른 사람들은 어디에? 이곳에는 나 혼자뿐인가요?"

"나도 있어요. 축제 뒤에는 퇴폐적인 쾌락이 있을 뿐이에요."

"고약한 친구들이군."

"어서 먹고 바래다줘요. 무서워서 혼자 집에 못 가요. 꼬집기도 하고 별짓을 다 했지만 근영씬 죽어 있었어요. 어떻게 움직여 주지도 않고."

"왜, 그냥 가지 않고?"

"난 정이 많은 여자예요. 어서 일어나요. 그리고 마셔요."

정말 마시고 싶지 않은 물이지만 혜연의 독촉에 억지로 마셨다. 전혀 새로운 맛에 웃음이 나온다. 꿀물과 화해가 이루어졌다. 병 주고 약 주는군. 술을 많이 먹는 방법도 가르쳐 주고 깨도록 도와주기도 하는 혜연. 매사에 혜연이란 여자는 이런 식이려나? 무겁게 처진 몸을 혜연에게 기댄 채 밤을 가르면서 걸었다. 바스락거리는 풀벌레 소리가 들렸고 취한 남자들의 흔들림을 보았다. 기어가는지 걷고 있는지 아리송한 상태로 혜연의 집까지 갔고, 근영은 방에서 깊은 수면으로 들어갔다. 날이 샜다. 무심한 잠이 덮쳐서, 편안한 자세로 누워 잠을 받아들였다. 잠은 언제나 안식이다.

이튿날 정오쯤, 눈을 뜬 근영은 책상 위에 혜연과 서 있는 남자를 보았다. 사진 속의 두 사람은 정다워 보였으며 속이 메스꺼운 것은 술 때문만이 아니다. 혜연은 봄꽃처럼 화사하게 웃고 남자도 빙긋이 웃고 있다. 새로운 남자를 받아들이면서 저런 몰상식을? 근영은 혜연의 저의가 오리무중이다.

"남의 손 떡이 커 보인다는 속담이 있어요. 근영 씨의 마음이 내 것보다 좋아 보여요. 그러니 우리 마음을 바꿔요."

"마음이 물건이오, 바꾸고 뭐고라니? 무슨 망언이오?"

"이야기 끝나지 않았는데 듣고 말하세요. 호기심은 갖지 말아요. 속물이고 양의 탈을 쓴 이리, 승천하지 못한 한이 많은 구렁이. 남보다 괜찮은 머리가 있는 대신 온갖 악한 동물이 구사하는 교활함. 무게도 형태도 없는 마음도 갖고 있음이 귀찮아 남에게 주고 싶은 우스꽝스러운 여자. 소개는 끝났어요."

"내가 '노' 한다면?"

"남자와 여자는 소름 끼칠 만큼 싫지 않으면 정 들어요. 이름

매미 우는 소리가
들리지 않으면 가을이다

은 민혜연. 내일 아침부터 잠들기 전, 눈을 뜨면 일 분에 한 번씩 이름을 부르세요. 나의 모든 것을 생각해야 해요. 구구단을 외우듯이 외우세요."

"한 끼, 꿀물 한 컵 주고, 하룻밤 재워주는 값치고는 비싸군. 저 사진 속의 남자가 결투를 청하면 어쩌죠?"

"그런 일은 없어요. 그와의 거래는 끝났어요."

"아가씨가 마음에 드는 것은 이름뿐이오."

"점차 모든 것이 마음에 들 것이에요. 현재 여자 있어요? 나눠 갖기는 싫거든요."

"있다면?"

"절교하세요. 과거에 있었다면 괜찮아요. 과거는 추억이에요. 남의 추억까지 욕심내는 불한당은 아니에요. 당장 대답을 원하지 않아요. 일주일 주겠어요."

"멋대로군."

"남의 눈치 보며 사는 생활 지겨워요. 내 인생이죠. 남에게 피해를 주지 않는다면 구태여 눈치 보며 움츠릴 필요가 없잖아요."

어쩌다 떨어진 잎인지, 더위와 싸우기 싫어 뛰어내린 잎인지. 사람들의 무심한 행동 때문에 꺾여진 잎인지. 알 수 없는 나뭇잎들이 밟혔다. 입에서 이름이 꿀물처럼 감미롭게 녹았다. 애기똥풀 노란 풀꽃을 꺾어 혜연의 머리에 꽂아 주었다. 짧은 머리에서 풀꽃이 떨어졌다.

교내는 널려있는 쓰레기로 더럽다. 축제 뒤의 고요는 허망함으로 가슴을 두드렸다. 지껄이지 않고 걷는 혜연의 모습이 우습다. 강의실에서의 혜연은 종알종알 쉴 새 없이 지껄이는 종다리였다.

혜연의 세안은 근영을 어둡게 했다. 싶불이 생각났다. 겉으로 보면 짚은 새까맣게 꺼져있는 상태지만 연기라도 피어올라 막대기로 뒤척이면 안은 이글거리며 타고 있다. 막대기 끝은 빨갛게 불이 붙는다. 왜 그 불이 생각나는지 알 수 없다. 거절할까 생각하니 마음이 어둡다. 혜연의 큰 눈이 생각난다. 모기 한 마리가 놀 수 있을 만큼 큰 눈. 유난히 짧은 머리. 비어 있는 가슴. 여자라면 질린 근영이다. 할머니, 어머니, 여동생. 주위의 여자들은 욕쟁이다. 할머니는 아들에게, 어머니는 주위 장사치들에게, 누이는 술을 먹고 다니는 자신에게. 욕은 전혀 화음을 이루지 않는 3중주였다.

혜연의 부드럽고 따스함이 여자에 대한 거부감을 녹여준다. 어떤 여자도 따뜻하지 않았다. 처음 술 먹고 던져버린 올챙이 새끼들을 받은 입술이 빨간 창녀도 일이 끝나자마자 욕 하면서 쫓았다. 학생티 난 때문인지, 화대를 받을 수 없다는 직업의식 때문인지. 쫓겨나며 심한 굴욕감에 잠겼다. 여자란 무릎을 꿇고 기어도 남자를 좋게 받아들이지 않는 욕쟁이들인가? 몇 번 찾아갔지만,

매미 우는 소리가
들리지 않으면 가을이다

방에서 욕만 내뱉었다. 근영은 다리 가운데 뻣뻣하게 굳은 물건을 원망하며 돌아왔고, 누이는 더러운 물건 보듯 하며 욕했다. 아버진 담배를 피우시면서 몰골이 딱하다는 듯 보셨고, 어머닌 무시했고, 할머니는 먼 산만 바라보셨다. 여자는 처부술 수 없는 적이다. 그런 근영에게 혜연은 희귀한 존재로 다가왔다.

2

아이들은 여름을 바닷물에 담그고 산다. 해변에서 태어난 아이들은 지는 해를 보면서 자란다. 지는 해는 아이들 가슴에 아쉬움을 키워준다. 해가 지면 아이들은 바닷물을 털어 내고 모래 위로 올라온다. 밤바다는 필요하지 않은 이웃이다. 지는 해는 아이들의 유일한 놀이터를 빼앗아 버린다. 밤바다가 서둘러 육지로 내쫓기 때문이다. 멀리 개 짖는 소리, 포구 특유의 잡소리들이 들려온다. 집에 들어가면 모기가 기다렸다는 듯이 아이들의 몸에 달라붙는다. 그래서 아이들은 밤이 더욱 싫었다.

주일은 이곳을 떠나지 못했다. 일몰의 아쉬움도 정다운 추억이다. 태어나 지금까지 키워준 곳에 대한 미련이다. 밤바다도 정답다. 여유 있는 삶은 아니지만, 지금까지 키워준 것이 바다. 생활의 원동력. 바닷가 마을은 겨우 식량을 감당할 정도의 천수답으로 논밭이 적다. 바다는 어촌 사람들 생활의 장이다. 작은 어선한 척 갖고 있으면 부자다.

주일의 집은 부자가 아니다. 아버지는 바닷가에 어울리지 않는 농사꾼이었고 어머니는 갯바닥을 후비는 아낙이다. 부모의 덕으로 교육대학이라도 다닐 수 있었던 것은, 학교 성적이 우수했기 때문이다. 농사를 짓기에 논은 그의 노동력을 원할 만큼 넓지 않고, 배는 작은 어선도 기백만 원, 남의 배에서 일하기엔 학교 성적이 너무 우수했다.

"교육대학을 보내주마."

아버지의 결심에 도시로 유학했다. 대학 이년. 고장을 떠난 시간이다. 일제강점기부터 지금까지 어른들 마음속에는 선생님에 대한 존경심이 가득했지만, 주일의 세대는 그렇지 않다. 원대한 꿈을 꿀 수 있다. 그러나 가난은 꿈을 윽박지르는 힘이 있다. 향학열이 죄가 되고 공부 잘하는 자식은 부모의 아픔이다. 주일의 우울한 희망은 아버지의 결심으로 이루어졌지만, 현재 그는 행복하지 않다. 뚜렷한 미래가 없는 그에게 안주安住는 체념이다.

바다에 늘어진 낚싯대를 걷었다. 밤낚시는 성가신 일을 필요로 해서 일어났다. 물통에서 힘없이 움직이는 고기 몇 마리를 바다로 버렸다. 넓은 바다를 두고 하필 이곳에 와 낚시에 걸리는 처량한 신세가 되었느냐. 네 꿈을 펼쳐라. 넓은 곳에 갈 수 없어 못 가는 신세만 아니면. 가고 싶은 곳은 많지만, 떠나기엔 역부족이다.

매미 우는 소리가
들리지 않으면 가을이다

이곳에서 꿈을 키우자, 펼쳐보자, 생각하지만 꿈을 바다는 항상 외면하고 있다. 바다는 그에게 필부匹夫를 강요했다. 유일하게 대학을 나온 사람으로 복잡한 기대와 중압감에 시달리고 있다. 가족과 동네 사람들은 그를 숭앙하였다. 어려운 일들을 의논했고, 대필자로의 일자리까지 얻었다. 부모가 아들의 위치를 자랑으로 알기에, 귀찮아도 주민에게 봉사했다. 뿌리칠 수 없는 현실이다. 세월이 그의 젊음을 붙잡고 오 년이 흘렀다. 의무연한(인기 없는 남자들의 교대 기피 현상을 무마하기 위해 정부에서는 교대를 졸업하고, 오 년을 초등학교에 근무하면 군대 삼 년을 면제해 주었다)이 이월로 끝난다.

꿈을 위해 사직서를 가방에 넣고 학교를 향했다. 저축한 돈으로 야간대학을 다닐 꿈에 부풀었고, 아버지도 소망을 억박지르지 않았다. 아버지에게 주일은 거느릴 수 없는 영역이다. 아버지는 주일의 오 년에 흡족할 만큼 욕심부리지 않는 무던한 농사꾼이었다.

삼월이면 철새처럼 사람들은 떠나고 들어온다. 이 년을 봉사하고 서둘러 떠나는데 열중인 도시인들. 심장박동이 기름이 필요한 기계처럼 멈추었다. 느리게 쉰 소리를 내다 멈춘 기계. 주일은 기름이 필요한 심장을 겨우 수습하고 한동안 멍히 서 있었다. 화장도 하지 않는 얼굴에 머리가 노랗다. 피곤한 모습이다. 버스로 서너 시간은 시달렸을 것이다. 젊은 여자는 부임하지 않는 벽지기에 놀랐고 기뻤다.

주일은 사직서를 찢었다. 적어도 일 년 동안은 떠날 수 없구나. 거울 속의 얼굴이 비아냥거린다. 이곳이 네가 묻힐 곳이란 걸 잊었니? 거울 속의 얼굴이 웃으며 말한다.

그는 술냄새 풍기며 출근했고 교감이 싫은 소리를 했다. 하시만 준혜에게는 침착했다. 어제의 동요를 뒤집는데 밤새워 마신 술은 적절한 처방이다. 교감의 싫은 소리를 낯선 사람을 보면 짖는 개소리로 흘렸다. 교감의 싫은 소리에 무안해하는 준혜의 표정과 태도. 제기랄. 느낌에 옷도 취한 것 같다. 입에선 술 냄새가 요란하다. 잘 먹지 못한 음식은 오장을 형편없이 뒤틀려 놓았다. 자신이 느껴도 기분 좋은 상태가 아니다. 많지 않은 자신의 옷가지가 딱했고, 바빠 아들 옷에 신경 쓸 여유가 없는 어머니의 무관심이 처음으로 짜증 났다.

"미안합니다."

진실로 미안했다. 어차피 어깨를 같이하고 남녀평등 운운하며 남자들을 이기려 하는 동료일 뿐이다. 남자 동료와 말다툼하던 여선생이 생각났다. 한 마디도 지지 않았다. 고장난 악기처럼 빽빽거렸다. 상대 선생은 묵묵했으나 요란했다. 그녀의 말투엔 경멸이 묻어 나왔다. 남자는 싫지만 피할 수 없는 현실에 변명도 반박도 귀찮아 침묵. 대학 이 년 동안 느낀 여자에 대한 열등감이 살아났다. 여선생 따위에게 마음 주지 않으리다. 바다를 향해 소리쳤다. 결혼은 쉬운 여자와, 그의 원칙이 되었다.

옆 교실. 원하지 않는 우연에 서먹서먹하고 허둥댔다. 불편한 날이 시작되었다. 할 수만 있다면 같은 직장의 여성을 평생 동반자로 삼는 것이 남자의 희망 사항이다. 이웃 학교만 보더라도 여선생이 부임하면 남자들 속 보이는 암투가 시작되고, 많은 사람이 적당히 짝 지어 떠나는 것을 보았지만, 주일에겐 먼 산의 불이다. 남자에겐 최고의 반려자고 여자에겐 최악의 반려자지만, 같이 떠날 때 남자들은 으스댔고 여자는 풀 죽은 상태지만, 노골적으로 불쾌한 표정을 보이지 않았다. 이곳이 고향인 그의 조건에 감히 바랄 수 없는 현실이다. 찰나의 불은 그가 끄지 않아도 하늘의 찌푸린 얼굴로 보아 꺼질 불이다. 그에게 찰나의 불꽃. 아무리 가물어도 번쩍이는 불을 꺼주는 빗줄기는 예외 없이 우렁찼고, 양量은 노아의 홍수보다 많다. 체념이다. 가족도 아내 되는 조건에 지극히 소박한 꿈을 가질 뿐 과욕은 거론되지 않았다. 가슴이 두근거리니 안타깝다. 동료들의 의뭉한 웃음의 뜻이 전달되었다. 절호의 기회라고 가정을 가진 사람들이. 주일도 결혼을 생각할 나이에 하느님이 주신 기회라고 충동질 했다. 격려 속에는 진정한 마음도 있지만 그렇게 하지 못한 자신들에 대한 아쉬움 반, 시기 반의 거북한 눈빛도 있지만, 호의적인 지지자들이다. 떠나려는 사람에게 미련 없음이 불문율이다. 내게 미련 없는 너희들,

나도 없노라 하는 것이 주일의 소박한 자존심이다. 그 자존심이 방향을 잃고 두리번거리는 것이 느껴졌다.

준혜를 바라보았다. 무엇이든 잘하는 여자. 바라보는 것으로 끝내야 하기엔 가슴이 너무 데워진 상태라는 게 느껴지지만 시간이 빨리 지나가기를 바랬다. 그리고 어서 떠나버려라, 하며 바다를 향해 생가슴 앓았다. 바다는 가슴앓이를 알면서 무심하게 출렁거린다.

여자에 대한 욕망의 포기. 칠판과 아이들에 필요한 지식을 열심히 쓸 줄 아는 로봇이 되고자 마음 정했다. 밤바다 바람이 서늘하다. 준혜가 아른거린다. 준혜가 세 들어 사는 방에 불이 켜져 있다. 돌아온 모양이다. 토요일에 나갔다 일요일이면 돌아오는 많은 철새 중의 하나. 준혜도 예외는 아니다. 부쩍 낚시에 열을 올리는 것은 낚싯대를 보고 있으면 모든 생각이 바람 없는 날의 수면처럼 잠잠해지기 때문이다. 뒤죽박죽, 헐레벌떡인 감정이 진정되었다. 바다는 그의 모든 것을 삼켜도 조금의 신트림도 하지 않는다. 그의 욕망에 부처처럼 영원한 무표정이다.

한가한 오후, 교실은 적막강산이나. 온 지 벌써 석 달이 넘었다. 교사로서의 사명감이 어른스럽게 했다. 준혜는 바닷물에 담갔던 편지를 햇볕에 말렸다. 껄껄한 느낌과 짠 냄새가 코를 자극한다. 던져진 곳에서 주어진 생활을 하리라. 준혜의 인생관이다.

매미 우는 소리가
들리지 않으면 가을이다

"왜 하필 바닷가요? 바다는 일 년에 몇 번 보는 것으로 만족하는 곳이거늘."

"합법적으로 집을 떠나고 싶다. 장소가 우연히 바닷가가 되었을 뿐, 원함이 아니야."

"언니답지 않구려. 합법적으로 집을 떠나고 싶다니. 무슨 말이요? 언니는 엄마 기대의 전부가 아니요. 난 언니 밑에서 미운 오리 새끼고."

"너는 모른다. 기대가 무겁고 답답한 짐인지를……."

"아무튼 부탁이 있어요. 부부 교사가 되어 돌아오지 말아요. 엄마를 기절시킬 테니까. 엄마가 언니 때문에 기절하는 것은 바라지 않아요."

"나도 원하지 않는 일이야."

"친구 언니들을 보면 식은 죽 먹기보다 쉽다데요. 정은 가까운 곳 이성에 무기력하다고. 남녀가 눈이 세 번 마주치면 사랑이니라. 하지만 언니를 믿어요."

"언니도 사람이야."

"미리 선전포고하는 거요? 나야 괜찮아요. 언제나 상대적이니. 언니가 못 돼야 내가 유리한 거. 크면서 형제가 적이 되는 과정이죠. 잘 풀리는 형제에 대해 다른 형제는 본의 아니게 미운 오리 새끼 되는 거."

"미운 오리 새끼는 스스로 된 거야. 네가 건강한 사고력을 가진 줄 알았는데 놀랍구나."

"언니는 언니 감정에 냉정하고 난 내 감정에 충실한 차이죠, 아마."

"너의 소질을 잘 살려서 열심히 그림이나 그려. 난 네가 여전히 좋다. 언니로시 아부가 아니라, 너의 솔직한 표현을 좋아한다. 진심이야."

"고마워요. 내가 택한 길이에요. 언니는 엄마의 꿈에 언니를 맞췄고, 나 또한 엄마 꿈의 일부분에 맞추었지만. 그림 그리는 게 싫은 것은 아니니. 내 꿈의 전부는 아니지만. 이것은 언니도 알고 있는 사실이죠."

"하지만 백일장에 몇 번 나가 상을 탔다고 문학적 재능을 가늠하는 기준은 아니다. 내가 보기에 넌 그림 그리는 쪽이 더 우월해."

"우울한 충고요."

혜연이 입을 삐죽했다.

엄마의 삶. 답답하다. 숨이 막힐 듯한 답답함. 풀 수 없는 수수께끼. 존경스럽다. 이것이 엄마에 대한 그녀의 적절한 표현이다. 끝없는 존경. 그야말로 무한대의 존경. 그들은 어떤 면으로든 절대 어울리지 않는 사이였다. 아버지는 억지고 어머니는 체념과 눈물이다. 숨막힌 환경이지만 스스로 살 수 있는 능력이 만들어지기까지는 부모의 비위를 맞춰야 했다. 부모의 원함은 노력하면 성취되었다. 언제나 노력했고 부모의 기쁨을 조금씩 채워 줄 수 있었다. 아버지 편도 어머니 편도 될 수 없기에 정당한 방법으로 집을 떠나려고 노력했다. 엄마에 대한 존경은 힘든 슬픔이다. 엄마의 삶의 반복은 아니어야 한다는 것이 어려서부터 다짐이었다. 엄마의 처절한 소망이기도 했다. 혜연의 조심스러운 탈선은 한계를 넘었고, 식구들은 자기 이외의 사람들의 삶에 대해 무관심의 극치다.

보름 후에 받는 그의 코에 꽃냄새가 느껴지기 바라며, 아카시아 꽃잎을 삶은 물에 편지지를 담갔던 때가 있었다. 지금도 마음 구석에, 책상 속에 미아가 되어 잔영들이 아우성치고 있다. 서랍만 열면, 생각에 틈이 생기면 소리치며 준혜를 괴롭혔다. 구혼하면 응해야지. 나이 스무 살밖에 안 됐지만 살아서만 온다면. 전염병 환자래도, 문둥병 환자래도, 어떤 신체적 장애가 있더라도 아내가 되리라. 무조건 승낙하자. 소녀 시절 충동적 꿈이 아니라 진실한 몸부림이었다. 많은 밤을 가슴 조였다. 편지에 전쟁의 음흉한 웃음이 보였을 때, 그리움이 바위처럼 응고되어 딱딱하게 굳어있음을 보았을 때. 죽음이 누런이를 내놓고 미소 보낼 때, 짜증이 편지지에 업혀 왔을 때, 귀환과 만남을 생각하며 많은 시간을 가슴 조였다. 그러나 약속한 곳에 나타나지 않았다. 기다렸다.

시간이 갈수록 처참한 그리움과 자존심이었지만 기다렸다. 나타나지 않았다.

'오지 않는구나.'

다리가 떨리고 현기증을 느꼈다. 이럴 수가. 분노로 걸을 수 없다. 다리에 힘을 주고 찻값을 계산하고자 계산대에 갔다가 벽에 꽂힌 메모지를 보았다. 분노가 조각들로 변해 머릿속에 멋대로 나풀거렸다.

"두 시간을 지켜보았다. 언제 만나더라도 알아볼 수 있도록 선명하게 가슴에 새겼다. 너를 보지 못하고 가는 마음을 이해해다오. 네 모습은 영원한 고향이 될 것이다. 눈을 감고도 네 모습을 그릴 수 있다. 너에게 다가설 수 없는 현실이 안타깝다. 이것은 비극이지. 돌아가는 길이 몇만 리가 될지 두렵고 슬프다."

개자식! 준혜는 두 시간 감시당한 자신이 화났다. 동운에게 화가 났다. 이상한 현상이다. 사랑이 몸을 휘감고 있다가 노여움으로 변하면 자궁이 먼저 뜨거워지는 것. 뜨거움이 자궁에서부터 온몸에 전류처럼 흘렀다.

'오냐 보자. 아무리 더운 여름일지라도 남쪽에서 부는 바람으로는 땀을 식히지 않겠다. 남쪽을 향해 웃지도 않겠다. 오늘 만남이 헤어짐을 위한 준비였대도 나타났어야 하는데. 어떤 배반도 살아 온 사실만으로 이해할 텐데. 여자가 혹처럼 붙어 있더라도. 젊음과 전쟁과 여자는 함수관계니. 그런데 뭐야. 나타나지 않고

선전포고. 이런 억지를. 감히 내게!'

계단을 내려오는데 현기증이 심해 벽에 기댔다. 위치상으로 남쪽에 동운이 있다는 것 하나로 눈을 뜨면 남쪽을 향해 웃었었다. 부질없는 마음이구나 생각드니 분노가 심장을 녹일 듯이 뜨겁게 달아올랐다. 남자의 손이 겨드랑이로 들어왔고 동운에 대한 분노가 멈췄다. 남자는 여자와 낄낄거리다 준혜를 발견했다. 화 난 준혜를 보며 화를 풀어주고 싶었다. 남자는 준정이다. 바람맞은 여자에 대한 호기심과 동정심이 생겼다. 바람맞은 여자는 다루기 쉽다. 준정은 준혜를 부축해 가로수 옆 의자에 앉혔다. 창백한 표정, 화를 풀어줄 방법이 떠오르지 않는다. 동물원 원숭이 흉내를 내보았으나 상대의 표정은 여전하다. 이런 우라질.

"어떻소. 어떻게 하면 화가 풀리겠소. 엎드려 절을 할까요? 화가 풀린다면 할 수 있어요."

준혜의 얼굴에 웃음이 스쳤다. 준정은 됐구나 싶어 땅바닥에 엎드렸다. 한 번, 두 번.

"그만, 그만 하세요."

아무리 생각해도 우스운 짓이다. 지나가는 사람들이 힐끗거렸고 준혜는 소리를 내서 웃고 준정은 멋쩍어서 웃었다. 그렇게 끝난 동운을 원망하지 않았고, 준정으로 풀린 노여움에 대한 답으로 준혜는 마음 일부분을 서슴없이 건넸다. 그리움이 가루가 되어 냇물에 뿌려지지 않아서 좋다. 노여움이 엉뚱한 곳에서 이상한 모양으로 표출되어 눈에 띄지 않아서 좋다. 준정은 여러 가지 도움을 준 남자였다.

"선생님 친구에게 편지 쓰시는군요."

문이 열리고 주일이 들어온다. 떠 있는 배처럼 사는 남자. 주일을 볼 때마다 그런 느낌이 들었다. 고기 잡으러 멀리 나가는 일도 없고, 만선이 되는 기쁨이 무엇인지 모르는 바보 배. 사공이 있는지 없는지 알 수 없고, 한 곳에 한가롭게 떠 있는 것이 아니라 뜻 없이 떠 있는 배. 바다가 움직이지 않으면 영원한 정물. 물결 때문에 조금 흔들리고 있는 무심한 배. 왜 그런 느낌일까?

"누굽니까? 편지를 받을 사람은?"

"친구예요."

주일은 준혜 앞에 앉았다. 땀 냄새가 난다. 가끔 이렇게 준혜를 역겹게 했다. 무엇을 하고 왔는지 준혜는 안다. 땀 냄새와 함께 몸에서는 농약 냄새가 났다.

'집안일을 돕고 왔겠지.'

손에 오이가 두 개 들려있다.

"좋은 날씹니다. 오이 드시겠어요? 오다 선생님 생각이 나서. 비닐하우스의 농약까지 아버지에게 시킬 수는 없습니다."

"좋은 아들을 두셨군요."

준혜는 웃으며 오이를 받았다. 오이 냄새는 언제 맡아도 싱그

매미 우는 소리가
들리지 않으면 가을이다

럽다.

"씻었는데도 몸에서 땀과 약 냄새가 나죠. 오이는 농약을 뿌리기 전에 딴 것입니다."

"건강한 냄새예요."

"많은 사람이 이곳에 오면 일 년 내지 일 년 반쯤 지나면 서둘러 도망치듯 떠나는데, 선생님도 예외는 아니겠죠?"

"저는 오래 있을 거예요. 아주 많이."

"곤란하군요."

정말 곤란하다. 오래 있겠다는 준혜의 말을 믿는 것은 아니지만, 두려웠다. 준혜 때문에 많은 시간을 허비하고 싶지 않다. 어차피 갈 사람 빨리 가버려라. 이것이 솔직한 심정이다.

준혜도 주일의 곤혹스러운 표정을 읽었다. 구태여 떠날 이유가 없다. 머물 특별한 이유도 없다. 지는 해가 좋다. 기약할 수 있는 여유. 약속을 암시하는 낙조. 해는 날씨가 흐리지 않는 한 내일 반드시 뜬다. 설혹 비가 오면 다음 날, 그날도 흐리면 다음 날, 해는 반드시 떴다. 변경되지 않는 약속, 머무는 이유라면 어이없지만, 그것이 전부다. 절대 해는 뜬다. 약속을 해는 지킨다. 기다림을 분노로 변하게 하지 않는다. 지는 해. 여름의 뜨거운 해를 삼켜도 조금도 내색하지 않는 바다. 빨간 해를 삼켜도 색깔이 변하지 않는 바다. 천연스럽다. 여전한 고요. 바다의 위용도 좋다. 바다의 모든 것이. 바다가 생활수단이 아니기에 미친 듯한 파도도 좋게 보인다. 변하지 않는 바다. 인심은 자신이 유리한 대로 수시로 변하지만, 바다는 배반하지 않았다. 마네킹처럼. 마네킹은 인간의 모든 흠모의 정을 다만 받아들일 뿐 배반하여 인간에게 가슴앓이는 주지 않았다. 그런 마네킹 같은 바다.

화요일이면 편지를 쓴다. 그가 원하니까. 이유는 그것뿐이다. 그믐밤이 너무 길디는 준정의 투정을 달래주기 위해. 동운 때문에 생긴 상처를 아물게 한 준정에게 충실했다. 그녀의 원함을 거의 들어 주었다. 장난스러운 요구도 행동으로 보여 주었다. 웃었다. 정신없이 웃다 보면 정말 즐겁다. 만나면 즐거운 상대로서 준정은 안성맞춤이다. 우스갯소리. 나이답지 않은 귀여운 몸짓. 마음의 반은 동운이 차지하고, 나머지 반은 준정이 들어앉았다. 스스로 감당하기 어려운 마음이다. 그리고 비어 있는 부분에 주일이 흐릿하게 터를 잡기 시작했다. 무슨 해괴한 망상인가? 노여움은 망각이 아니다. 주일에게 집착할 이유는 없는데. 열심히 사는 사람의 모습은 우선 경쾌하다. 혼자로는 떠 있는 배지만, 주위들은 풍월대로라면, 가족에겐 자랑스러운 아들이고, 형님이고, 직장에서도 원만한 남자다. 남과 잘 어울리는 남자. 지역과 학교간의 크고 작은 갈등을 해결하는 중화제. 나쁜 의미로는 개성이 없고, 반대 의미로는 편안한 남자. 개성을 공출당했으면서도, 온갖 비바람을 묵묵히 몸으로 견디는 바위 같은 남자. 주일은 자신의 욕망을 으깨는 데 힘이 필요하지 않은 성실한 젊은이다.

매미 우는 소리가
들리지 않으면 가을이다

"땀 냄새가······."

여전히 땀 냄새 때문에 신경 쓰이는 모양이다. 몸을 씻고 옷을 갈아입으려는데, 어제 벗어 놓은 옷이 여전히 방구석에서 하품하고 있었다. 바쁜 어머니는 내놓지 않은 주일의 빨래까지 신경 쓸 여유가 없다. 그래서 주일은 옷을 그대로 입고 나왔다.

"술 냄새보다 좋아요."

준혜는 처음의 기억 때문에 웃고 주일은 얼굴을 붉혔다. 생각할수록 창피한 만남이었다. 그 때문에 주일은 언제나 준혜 앞에선 허둥지둥이다.

"드세요. 화장실 출입이 편리한 사람이니 권하는 거예요."

웃으면서 준혜의 권함을 받아들였다. 목이 마르기도 했고. 누군가 담임선생님께 감사의 표시로 들이민 흔적. 음료수 몇 병의 공양에 진력나지만 거절할 수 없는 친절이다. 음료수는 아부가 아니라 고마움의 옷이다. 수줍게 내미는 때가 묻은 손을 기호식품이 아니라는 이유로 떨칠 수는 없다. 그래서 받아놓은 음료수가 준혜는 꽤 많다.

준혜의 말에 픽 웃었다. 그렇지. 여자보다는 남자가 편리하지. 그렇게 만들어진 것은 축복이기도 하지만 곤란한 경우도 많다. 버스에서 우연히 닿은 여자의 엉덩이에 성질내서 주인을 곤란하게 만드는 염치없는 부분이 되는 경우도 있으니.

"바닷냄새 나는 편지는 바다가 아닌 곳을 향하겠죠. 그 친구가 부럽습니다. 화요일에는 항상 편지를 쓰시더군요.”

“약속했어요. 약속이란 믿음이지요. 여자지만 가능한 약속은 지키죠. 지키지 못할 약속은 안 해요. 적당히 약속하고 쉽게 잊어버리는 풍토는 마음에 들지 않아요.”

“누군가에게 어려운 배반을 당한 말투군요. 선생님의 생각을 이렇게 고성시킨 약속은 어떤 것입니까? 왜 약속이 이행되지 못했는지도.”

“저는 지켰지만, 그가 지키지 않았어요.”

준혜의 눈이 충혈된다. 그러니? 주일은 아차 했다. 아물 수 없는 상처가 있구나. 여전히 피고름이 나는구나, 하는 생각이 들었다. 사람이 죽었나? 준혜의 얼굴이 입속에 든 과자를 뺏긴 아이처럼 슬퍼 보였다. 피고름 흐르는 상처를 건드리고 싶지 않아 주일은 침묵했다. 상처의 고통은 견디기 힘드니까. 아물 때까지는 지독한 고통이니까. 인간이 만든 마음의 고통은 화상과 같다. 상처 대부분은 날이 갈수록 고통이 감소하는데 화상은 시간이 갈수록 새 살이 생기면서 고통이 심하다고 한다. 그래서 고약한 것이 화상이라고 한다.

“기억은 검은색이에요. 죽음은 색깔을 연하게 할 수 있지만 어떤 것도 검은색 앞에선 무능해요. 죽은 사람은 잊힌다지요. 잊지 않으려 노력해도 사람들의 머리에서 흐물흐물 빠져나가죠. 준비되지 않는 배반은 시간이 갈수록 더 진해집니다. 어리석은 믿음에 즐거워했어요. 일종의 자만이에요. 적어도 그 상태에서 베풀 수 있는 최대한의 행동을 했어요. 영웅이 되었노라고 했어요. 우스개 왕국의 영웅이지만. 영웅이 되니까 저와의 약속이 하찮은 것이 되었을까요? 그런 느낌은 없었어요. 느낌만은 착각이 아닐 거예요. 철저한 우롱이에요. 무너지는 태산을 보는 허무함. 절대로 지키겠다는 약속이고 다짐이었는데. 어떤 사람의 아내가 되고 싶었어요. 사랑한 것은 부끄러움 없는 마음이었어요. 누구에게도 떳떳한 행복이었어요. 곁에서 숨만 쉬어주는 상태라면, 다리나 팔 중 하나를 그곳에 두고 온다 해도 개의치 않겠노라고 누누이 다짐했어요. 저의 배 위에서 노 젓는 사공이 되기를 간절히 원했어요. 돌아왔지만 제 곁이 아니었어요. 끝까지 모습을 보이지 않았어요. 같은 장소에 있었으면서도. 운명의 어긋남이 아니라 그의 생각이에요. 저의 원함을 일축해버린 생각. 어리석음을 망각으로 채우려 했는데, 기억은 검은색이었어요. 지워지지 않는 색깔. 어떤 색도 어둡게 변모시키고, 다른 색으로 덧칠 해도 검은 빛을 고수하는. 기억은 산다는 것보다 힘들어요. 저의 고통도 검은 기억 앞에 무기력해요. 잊지 못하는 고통은 힘들어요. 하느님의 시기猜忌 중 가장 무서운 것이 인간에게 기억력을 주신 것이에요. 쉽게 잊을 수 있는 행복이 필요한 것이 인간인데."

아리송한 고백에 주일은 어리둥절했다. 분명한 것은 그라는 사람이 복이 없는 부족한 사람이라는 것. 준혜라는 여자와의 약속을 지키지 않는 이유는 없을 것 같은데. 보석 같은 여자인데. 모든 빈틈없는 성실함, 적당한 겸손과 교만, 당돌함과 수줍음이 갖춰진 여자인데.

"나름대로 사정이 있었겠지요."

"이해할 수 없어요. 분명히 말했어요. 어떤 형태로든 숨만 쉬고 있으면 같이 살자고. 열 번도 넘게 고백했어요. 그러겠다고 약속도 했고요."

"그분이 어디에 갔었나요?"

"월남이요. 미군의 들러리가 되었어요. 미군의 들러리는 될 수 있어도 저의 들러리는 싫었던가 봅니다."

준혜의 볼에 눈물이 흘러내린다. 어떤 형태의 상처든 준혜의 눈물은 주일에겐 힘든 일이다. 상처를 아물게 할 힘이 내게 없구나 하는 절망적 생각이 들자, 주일은 자신의 모습이 더 역겹다. 준혜라는 여자에게 무능하구나. 그러면서 감히 원하는 마음을 키우다니. 이런 어리석은 행동이 또 있으랴. 미군의 들러리. 준혜의 당돌한 표현에 잠깐 웃음이 나왔다. 어떻소. 당신의 들러리가 되고 싶은데 자격이 있나요 라는 말이 발에 밟혀 지워졌다.

"나갑시다. 어차피 나갈 시간이오."

"넋두리죠. 후련해요. 누군가에게 이야기하고 싶었어요. 삼 년 전 일이에요. 지독히 긴 삼 년이에요. 창피한 마음이고 지금도 여전해요. 저의 짝사랑이. 그에게 전 하찮은 존재였구나 하는 창피

매미 우는 소리가
들리지 않으면 가을이다

함. 전쟁은 그런가 봐요. 인간을 적당한 거짓말쟁이로 만드는 공인된 협잡꾼!"

"전쟁은 남자를 업신여기는 유일한 것이죠."

"남자를 무능한 겁쟁이로 만들죠. 한 잔해요. 그래야 창피함이 없어질 거 같아요."

주일은 조금 생각하다가 거절했다. 흐트러진 모습은 보고 싶지 않다. 휘청거리는 여자의 취한 모습. 만들어서까지 볼 필요는 없다. 좋은 모습으로 만족하자. 어차피 떠날 사람인데. 그의 거절은 깨끗했다. 단호한 거부에 놀란 준혜의 표정을 외면했다. 준혜는 보채지 않았고 주일은 내일부터 소원해질 준혜와 사이 때문에 가슴이 아프다. 빨리 결혼해야지. 결혼해서 같이 먹고 자고 하는 시간만이라도 준혜 생각이 곁에서 머물지 않을 테니까. 정은 하나고 철새라니까 아내에게 옮겨가겠지. 준혜, 나라는 놈은 적어도 당신을 향해 헛된 상상을 하는 머저리는 되고 싶지 않소이다.

3

미술 시간. 아이들과 함께 산에 올랐다. 촌 더벅머리의 깎다 만 머리처럼 맨숭맨숭한 곳이 많다. 바다는 햇살을 받아 은빛으로 눈부시고 반짝거리는 물결 위에서 오가는 배들이 더위에 지쳐 힘없이 흔들거린다. 바닷가 사람들은 더운 여름이면 언제든지 첨벙 뛰어들 물이 있으니까 견딜 만하다. 상긋한 풀냄새가 코를 유혹했다. 준비하지 않는 어린이들은 이름 모를 풀을 관찰하고 나머지는 저마다 열심히 무엇인가를 생각하고 있다. 도화지에 옮겨질 풍경을 머릿속에 그리고 있는 모양이다. 나무 밑에 앉았다. 한가한 풍경이다. 그디기 멈춰버린 나무들 가운데, 꽤 뚱뚱하고 키 큰 소나무 하나가 머리 위에서 햇볕을 가려준다. 바위가 몇 군데 외롭게 앉아있는 산. 어제의 어색함에 주일은 오전에 준혜를 피했으나, 그녀가 전혀 변함이 없어 내심 심술이 나기까지 한다. 여자란 저렇게 천연덕스러울 수도 있는가 하는 생각이 들었다.

"학부모가 찾아오셨습니다."

동료의 말에 준혜는 교실로 향했다. 놀랍게도 준정이 당번 아이와 열심히 이야기하는데, 무엇이 재미있는지 소리치며 웃고 있다. 상대를 즐겁게 하는 준정의 특허다. 저절로 웃음이 나왔다. 어쨌든 기분 좋은 상대다. 두려움도 거리낌도 없는 상대. 적어도 준정 앞에서 위선은 없다. 언제나 준정의 정중한 태도에 뿌듯한 만족감을 느낀다. 기쁨의 충만이다.

"당번이 자꾸 누구의 학부모냐고 물어서 애 먹었다."

"이곳은 작은 마을이니 대강 누구하면 모두 알지. 당연한 물음이야. 그래 뭐라고 했니?"

"외삼촌이라고 했지. 외삼촌, 고개를 끄덕거리더군."

"여긴 직장이야. 이렇게 찾아오면 곤란해. 원하지 않는 짓이야."

"한 번 정도 괜찮다. 꿈에 널 보았다. 이상하게 넌 꿈에 잘 나타나지 않아."

"생각하지 않아서일 거야."

"아냐. 하루 이십사 시간에 한 시간 더 생각해. 그런데도 잘 나타나지 않는 깍쟁이야. 그런데 간밤 꿈에 나타났지. 네게 무슨 일이 생기지 않았나 걱정되어 일이 손에서 자꾸 도망갔다. 손님이 와서 물건을 주문해도 딴 생각뿐. 덕분에 꾸중 듣고 홧김에 달려온 거야."

"내 말 듣지 않음 어떻게 하기로 한 것 알고 온 거야?"

"너와의 약속은 내 심장이야. 각오하고 달려 온 거야. 괜찮아."

"약속이 틀려. 잘못하면 소문나고 처신이 곤란해."

"학부모야. 만나는 사람한테 전부 그랬다. 학부모입니다. 조카 문제로 선생님께 의논할 일이 있어서 찾아왔습니다. 그러니 신경 쓰지 마. 그보다 조금 전에 너랑 같이 오던 남자 총각이지? 곤란한데."

"여긴 네 영역이 아니잖아. 동료야."

"처음엔 동료겠지."

준정은 지난 밤 꿈이 생각났다. 솔로몬이 침묵을 깨고 두 여인에게 말했다. 아이를 반으로 갈라 차지하라고. 한 여자가 울부짖었다. 제 아이가 아닙니다. 저 여자의 아이입니다. 다른 여자도 말했다. 전 왕의 명령에 따르겠어요. 아이는 반으로 갈라졌다. 첫 번째 여인은 울부짖었고 다른 여자는 뱀처럼 웃었다. 솔로몬이 어이없는 상황에 당황하고 있었다. 잠이 깬 준정은 반으로 갈라진 아이의 얼굴이 준혜와 닮았다는 생각이 들었다. 준혜가 반으로 갈라지다니. 그믐달 빛은 아예 없다. 처량한 몰골이다. 솔로몬 왕이 노망한 줄 생각했는데 기우가 아니구나. 무서운 예감은 정확한 기우다. 오길 잘했다. 까짓 종아리 몇 개 맞는 게 문제냐. 보고 싶은 마음이 기뻐서 소리치는데. 감정이 즐겁다는데 이성이 조금 언짢더래도 별수 있나. 설마 때리기야 할까. 때린다면 기꺼이 맞아야지, 웃는다면, 즐겁다면, 입이라도 웃는다면. 어차피 그녀의 눈은 잘 웃지 않으니까.

"퇴근 시간까지는 많이 남았는데 어쩌지?"

"기다릴게. 같이 나가. 얌전히 기다릴 테니. 약속하고 온 것 아니니 무시해. 상관없어."

"별수 없구나. 저쪽 구석에 꿇어앉아. 악동아."

"꿇어앉다니?"

"벌이야. 몰라? 의자 들고 고생하지 않으려면 고분고분해."

"맞는 대신이라면 감사해야지."

준정은 속으로 혀를 날름하면서 별수 없이 교실 구석에 꿇어

앉았다. 준혜가 웃는다면, 이보다 더 우스운 짓도 서슴지 않으리라. 준혜만 즐겁다면. 발가벗고 사람들 앞에서 춤이라도 추고말고. 내가 왜 이렇게 멍청이가 되었나?

교실을 정리했다. 발소리가 들린다. 상관없다. 특별한 일이 없는 한 주일은 교실 문을 열지 않고 지나갈 테니 하고 준혜는 생각했다. 주일은 언제나 약간 멈칫할 뿐 문을 여는 일은 없다. 그런데 공교롭게 주일이 문을 열어 버렸다. 놀란 것은 준혜가 아니라 주일이다. 학부모가 꿇어 앉아있다니. 아동이 무슨 잘못을 저질렀기에 학부모가 찾아와서 벌을 서다니. 놀란 것은 자신의 출현에 학부모는 부동자세고 준혜가 웃음을 묻혀 어이없는 표정을 싯는 것이다.

왜 이럴까? 주일에겐 한가지씩 들키고 마는구나. 원하지 않는 노출인데. 그와 난 무엇인가? 조금 전류가 흐르기 시작한 것일까? 못에 걸려 찢어진 옷 사이로 보이는 허벅지 같은 우연한 노출? 주일의 눈치를 보았다. 어찌할 바 태도를 정할 수 없다. 숨기려 해도 숨겨지지 않는 사람이 누구에게나 있듯이. 자신만의 것들이 주일을 향해 조금씩 흘러가는 것을 느꼈다. 거스르고 싶지 않은 감정은 무슨 망령인가? 준정. 어차피 소나기? 기나긴 여행을 하다 피곤해서 쉬어 앉은 이름 모를 풀? 준정에 대한 감정이 준혜는 언제나 의심스럽다. 뚜렷하지 않은 감정에 애매한 기쁨이.

"모처럼 같이 퇴근할 수 있나 생각했는데 안 되겠군요. 손님이 아직도 계신 줄 몰랐어요."

"아니에요, 선생님. 얘, 일어나. 기왕 들킨 것 우습잖아. 도움받는 사람이에요. 웃음 제작공장. 이쪽은 옆 교실 주인."

두 남자는 경계하면서 스스럼없이 악수한다. 속으론 으르렁거리면서도 손잡고 눈웃음치는 것이 남자들의 속물근성이다. 준혜를 향한 감정은 공통분모일지라도 호인이었다. 두 사람은 각기 자신이 진분수인가 생각해 보았다. 준정분의 준혜. 주일분의 준혜. 명확한 대답이 나오지 않는다. 자연수인가? 음수? 양수? 정수? 답은? 두 사람 다 자신이 없다. 오리무중이다. 웃음 제작공장. 그 사람은 아니지만, 찰나를 잘 이용한 사람이군. 준혜의 삼 년이 이 사람에 의해 웃음이 만들어졌나? 그 양이 적지만. 남자인 자기가 봐도 좋은 얼굴이다. 부모의 축복 중 최대의 것. 도시인답게 세련되고. 자신의 촌스러운 모습이 부끄럽다. 어차피 난 촌놈이야. 고향은 논밭도 적고 바다만 넓은 작은 바닷가. 이름난 항구도 아니다. 외국의 배도 드나들지 않고 작은 고기잡이배가 시계추처럼 드나드는 가난한 어촌. 세련이라는 말은 삼천리보다 먼 이야기. 그러나 준혜는 당신의 것도 아닌 듯 싶소이다. 추측이 바램에 의한 강박관념일지 모르지만.

"일방적이지만 저만 항상 달립니다. 준혜는 깍쟁이입니다. 앞에서 한 걸음 다가오지만 안 보이면 두 걸음 달아나는 것 같습니다. 숨 가쁘게 달려도 어쩐지 가까워지지 않는 것을 보면. 저보다

달리는 속도도 뛰어난 것 같아요. 오지 말라는 약속 어겼다고 벌서고 있었습니다. 고역일지언정, 준혜 마음 내키는 데로 해주는 사람입니다. 남자 위신을 엉망으로 만드는 일번지가 되었습니다. 별수 없는 일입니다. 준혜를 악선전하는 것 아닙니다."

"그러시겠죠."

"종아리가 멍 들지, 엉덩이가 멍들지? 여자에게 맞는다는 것, 생각해 보지 않았는데, 한 번 맞아보는 것도 경험이 되겠죠. 어떻습니까? 흥부처럼 대신 혹시 맞아주실 의향은 없으십니까? 가격은 선생님께서 원하시는 대로. 준혜의 마음을 빼면 무엇이든지."

준혜는 웃어버렸다. 발가벗긴 몸 팬티 하나 걸친다고 대수냐. 더 지낄이라. 어차피 주일에선 아무것도 숨기고 싶지 않다. 알 수 없는 편안함이니까. 주일에겐 왜 그런 기분일까? 어리광부리고 싶은. 스스로 완고함에 지쳐버렸기 때문일까? 제대로 정리되지 않는 감정 찌꺼기 때문에? 긴장에서 도망치고 싶어서? 무엇인가를 잃지 않기 위해 긴장하고 살았다. 알 수 없지만 가지고 있는 것이 항상 불안했다. 값나가는 물건은 아닌데 남이 항상 욕심내는 것 같았기 때문이다.

"가까이 마십시오. 성질 고약합니다. 놀부 심보에 뺑덕어미 고약성에 하이디의 음흉함까지. 나쁜 성격 사람들이 뭉쳐 된 알맹이입니다."

"그런 줄 알면서도 노형은?"

"좋은 겁니다. 그뿐입니다. 좋다. 보고 싶다."

"사랑입니까?"

왜 대답하지 않는 것일까? 주일은 가슴이 답답해졌다.

"사랑은 밖으로 나오면 안 됩니다. 추하고 지저분해집니다. 마음에 오물 끼얹고 싶지 않습니다. 소중한 감정이죠. 혼자만의 노래라는 것이 얄밉지만 제가 택한 것이니까 누구도 원망하지 않습니다."

준정은 상대의 감정을 싹둑 잘라버리려는 듯 자신의 마음을 서슴없이 내놓고, 주일을 움츠러들게 했다. 내 감정은 항상 밟아 버리고 있소이다. 주일은 가슴으로 대답했다. 밟힌 감정은 문둥이의 뭉개진 손가락보다 처참합니다. 문둥이의 손가락은 감각이라도 없지만 내 감정은 너무 예민해서 처참하죠. 작은 자극에도 민감해 화가 많이 납니다.

"그만해. 모처럼 와서 날 그렇게 몰아세울 참이야? 네가 온 사실에 대해 화도 풀리지 않는 상태야. 나가자. 기왕 온 손님 밥이라도 먹여 보내는 게 예의니까."

"안 간다면?"

"여관도 많고 여자도 많다. 너 보고 침 흘릴 여자는 어디든 있다며. 이곳도 예외는 아닐 거야. 별수 없어요, 선생님. 저 애는 학부모고 선생님과도 친분이 있는 사람. 선생님께서 이곳에 오실 때 맡은 역이에요. 저녁 먹고 다음은 선생님이 처리하세요. 인게 할게요."

주일은 침묵으로 승낙했다.

바닷가의 식당은 해산물로 푸짐하다. 세 사람은 말없이 저녁을 먹었다. 준정의 불만스러운 표정이 무엇을 의미하는지 준혜는 알지만 무시했다. 막차까지 떠난 맞이방에서 서성거릴 필요는 없다.

주일은 난처하다. 들러리가 되고 싶지 않은데, 준혜를 보호하고 싶은 마음이 많다. 준정이 선뜻 자신의 제안을 받아들이지 않을 것 같다. 먼 불빛이 보인다.

"넘보지 마세요."

계산하는 준혜를 보며 준정이 정식으로 최후의 마지노선을 그었다. 주일은 웃었다. 늦었소이다. 늦은 충고나 노형처럼 감정을 두서없이 쏟는 어리석음은 범하지 않을 것이요. 난 감정을 윽박지르는데 숙련공이외다.

"숙박비. 그리고 내일 아침 식비와 차비."

준혜가 지갑에서 약간의 돈을 내놓는다. 그렇구나. 주일은 왜 준정이 보채는지 알 수 있을 것 같다. 말없이 행동으로 마음 써주는 여자. 물리 공식처럼 정리된 행동이지만 얼마나 마음이 따뜻한가. 처음 느낀 준혜의 인상은 온몸이 으스스할 만큼 몹시 찼다. 그 냉정함에 심장이 순간 고장이 났다고 해도 무리가 아니다. 그런 준혜의 다른 면이 준정이라는 남자에 의해 보인 것이다. 여자의 양면성. 스스럼없이 나오는 말투. 준혜의 말투는 결혼 생활을 몇 년 한 여자처럼 남녀관계에 대해 대담했다. 그를 혼동하게 하는 얄미운 요소다.

"혼자 썰렁하게 여관 신세 지려고 온 것 아니다. 밤을 지내는 거 새삼스러운 일 아니지. 어차피 여름밤은 짧으니 언젠가처럼 들잠을 자자."

주일은 묵묵했다. 그런 사이구나 하는 배신감이 화나게 한다. 얄밉고 깜찍한 여자 같으니라고. 섹스에 대한 말투가 자연스러운 데는 이유가 있구나. 주일은 가슴 속의 화를 식힐 줄 아는 남자기에 감정을 표정에 비치지 않았다. 동료 여직원에 대해 철저한 정신 위장이 필요한 위치였으니.

"운동장에서 별을 천장 삼자. 아까 보니 잔디가 좋더라."

주일은 두 사람을 교문까지 동행하고 집을 향했다. 결혼을 빨리해야지. 준혜에의 감정을 오늘 밤으로 정리해야지 생각하면서.

"여름은 좋구나. 넓은 침실을 만들어 주니."

준혜는 주일의 모습이 눈에서 사라지자 잔디에 앉았다. 준정에게 화를 내야 할지 알 수 없다. 준정의 과시에 대한 불만도 있지만, 주일의 쓸쓸한 체념과 자신의 어쭙잖은 갈망에 화를 낼 수 없다. 처음은 아니지. 주일이 진지하게 오해할 부분에 대해서는 속이 상했다. 준정이 어깨를 안는다. 준혜의 약간의 떨림에 준정은 새삼 놀랍다. 대담한 아가씨가 수줍은 건가? 건드리지 않으마. 네

매미 우는 소리가
들리지 않으면 가을이다

쪽에서 원하지 않는 한. 준혜의 손을 잡았다. 가늘게 떨지만 뿌리치지 않아 다행이다. 여자의 뿌리침은 오히려 자극될 뿐이다. 정말 건강한 남자였다. 역시 허망하겠지. 소유 다음에 오는 견디기 힘든 권태와 예정된 환멸과 이별이 있겠지. 그런 절차를 밟고 싶지 않다. 솔직한 맘이야. 준혜. 고약한 가시내야. 오늘은 좀 힘들다. 내 감정에 비해 네 감정은 점점 빛이 옅어지고 있으니. 빛이 없었는지 모르지. 하늘의 별은 여전히 총총하고 밤바람은 제법 싸늘하다. 준혜에의 열망이 밤바람에 식었다.

"준혜야."

준정이 다시 준혜를 잡았다. 싸늘하게 경직되는 준혜의 몸이 또 밀리게 한다. 가슴에서 부드럽게 떨며 순종하는 여자들과 다른 형이다. 처음으로 준혜를 만졌을 때도 그랬다. 준혜의 몸은 시간이 갈수록 굳어지는 시멘트처럼 딱딱해졌다. 준혜의 몸이 따뜻해지기를 기다리는 헛수고가 질리게 했다. 항상 기다렸다가 결국 지쳐버리는 자신. 마음이 없는 흥정뿐인 때문인가? 주는 만큼 받으리라는 기대는 없었지만 감질나게 뿌리치는 것도 아니고 원하는 대로 맡겨두지만, 반응이 없다. 강간. 흥미 없는 일이다. 강간을 할 만큼 여자에 궁하지 않아. 준정은 다시 하늘을 보다가 준혜를 놓았다. 오늘도 예외는 아니다. 준혜는 내가 처음이 아닌가? 언젠가 우격다짐으로 준혜의 아랫도리를 더듬었을 때 손가락 끝에서 따스함을 느꼈다. 별수 없지 하고 내려다보는 순간 눈을 멀뚱거리며 올려다보는 준혜를 보고 질렸다. 따뜻함은 체온 이상의 것이 아니었다. 준혜의 몸 깊숙한 곳의 체온. 인간의 체온. 삼십 육도 오 분의 열기일 뿐. 준정은 슬그머니 제자리로 손을 가져왔다. 그날 밤. 준혜를 데리고 창녀를 찾았다. 창녀와 혼탁한 쾌감을 즐기고 난 후 더러운 기분은 지금까지 불쾌하게 했다. 방문을 열고 나서면서 돌아갔으리라 예상한 준혜가 마당에서 자신을 기다리고 있음에 놀랐고, 무안과 불쾌감 때문에 뺨을 때렸지만 준혜는 웃을 뿐이었다. 본능에 대한 비웃음이다.

"넌 수컷이지. 그래서 남자는 손해야. 신은 남자에게 무릎 꿇는 법을 가르쳐주면서 절제하는 법은 안 가르쳐 준 거야. 남자가 항상 우월감을 느끼지 않도록 하겠다는 신의 남녀평등 사상이 아니겠니? 낮의 독재가 밤까지 여자를 괴롭히는 것은 용서할 수 없으신 거야. 아담이 갈비뼈를 내놓는 게 아니었어. 발가락뼈든가 하는 것을 내놓았어야 했어."

"교회 다니니?"

"아니. 한순간 천주교에 미쳤던 때가 있었다. 초등학교 때. 오후 수업일 때는 시간에 맞추느라 학교에서 숨도 쉬지 않고 달려가곤 했어. 단지 부모가 다니지 않는다는 이유만으로 기도문도 외우고 교리문답도 전부 통달했지만, 세례를 주지 않으셨지. 화 나서 성모마리아 상에 침 뱉어주고 그만두었다. 언젠가 그 문을 다시 두드리고 성모상 앞에 석고대죄하겠지."

"그러면서 신의 뜻을 비웃는 거야?"

"여자는 남자 가슴의 일부분이야. 그래서 남자는 여자에게 무능하다는 얘기야. 원죄도 남자가 여자의 유혹에 성급하게 동조했기 때문에 생긴 것이야."

"원죄 이전의 아담과 이브가 된 적 있니? 그들은 아무것도 걸치지 않았다."

"그래 석 달 쯤. 날마다. 꿈마다."

준혜의 스스럼없는 대답에 준정은 맥이 풀리고 겸연쩍었다. 그 남자는 누구인가? 어쩐지 그 부분이 항상 애매했는데. 동거 석 달. 기분이 좋은 생각은 아니다.

하늘을 보니 별이 눈에 들어온다. 남십자성. 꿈마다 안았고 말할 수 없는 기분에 잠기기도 했다. 품은 꽤 포근했고 아쉬워 깨어나면 온몸이 나른했다. 세련된 애무에 충만했고. 그는 지금 무엇을 할까? 나를 잊었을까? 그의 가슴에서 나는 어떤 형태일까? 보이지 않으면 마음도 멀어진다는데 잊었겠지. 쉽게 잊을 자신이 있었겠지. 그의 행적으로 보면. 영혼, 미친 소리 마. 준정, 미안하다. 넌 다만 내가 쉬고 있는 곳이야. 서로 어울리지 않는 부분들이 많아. 그 부분들을 맞출 능력이 없다. 미안하다. 남자에게 너그럽지 못한단다. 매우 너그러웠는데 한 번의 배반으로 아량이 뿌리째 뽑혀버린 거야.

4

버스가 떠났다. 바위는 항상 물기로 미끄럽고, 가파른 길은 깊은 골짜기를 끼고 있는 산. 햇볕이 들지 않는 골짜기의 컴컴함이 늦가을 초저녁이 연상되는 곳. 이끼 긴 바위를 거슬러 올라가기란 엄두도 낼 수 없는 곳. 안타까운 것은 꼭대기에 있는 작은 돌이다. 어쩌다가 눈에 뜨인 돌이 마음을 잡아당기고 있다. 길 가 아무 곳에서나 볼 수 있는 흔한 돌인데. 계속 힘이 들었다. 돌의 강한 빛이 그를 힘들게 했다. 가끔 비치는 묘한 빛. 햇빛처럼 눈이 부시기도 했고, 그믐달처럼 희미해졌고. 시월 보름처럼 밝은 빛. 햇빛처럼 눈이 부실 때 놀라 허둥거렸고 보름달 빛으로 바늘에 실을 꿰면, 원하는 것이 이루어진다고 해서 많은 사람이 실과 바늘을 들고 나가, 서둘러 행렬에 끼어들었지만 실을 꿰지 못했다. 그의 원함을 외면하는 준혜의 마음 때문에. 혼잡한 거리에서 한 걸음 내딛고, 바삐 오가는 차의 행렬 때문에 더 내딛지 못하는 걸음마 배운 서툰 어린이의 놀람, 안타까움과 같은 마음의 연속이다. 월요일에서 토요일까지는 그믐이고, 토요일 오후와 일요일 오전은 햇빛, 다음부터 월요일 아침까진 시월 빛이다. 늦가을의 햇볕은 따뜻하지만 쓸쓸한 기분을 만들어 준다. 늦가을의 짧은 햇빛에 허둥대는 자신을 느꼈다. 짧은 기쁨을 가져다주는 묘한 바람.

매미 우는 소리가
들리지 않으면 가을이다

짧은 기쁨. 얼마나 안타까운 일인가? 기쁨은 모든 것이 언제나 짧았다. 가슴에서 달이 기울기 시작했다. 준혜의 가슴을 뚫기가 이렇게 힘이 들 거라는 생각은 전혀 예상 밖의 난제였다. 버스가 떠난 맞이방은 다음 버스를 타려는 사람들로 번잡해졌다. 준자 돌림이야. 전생에 무슨 인연이 있었나. 악연일 것이야, 픽 웃었다. 어쩌다 내 모양이 이렇게 구겨진 양철 조각이 되었나.

버스의 모습이 완전히 사라지자 뒤돌아 오는 눈에 비친 사내가 있다. 여전히 흠뻑 취해 있다. 벌써 몇 번째인가? 나처럼 항상 떠나보내는 여자라도 있는 것일까? 준정은 준혜가 탄 버스에 오르던 사람들을 잠시 생각했다. 저 주정뱅이와 어울릴만한 여자는 잘 떠오르지 않는다. 그렇다면 부모님이나 친척, 가족을 배웅하면서 저렇도록 취하진 않을 텐데. 술 취한 사내가 천천히 다가왔다. 흐린 눈에 비해 걸음걸이는 정확한 것이 보기 좋다. 유난히 키가 크다. 어슬렁어슬렁 느린 속도다. 절망에 젖은 눈빛에선 고통의 피가 어른거렸다.

"노형의 여왕님은 떠났소?"

"여왕이요?"

"당신의 행동에서 느꼈소. 여왕에 대한 예절과 같습니다."

"훌륭한 관찰이요."

준정은 수긍했다. 자신의 행동에 대한 정확한 관찰에 대해 변명하고 싶지 않다.

"조건이 많아. 까다로워. 오래 생각하지 마. 잔머리 굴려 계산하다 보면 순수함은 하품하고 도망가 버린다. 대신 넌 천국이 될 거야. 중간에 언제든지 포기해도 괜찮아. 강요는 안 해."

"알았어, 알았어."

"날 여왕이라 생각할 수 있어?"

준정은 웃었으나 그렇게 흥정이 이루어진 것이다. 마음에 들었다는 찬사에 대한 준혜의 반격은 복종이 요구된 것이지만, 신선함을 느꼈다. 어차피 높은 산의 공기는 신선한 것이야. 부모의 덕으로 남에게 듣는 싫지 않은 찬사. 그 덕으로 여자들의 왕 노릇을 해왔다. 한 번 웃으면 쉬운 여자들. 그런 상대에 쉽게 식어버리는 가슴에 이런 돌연변이는 상쾌한 충격이었고, 처음으로 복종하는 천국이 있음을 알았다. 그곳은 별천지였다.

"술 한잔 합시다. 이별은 찰나가 될지라도 술을 청하지요. 술은 부피로라도 가슴을 채울 줄 아는 노련한 의사요."

준정은 남자와 같이 가까운 술집으로 들어갔다. 일요일 늦은 오후의 술집은 한가해서 쓸쓸하다. 남자는 술과 안주를 청했다.

"난 박이요. 나이가 노형보다 서너 살은 위일 거 같소. 자주 만나 잘 지냅시다. 서로 통하는 부분이 있을 것 같은 예감이요."

"이준정이라 합니다."

준정은 준혜를 생각했다. 남자의 눈이 집요하게 자신의 얼굴

매미 우는 소리가
들리지 않으면 가을이다

을 관찰하고 있음이 느껴진다. 준정은 남자에게 자신을 얘기하고 싶어졌다. 자신의 어지럽던 시절. 순간적 충동이지만 새벽의 성기처럼 강한 욕구다.

"목욕을 같이 할까요? 남자는 같이 목욕해야 진정한 친구가 된다고 합디다. 어떻소?. 나와 같이 옷을 훌랑 벗으러 갑시다."

조금 취한 준정의 말에 동운이 웃으며 고개를 끄덕였다. 남자는 동운이었다. 박동운.

"제겐 빨간 옷이 많아요. 빨간 셔츠. 잠바. 스웨터. 흰 바지. 이것이 상징이었습니다. 공부는 흥미 없었습니다. 아버진 기대하고 가까운 도시로 유학을 보내 주셨지만, 계산 착오에 의한 실수였습니다. 아버지의 끝없는 외도에 대한 반발로 배운 술과 담배가, 중학생인 제게 떳떳한 일상이 되었습니다. 아무리 막된 자식이라도 아버지와 같은 하늘 아래 술, 담배를 즐길 수 없고. 소문이란 무섭지요. 항구도시는 바닷바람 때문에 거칠답니다. 공부보다 싸움이 우선이고, 보시다시피 썩 잘생긴 유학생은 불량클럽에서 끌어들이기 안성맞춤이지요. 싸움. 중학 일 학년 때부터 배운 싸움에 자신의 몸을 보호할 만큼의 실력도 갖춰졌습니다. 실전에 의한 실력에다 맞는 싸움에서 때리는 싸움으로 변하는 과정의 기분은 맛보지 않는 사람은 모를 것입니다. 흰 바지에 빨간 웃옷을 입고 골목과 여학생들 자취방을 헝클고 다녔습니다. 싸움이 시작되면 터지는 곳은 얼굴과 코였습니다. 피 묻은 옷은 아무 곳에나 벗어두면 이삼일 지나 예외 없이 깨끗이 되어 나타났지요. 빨간 옷은 잠깐이라도 피를 눈에 띄지 않게 해주지요. 옷을 들고 엉거주춤 서 있는 여학생들의 치마를 걷어 올리는 일에 가책도 느끼지 않을 만큼 정신과 육체가 썩었습니다. 잘되는 장사를 할 줄 알았고. 돈에 궁색함도 느끼지 않았습니다. 집에서 보낸 돈은 생활의 일부분이고 심심하면 술집에 가서 누나 소리 몇 번 하면 돈이 생겼습니다. 술집 여자의 가슴을 만지며 즐겁고 잘 된 장사에 영혼이 문드러지는 것도 알지 못했습니다. 여자들은 친절했고 용돈도 충분히 주더군요. 같이 살자는 여자도 많았습니다. 3박 4일을 여자와 방에서 뒹굴고 보낸 때도 있었습니다. 생활은 끝없는 탈선의 연속으로 자퇴라는 불명예가 앞에 턱 버티고 있었습니다. 패싸움하다 상대 녀석에게 칼을 던진 것이 화근. 다행히 죽지 않았지만, 학교는 자기의 울타리에 저를 가두어두려 하지 않았습니다. 아버진 돈으로 용서를 구걸하여 죄를 씻어주셨고 고향으로 돌아왔습니다. 자업자득이야. 가만두면 버려두지 않는 세상의 여자들이 아버지도 아들도 미웠습니다. 유흥업소에 온 보기 좋은 여자들이 아버지를 가만히 놔두지 않고 괴롭혔듯이, 저도 여학생들에게 괴롭힘을 당했습니다. 항구의 여자들. 보통 아닙니다. 아버지께 착한 아들이 되겠다고 맹세했고 아버진 자식에 약한 평범한 부모였습니다. 참회하는 기분으로 집안일을 도우며 고등학교 이 년 동안 학교생활을 했습니다. 빨간 옷들이 깔깔거렸습니다.

사고는 이미 전에 싹이 돋아났던 것입니다. 기억에 없는 여자가 아이를 데리고 왔습니다. 저의 아이라고. 기억에 없었습니다. 사내아이였어요. 아버지와 아들은 굳게 약속했지요. 이 아인 내 아이고 네 동생이다. 아이 사건으로 집은 쑥밭이 되었고 영문 모르는 어머니는 노발대발. 이를 악물고 아버지를 향한 식구들의 불평을 감수했습니다. 여자와 아버지는 좋게 흥정하고 떠났습니다. 정말 기억이 없는 상대였습니다. 박형, 곧이듣겠습니까? 고등학교 삼학년에 아버지가 된 기분 이해하실 수 있겠습니까? 아이는 동생으로 잘 자랐습니다."

"제게 그런 이야기를 해주는 이유가 무엇입니까?"

"박형은 제 주위와 절대 가까워지지 않을 사람이라는 생각에, 오늘 다시 절망적인 생각이 들어서입니다. 실수했나요? 별수 없죠. 말은 이미 뱉어진 순간부터 효력이 발생하니까."

"노형의 여자는 물론 사실을 모르겠지요?"

"아버지와 저와 박형만 압니다. 제 올챙이가 전부 사람이 됐다면 세상 인구는 지금의 몇십, 몇백 배가 되었을 것입니다. 아이를 소포로 부치겠다는 여자도 있기는 했지요. 참았던 끼가 소릴 지르고 나왔죠. 생활은 흐지부지 엉망. 엉망 속에서 그녀를 만났습니다. 재정비. 강화. 권력자들이 즐겨 쓰더군요. 저도 해보았습니다. 그녀는 저의 모습에 회의적입니다. 때로 홀랑 모든 것을 벗어버리고 매달릴까 생각했지만, 아버지께서 적극적으로 말리십니다. 회오리바람은 한 번으로 족하다고. 그 생각은 동감입니다. 모처럼 홀가분해졌고 박형 앞에서 가면을 쓰지 않아도 되겠지요. 이것으로 끝입니다. 그녀가 탄 버스가 떠나는 순간부터 마지막이 될지 모른다는 생각이 머릴 내려칩니다. 그렇게 시작되는 생활에 보람이나 기대는 욕심이겠지요. 여자가 이렇게 두려운 석은 없습니다."

"아이는 누구를 닮았던가요?"

"아들은 아버지를 닮았고, 아들의 아들은 할아버지를 닮는 게 유전이지요. 이상한 것은 전혀 닮지 않았다는 생각이 들 때가 많거든요. 그 애에 대한 부정적인 갈등 때문일 것입니다. 하지만 전혀 정이 가지 않는 것도 아닙니다. 그렇게 태어난 아이에게 남자는 각별한 정이 생긴다는데 평범한 가족 같은 마음뿐입니다."

"아이 엄마가 기억이 안 난다고 했습니까?"

"여자의 상대는 처음부터 제가 아니었습니다. 전 딱 한 번 전화를 받았고, 겁나 아버지에게 매달렸고, 아버지와 여자가 몇 번 만나는 것 같았습니다. 아버진 당신의 업이라 생각하고 수용하셨습니다. 보육원으로 보내자고 했습니다. 사내라는 것이 특권이 있더군요. 우리 집 장손이야. 어차피 장손은 될 수 없잖아요. 너와 나 둘이서 인정하자. 아버지와 아들은 공범자가 되었습니다. 세상에 이런 일은 흔하다. 내가 아이를 책임질 수 없을 때는 네가 책임져라. 아버진 그 사건 후로 제게 항복하셨는지 책망 따윈 하지 않으셨습니다. 어머닌 상대적으로 더 볶으셨지만."

"난 노형의 적이 될 수 있어요."

"이준정입니다. 설마요?"

"세상의 인연이란 알 수 없지요. 염려 마세요. 이형과 저와의 인연만 연장하겠어요. 안심됩니까?"

"이젠 형의 이야기를 들려주십시오. 일요일마다 배웅하는 사람은 여자입니까?"

"사람입니다."

"물론 사람이겠죠. 제가 묻는 것은?"

"그림자가 그림자 주인을 보낸다고 합시다. 아직은 이야기를 하고 싶지 않아요. 섭섭히 생각 말아요. 언젠가는 이형처럼 털어버리고자 지껄일지 모르나 지금은 때가 아닌 것 같소."

준정의 기막힌 고백. 왜 처음의 남자에게 그 말을 털어놓게 되었는지 아리송하다. 절망적인 기분에서 오는 자학이랄까?

아버지는 아이를 끔찍이 귀여워하시고 아이는 별 탈 없이 건강하게 잘 자라고 있었다.

며칠째 모습을 보이지 않는 근영, 동운은 서둘러 근영을 찾았다. 대학 동아리 선후배로서 근영과의 교제는 원만하고 따뜻하다. 추구하는 것은 다르지만 상대에 대한 정만큼은 각별하다. 유난히 키가 크고 살이라고는 전혀 없는 상태의 근영이 안쓰럽다.

언제나 흔들리는 다리도. 취하지 않은 상태의 근영은 보기 드물다. 강의실에도 작업실에도 없다. 어딘가 술집 바닥에서 잠을 자고 있는지 모른다.

"근영 씨를 찾아오셨어요?"

혜연이 따라오며 묻는다.

"알고 있습니까?"

"저도 며칠 찾았는데 모르겠어요. 승천했는지 두더지가 되었는지 무소식이에요. 꼭 들어야 할 대답이 있는데."

"그 대답은 중요한 것이요?"

"선배님관 무관해요."

그런가? 동운은 무심한 마주침이었지만 근영의 주위에서 맴도는 혜연을 몇 번 보았다. 그리고 혜연의 사나운 보챔을 읽었다.

"근영 씨를 잡아주세요. 그림도 그리지 않아요. 무슨 생각을 하는지 도저히 알 수 없어요."

"근영의 무엇을 잡기를 원하십니까? 마음? 재능? 몸?"

"전부?"

"욕심이 많군요."

"천당을 포기했는데요. 어쨌든 근영 씨를 찾아야겠어요. 도와주세요."

"나도 찾고 있소. 잘 다니는 술집일랑 가 보았소?"

"더듬거리면서 거의. 그러나 없어요. 무작정 기다린다는 것은

매미 우는 소리가
들리지 않으면 가을이다

힘들고 싫어요."

"그 녀석의 집은?"

"몰라요. 아는 친구는 하나도 없어요. 선배님은 아시나요?"

동운이 말없이 걷자 혜연이 투덜거리며 따라온다. 더워지기 시작한 거리는 땀을 흘리게 한다. 번잡한 도시의 소음. 움직이는 사람들. 시계는 여전히 돌아가고 있다. 시가를 가르는 물줄기를 연결하는 철교를 지났다. 혜연의 등장에 근영이 놀라지 않을까 염려스럽지만 포기할 것 같지 않아 아무 말도 하지 않고 터벅터벅 걸었다. 누구나 혼자만의 공간에 대한 애틋한 집착이 있듯이, 근영은 자신의 거처를 동운에게 알려주면서 누구에게도 비밀입니다, 하고 눈을 찡긋했디. 뒤를 돌아보았다. 언덕을 오르는 것이 힘든 모양이다. 골목은 이리저리 굽어 있고 시 변두리에 붙은 빈민촌은 상대적으로 초라하다. 시가지가 한눈에 내려다보이고, 도시답지 않게 골목엔 풀이 자라고 있다. 초가집들이 눈에 뜨였다. 흙담 아래 핀 키 작은 채송화가 꽃망울을 터뜨리고 있다. 낡은 대문 앞에서 혜연을 보았다. 혜연이 모른척한다. 별수 없군. 돼지우리보다 심한 곳. 여기저기 물감이 뒤죽박죽된 더러운 방안에 근영이 누워있다. 누워있는 게 아니라 술에 젖어 있다. 소주병 몇 개가 근영과 같이 누워있다. 동운은 생소하진 않았으나 혜연은 얼굴을 찡그렸다. 얼마를 기다려도 근영은 깨어나지 않는다. 근영이 쉽게 움직일 것 같지 않다.

"근영이 깨기를 기다리겠소? 내일 아침에나 깰 것 같아요. 녀석 술버릇으로 봐서."

"기다리겠어요. 같이 기다려요. 남자들의 의리를 알아요. 후배 여자에겐 내시가 된다는."

"근영의 여자란 말이오. 혜연 씨가?"

"되고 싶다고 했어요. 대답을 오늘 듣기로 했어요. 그런데 이 모양이에요."

"근영이를 사랑하오? 근영의 무엇을?"

"술에 취한 빨간 눈, 토끼의 눈이 연상되는 선하고 가련한 눈."

"근영의 태도가 무엇을 의미하는지 생각에 봤소. 혜연 씨가 당한 것 같은데."

"아녜요. 근영 씨가 깨면 확인할 수 있어요. 기다려요. 같이."

"증인이 되달라는 것이오? 내시가 되어? 혜연 씨는 먹음직스러운 과일이오."

동운은 물끄러미 혜연을 보았다. 달콤한 느낌을 주는 밉지 않은 고집이 있어 보인다. 문득 낯익은 모습이다는 생각이 든다. 어디서 보았을까? 근영은 여전히 시체처럼 움직이지 않는다. 동운은 딱했다.

"선배님, 근영 씨 옷 갈아입히셔요. 멍하니 앉아있느니 빨래라도 해야겠어요. 냄새라도 쫓아 버려야죠. 근영 씨가 이런 곳에 살고 있다니, 정말 불공평해요. 끔찍한 모습이에요."

"천재에게 가난은 뗄 수 없는 함수관계요. 갈아입을 옷이나 있는지 찾아봅시다."

동운과 혜연은 방 구석구석을 뒤져서 깨끗이 빨아진 근영의 옷을 찾았다. 팬티만 입은 근영이 되었다.

"괜찮아요. 갈아입혀요."

동운은 망설였다. 좀 나가주지 않고. 도대체 이 아가씨는 너무 당돌하군.

"우리는 같이 살지도 몰라요. 그러니 지금부터 익숙해져야 하잖아요."

혜연이 망설이지 않고 근영의 팬티를 내린다. 오줌이라도 쌌는지 냄새가 지독하고, 술에 취한 근영의 물건도 주인과 같은 상태고 팬티는 구멍까지 나 있다. 혜연을 도와 옷을 입혔다. 여자들에겐 자기를 상실한 이런 사랑이 존재하나?. 하기야 그녀도 그랬었지. 혜연이 구석에 웅크린 채 졸음이 오는지 고개를 숙인다. 근영의 곁에 누웠다. 혜연의 존재는 무시되었고 동운도 근영과 닮은 모습이 되었다. 쉽게 피곤해지는 현상이 예외 없이 계속이다. 아직은 한창인데 왜 이럴까? 혜연이 방바닥에 쓰러지는 것이 보였다.

"민혜연. 민혜연."

근영이 눈도 뜨지 않고 혜연의 이름을 부른다. 영문 모른 동운은 얼빠진 표정이고 혜연이 웃는다. 동운은 혜연이 손가락으로 무엇을 세고 있는 것을 보았다. 근영의 입이 다물어지자 혜연이 밖으로 나간다. 근영의 눈에 동운이 들어왔다. 혜연이 식사 준비를 하는지 덜그럭거리는 소리가 난다.

"웬일이요? 선배님이?"

근영이 일어나지도 않고 놀라서 말한다. 동운은 어이없고 할 말이 없다. 고약한 녀석.

"인마, 정신 차려. 술 생각 나 너를 찾아오니 이 모양이다. 난 어쩔 수 없는 볼모다."

"볼모라니, 누구에게요?"

"네 여자한테. 이게 무슨 꼴이냐?"

"내 여자요? 아직 없는데요. 없어요."

"그러면 왜 이름은 불렀나, 그것도 몇십 번을."

"아! 그럴 일이 있어요. 지금 수업 중이거든요."

근영의 솔직한 대답이다. 하라고 하니까 해보는 것이다. 문이 열리고 혜연이 라면을 끓여 들여온다. 쌀은 떨어진 지 오래인 근영의 살림. 근영이 놀란다. 정말 이곳을 혜연에게 보여 주고 싶지 않았다. 혜연의 방에 비해 자신의 방은 돼지우리다. 창피한 생각이 솟는다.

"너를 찾아 며칠을 헤맸다는데 모른 체 할 수 없어서. 잘못한 줄 아니 원망은 이쯤 끝내."

"아뇨, 기분 좋은 일이 아닙니다."

"인마, 기분 따지지 마. 네 녀석 옷 좀 봐라. 혜연이와 갈아입혔다. 넌 우리 앞에 발가벗긴 것이야."

"너무합니다."

"난 볼모야. 억울하다."

"근영 씨, 선배님 말 진실이에요. 나의 원함을 들어주었어요. 먹고 기운 차려요. 공부하려면 체력이 필요해요. 쌀을 쥐에게 전부 선물했는지 없더군요. 김치 역시."

라면에 달걀에 빵과 우유, 오징어 다리, 소주 한 병. 반찬은 없지만 좋아하는 음식들이다. 여자들의 사랑에 동운은 놀랐다. 혜연의 모습은 밝고 기뻐 보였다. 복이 많은 녀석이군.

"언제쯤 이사할 생각이에요? 언제든 오세요."

근영은 혜연의 말을 못 알아듣는 척 행동했다. 그녀의 말대로는 하고 있지만, 결정은 이르다. 쉽게 결정지을 일이 아니다. 여자와의 문제는 신중할수록 좋은 거니까.

혜연은 강의가 있다고 나갔고 남자들은 거미줄 쳐진 천장을 보고 누웠다. 선후배 사이로 맺어진 인연은 돈독하고 끈끈했다. 근영은 동운의 믿음직스러움이 좋고, 동운은 근영의 흩어짐이 좋다. 학교는 일 년 선배지만 인생은 오 년 선배. 동아리에서 인사를 나눈 뒤로 전혀 안면 없는 사이지만 뗄 수 없는 끈 같은 것에 묶였다. 그렇게 맺은 결속은 유별나고 진득하다. 어울려 마시고 웃고 울었다. 근영은 이백 원짜리 담배를 피우시는 아버지가 슬펐고, 장터에서 밥장사하는 어머니가 슬펐고, 동운은 가까이 갈 수 없을 만큼 멀어진 준혜에의 미련이 슬펐다. 이유는 다르지만 슬프다는 감정에 두 사람은 맺어졌다. 근영은 월요일마다 벤치에 넋 빼고 담배 피우고 있는 동운의 모습이 가슴 아프고, 동운은 먹기보다 굶기 열중한 근영의 가난이 가슴 아팠다.

"혜연이와 무슨 약속 했니?"

"일방적인 강요지만 싫지 않아요. 당돌한 것이 흠이지만 괜찮은 여자거든요. 당돌함도 요즈음에 좋아 보인다면 마음이 반 이상 혜연에게 달려간 것이 되겠죠. 제 술 냄새를 싫어하지 않거든요. 제게 화내지 않는 여자는 혜연이뿐이에요. 얼마나 좋아요. 두 가지 사실만으로 충분한 거 아닌가요? 다만 망설여지는 건 그녀의 뜨겁기만 한 마음이에요. 모든 것이 재가 된다면, 원하지 않는 상태거든요. 꿈이 깨지는 것이잖아요. 지금은 오직 그림만 그리고 싶어요. 혜연에게 열중하면 그릴 수 없을 것 같아요."

"어렵겠던걸. 혜연인 힘이 강한 지남철 같아. 그런 힘에 남자는 자신을 던지거든. 그림 그리는 일을 소홀히 하지 않는다면 나야 통제할 권한이 없으니까. 두려움은 자신이 타고 있다는 직접적인 시인이야. 며칠간의 도망으로 해결하려 했나 본데 오히려 역효과다. 혜연의 지독히 만족한 표정 보았지? 너에 대해 확신을 가진 득의에 찬 얼굴."

"혜연인 남자가 많아요."

"이번에는 네 차례구나. 불 속에 뛰어들 하루살이가. 불행한 선택이다. 남자는 여자의 가슴에서 마지막까지 타는 불씨라야 하는데 그렇지 않으면 평생 가슴앓이야. 난 꿈을 깨고 싶지 않아 미련한 선택을 했는데 바보짓이었다는 생각이 든다. 소중한 꿈. 월남에서의 생존의 목적. 그녀를 느끼는 동안에는 불안이 없었거든. 즐거움. 맑은 하늘. 외로움은 언감생심. 꿈은 꿈이어야 한다 생각했는데 그게 아니었다. 왜 남녀가 같이 사는 줄 아니. 꿈을 깨뜨리면서. 공존은 꿈을 깨뜨리지만, 시각적, 공간적 즐거움과 함께 교류하는 마음을 만들어 주지. 난 꿈의 주위를 맴도는 허상으로서 삶에 미치도록 슬프다."

"늦지 않습니다."

"아냐, 늦었지. 요즈음 자주 느끼는데 귀국 후로 이상한 고통에 힘들다. 두통과 불안. 전쟁을 겪은 육체가 멀쩡하게 숨을 쉰다고 모든 것이 예전과 같은 것은 아냐. 악몽과 현기증. 코에서 나는 피비린내. 해방을 위해 술을 마셨으나 모두 허사. 신문 보고 놀라운 사실을 발견했다. 난 정상이 아니며 오래 살지 못할 것이고 나쁜 병에 시달릴 것이야. 후대에까지 좋지 않은 영향을 줄 것 같다."

"무슨 말씀이에요?"

"아무도 모른다. 다만 위로받고 싶을 뿐. 기우였으면. 막연한 불안이 현실과 덥석 잡는 따위 불운이 오지 않기를 바래야지. 바람이겠지. 같이 근무한 미군 병사의 편지를 받았어. 미국에서는 요란한 모양이야. 한데 우리나라는 누구도 들먹이지 않아."

"여자를 구하세요. 여자는 남자를 위로하기 위해 만들어진 창조물이죠. 신의 섭리를 거스르지 마세요."

"너처럼 여자에게 먹히는 예도 있잖아. 여자의 닫힌 공간 속으로 비집고 들어가기는 어려운 일. 남자가 있어. 그녀를 여왕처럼 모셔. 나를 조금씩 지우고 있다는 느낌이 들어. 성능 좋은 지우개 같다. 지금쯤 다 지워졌을지도 몰라."

"그렇게 쉽게요. 설마?"

"경쾌한 녀석이야."

"알고 있나요?"

"가끔 만나. 언제 만나도 기분 좋은 친구. 재담도 풍부하고. 만나 보면 같은 생각이 들 거야. 보기 좋은 녀석. 여자에게 좋은 점수를 따지. 예외는 아니었어. 얼마나 헌신적인지. 일요일마다 배웅해. 배웅 없는 떠남은 차에 오르는 사람을 우울하게 하는데, 그런 우울함까지 배려하는 멋진 녀석이야. 여자에 도사. 그런 남자의 노크를 외면할 여자는 없다."

"선배답지 않은 자책입니다. 선배님도 보기 좋아요. 저 같은 놈도 있잖아요."

"불안이나 공포는 지껄이면 반감하거든. 슬픔과 같은 것이니까. 죽지 않고 돌아온 사실에 감사해야 하는 건 알아. 사지가 멀쩡해서 고국 땅을 밟는 것도 선택된 행운이지. 들 것이나 휠체어,

돌아오지 못한 전우도 있으니."

"사람이란 자신에게 불리한 일은 잘 잊는데 불행한 걱정은 쉽게 잊지 못하는군요. 그런 거 아닙니까? 스스로 자신을 세뇌하지 마세요. 이삼 년 지나면 사라질 기우에 시간 허비하지 마세요. 어떤 여자가 촉진제가 되는 모양인데 지난 일에 시간을 할애하는 어리석음은 범하지 마세요. 내일은 항상 즐거운 기대 속에 기다립니다. 가난만을 제외하면. 가난은 제 경우를 보면 세월이 가도 변하지 않아요. 어렸을 때나 지금이나 똑같이 가난하니까요."

동운은 근영의 말에 대답을 못 했다. 도와줄 수 없는 안타까움과 미안함 때문이다. 고향에 있는 대학의 진학을 권유하던 부모를 설득해서 이곳에 올 수 있었던 것은, 월남에서 보낸 돈이 한 푼도 축내지 않은 체 통장에 있었기 때문이다. 네 생명과 바꾼 돈이야. 너 하고 싶은 대로 해라. 아버진 욕심 없는 보살처럼 묵묵히 말씀하셨고, 준혜가 사는 곳이라는 이유만으로 이곳으로 왔다. 그리고 어쩌지 못하는 아쉬움 때문에 준혜의 주위를 맴돌기 시작했다.

예외 없이 일요일이면 준혜와 준정은 앞에 나타났다. 준혜는 떠나고 허탈한 눈빛으로 돌아서는 준정의 모습을 본다. 얼마나 가까운 사이인가? 그런 의혹이 괴롭다. 그들이 악수하며 웃고 준혜는 버스에 오르고 준정은 버스가 떠나면 발을 돌렸다. 그 이상의 접근은 망설였다. 자신이 없다. 준혜의 언제나 축축한 눈빛을 그는 느끼지 못한 것이다.

5

　수요일. 직장생활을 하는 사람들에 보릿고개처럼 넘기기 힘든 하루다. 더운 날씨다. 점심을 먹은 아이들의 눈은 칠판의 글씨는 안중에 없다. 필요 없는 짓이야. 준혜 생각이다. 아이들은 잠이 필요해. 누구나 바쁜 시기라 아이들은 학교가 끝나면 집안일을 돕는다. 낮이 길어 잠자는 시간은 열 한시 넘고, 예외 없이 떠오르는 동창의 해 때문에 늦잠도 어림없다. 동이 트면 짝 부르는 비둘기 울음 때문에 잠을 잘 수 없다. 어른들은 서둘러 논, 밭, 바다로 나가고 아이들은 소란에 깨서 뒤뚱대다가 파리와 같이 아침을 먹고 시간 맞게 학교에 온다. 아이들이 학교에 오는 시간은 들의 어른들이 새참을 즐기는 시간이다. 잠이 부족한 아이들에게 공부라니 언감생심이다. 아이들을 엎드려 자도록 했다. 달콤한 유혹이다. 잠이 오지 않는 아이들은 낄낄거리며 장난이 열심이다. 창밖을 보았다. 멀리 보이는 바다와 한가롭게 떠 있는 어선들. 햇빛에 눈이 부신 바다. 오후 바다는 멀리 보이는 작은 배들과 함께 출렁이고 있다. 바다도 농번기를 타는지 배가 바닷가에 많이 널려 있다. 떠 있는 배. 준혜는 주일을 생각했다. 준정이 다녀간 뒤로 필요한 말 외 하지 않는 주일. 변명할 틈을 주지 않는다. 변명할 필요를 느끼지 않지만 소원해지는 거북함에 안타깝다. 알 수 없는 외로움에 견디기 힘들다.

"선생님 공부 끝나고 낚시 가요. 문조리가 많이 잡혀요."

잠들지 않은 아동의 제안에 웃었다. 바다낚시. 아이들에게 바다는 좋은 놀이터다. 바다는 무한한 가능성과 포용력을 가졌다. 먹을 것을 대주고, 놀이터이고, 더위도 씻어주고, 꿈도 심어주고. 아이들의 꿈은 바다만큼 넓다. 때로 너무 넓은 바다가 허황한 꿈까지 심어준다. 아이들은 큰 고깃배를 갖는 것이 꿈이다. 바다 멀리 갈 수 있는 배. 바다 끝까지. 바다 끝이 어딘지 모르지만. 지구의 끝이라도. 자기의 배를 타고 갈 수 있기를 꿈꾸고 있다. 이곳 사람들의 평생 소망이다.

"방학이 되기 전에 선생님 한번 따라와 보세요."

"어쩌지? 선생님은 지렁이를 만지지 못하는데."

"염려 마세요. 바위에 앉아 구경만 하세요. 우리가 잡아요. 자주 가거든요. 우리에겐 논이 없어 여름은 한가한 계절이에요. 여름 동안은 바다에 담그고 살아요. 이곳에선 여자 선생님은 인기 없어요. 같이 바닷속으로 들어갈 수 없잖아요. 남자 선생님하고는 팬티만 입고 물장난을 치는데요."

제법 어른티나는 말에 고개를 끄덕였다. 육학년인데, 키도 크고 코 밑에 수염이 돋기 시작했다. 시골 아이들은 육체적으론 조숙하다. 도시 아이들의 연약함과 상대적이다. 눈앞에서 지껄이는 아동은 너무 어른스럽다. 바쁜 어른들의 무관심으로 모든 것이 멋대로 성숙했기 때문일 것이다. 아이들은 처녀 선생에게 남모를 순수한 뜨거운 마음을 품기도 했다. 그들은 어떻게든 준혜를 바다로 끌고가기 위해 열심이다.

"유 선생님께도 부탁드러 봐. 같이 갈 수 있도록."

"그러면 가시는 거죠?"

아이들이 소리 지르며 달려 나갔다. 진심으로 주일이 같이 가주기 원했다. 그러나 돌아오는 대답은 아이들의 풀 죽은 얼굴이다. 준혜는 자신이 참 염치없는 여자구나! 생각되었다.

뜻 없이 바위에 앉았다. 열 명이 넘는 아이들이 낚싯대를 준비해왔다. 아이들의 익숙한 행동을 보며 준혜는 도시 아이들의 오락실, 만화 같은 삭막한 놀이를 생각했다. 준혜 곁에는 고기가 들어갈 큰 통과 초장 그릇이 놓여있다. 시큰한 냄새가 자극한다. 아이들은 초장을 만들어 올 정도 기본을 갖추고 있다. 바지를 걷어올리고 바다로 들어갔다. 아이들은 자기의 낚시에 열중해 준혜가 바다에 들어가도 무관심이다. 물속에 작은 조개들이 움직인다. 바다 조개. 끈질긴 생명력. 바위에 붙어 숨을 쉬는 굴. 준혜는 갈퀴로 바위에 붙은 굴 껍데기를 뜯어냈다. 입에 넣었다. 짠맛과 함께 특유의 맛이 느껴진다. 제법 크고 먹음직스러운 문조리를 낚아 올렸다. 아이들은 손뼉을 치며 떠든다.

"야! 낙지다."

준혜는 소리 나는 쪽을 보았다. 아이의 손에 세발낙지가 꿈틀 거린다.

"선생님, 잡수셔요. 맛있어요. 한 번 쭉 훑어 내려 초장에 찍어 잡수시는 거예요. 괜찮아요, 모두 그렇게 먹어요."

낙지를 잡은 아이가 숨차게 달려오며 소리친다. 아이의 권유에 준혜는 망설였다. 생고기. 살아 꿈틀거리는 낙지. 생각할수록 징 그럽다. 아이의 권유는 끈질기다. 정말 아이는 자신이 잡은 귀하 고 맛있는 것을 준혜가 먹기를 바라고 있다. 준혜는 아이의 천진 한 눈과 마주쳤다. 괜찮아요. 아이의 눈이 그렇게 웃고 있다. 잡 수셔요, 선생님. 아이의 눈이 다시 권한다.

"그래, 그럼 먹어보자. 다리 하나만."

결국 입을 열었고, 아이에 의해 낙지가 준혜의 입으로 들어갔 다. 준혜는 소름 끼쳐 결국 낙지를 뱉어버리고 말았다. 아이들은 딱하다는 듯이 웃으면서 낙지를 물속에 놓아준다. 고마운 정이 눈물 난다. 오길 잘했지. 아이들은 물속을 첨벙거리며 옷이 젖는 일은 걱정도 없다. 여덟 시가 넘었지만 주위가 훤하다. 여름의 낮 은 길고 움직임은 다슬기처럼 둔하다.

교문을 나서는 주일이 보인다. 가슴이 아리다. 도대체 뭐야. 몇 사람을 동시에 생각하다니. 아이들은 가까워진 선생님과의 거 리를 좁히려는 듯 집에 갈 생각을 하지 않는다. 한참을 재잘대다가 완전히 어두워지자 준혜를 떠났다. 피곤하지만 즐겁다. 색다른 행복에 가슴이 뛴다. 모깃불을 피우고 마루에 앉아 밤바다를 보았다. 어디까지가 하늘이고 바다인가. 이곳에서 오래 살아야지 하는 생각이 들자 주일의 행동이 마음에 걸린다.

"조금 생각해 보겠어요."

주일은 말은 서두르면서 결혼 얘기가 집에서 나오면 망설인다. 부딪혀 볼까? 준혜는 벅차다. 감당하기 쉽지 않다. 갖고 싶은 마음이 거머리처럼 달라붙어 떨어질 줄 모름을 어찌하랴. 시골은 좁다. 준정이 다녀간 뒤로 직원들 알 사람은 다 안다. 주일은 긍정도 부정도 할 수 없다. 얄미운 마음들은 멋대로 준정과 준혜의 이야기를 헐뜯었다. 흉한 모습이다. 긍정은 준혜를 포기함이고 부정은 자신의 마음을 안정시키는 구실일 뿐이다. 그 정도의 흠이야. 오히려 감사해야지. 그러나 비겁한 짓이야. 여자를 얻기 위해 그녀의 약점을 구실 삼는 비겁자는 될 수 없어. 오후 내 몇 번이나 바다에 나갈까 생각했지만, 남들 보기에 자신의 몰골이 안쓰럽게 보일 것 같아 그만두었다. 준혜를 보고 있다가 준혜가 움직이자 서둘러 퇴근했다.

부모님 마음에 드는 참한 색시. 자신의 마음에 들지 않음을 어찌 하리요. 집을 나왔다. 언덕에 올랐다. 학교를 향해 달렸다. 준혜 방의 불이 환하다. 무엇을 하고 있을까? 책이나 보겠지. 틈만

매미 우는 소리가
들리지 않으면 가을이다

있으면 책을 본다고 했다. 편지를 쓸지도 몰라. 오늘 낮의 일을 그 사람에게 얘기하듯. 결혼해야지, 차라리. 마음 내키지 않음을 어쩌랴. 길에서 한참 준혜의 방을 보았다. 가까이 갈 수 없는 나라일까? 같은 하늘 아래, 같은 공기를 마시고, 많은 시간을 같이 움직이는데, 그녀와 한 울타리로 묶어질 수 없을까? 영원한 동료로 만족해야 할까?

힘없이 발길을 돌렸다. 언덕에서 뒤돌아보았다. 오랫동안 준혜의 불빛을. 포구에서 희미한 노랫소리가 들린다. 서글픈 가락이다. 술을 마시면 언제나 서글픈 가락이 나오는 국민 정서가 딱하다. 어렸을 때 일이 생각난다. 아버지가 공무원으로 이곳으로 발령나 따라온 여자다. 깨끗하다. 땟물과 땀 냄새가 나지 않는 주일의 첫정은 시작되었다. 말도 못 붙였다. 양 갈래로 땋은 머리, 운동화. 주일의 고무신에 비해 운동화는 빨간색이다. 주일은 그 아이가 전학 갈 때까지 숨도 제대로 못 쉬었다. 아이가 가자 주일은 언덕에 올라 울었다. 잘 가라. 건방진 가시내야. 언덕에서 엉엉 소리내 울었다. 가다 교통사고라도 나서 뒈져버려라. 여자가 전학을 오면 골탕 먹이는 것으로 달랬다. 가방 속에 개구리를 잡아넣기도 하고 도시락에 지렁이를 넣기도 하고, 뒤에서 머리를 잡아당기던가, 놀고 있는 고무줄을 끊어버리던가. 아니면 계집아이가 지나가는 길의 풀을 묶어 걸려 넘어지는 걸 즐기기도 하고. 그렇게 자란 어린 시절은 주일에게 체념과 수동적 마음을 길러주었다. 도시 여자에게 마음 흘러가는 것도 허락하지 않았다. 떠나는데 도시인들은 번개보다 빨랐고, 한번 간 사람은 오지 않았다. 시골마을의 서러움이다. 아버지처럼 떠날 수 없겠지. 내 자식도. 그리고 그 다음다음 대의 아이들도. 조상이 그랬던 것처럼 도시를 포기해야겠지. 동네 처녀들이 딱하고 싫다. 도시에서 총각이 부임하면 말 그대로 육탄 쟁탈전을 시작하는 처녀들. 그녀들에겐 도시 총각 남자는 영원한 구원이다. 다행히 데리고 가면 이곳을 벗어나는 것이고, 버림을 받으면 잊고 다른 상대를 기다린다. 동네 사람 누구도 처녀들의 행동을 탓하지 않고 은근히 권한다. 그렇게라도 이곳을 뜨고 싶고 시집간 딸 덕에 도시 구경이라도 할 수 있다는 얄팍한 계산속 때문이다. 그런 사람들이 딱하고 싫다. 하지만 그것은 풍토다. 여동생이 없는 것이 얼마나 다행인지.

가을을 맞이하면 작품 전시회를 가지는 것은 연례행사였으므로 안내 포스터 공모를 위한 작업이 시작되었다. 일정한 시간을 내서 학생들은 자신의 머리를 쥐어짜 작업에 열중한다. 근영은 여전히 술에 젖어 축축한 정신으로 작업실로 들어갔다. 어지간한 자리는 찼고 입에서 나는 술냄새가 미안해 엉거주춤 둘러보니 혜연의 옆자리가 비어 있다. 기다리는 눈치 같아 앉았다. 혜연의 그림 그리는 솜씨는 탁월하다. 마무리만 잘하면 좋은 작품이 될 수 있다. 안타까운 것은 혜연의 작품은 처음과 끝이 연결되지 않는다는 점. 세상의 모든 일은 마무리가 중요한데. 혜연의 마무리는 좋지 않다. 권태만 느릿느릿 춤춘다. 착상에선 놀랄 만큼 뛰어난 기지가 보이고 도안도 수준 선상이다. 엉뚱한 멋진 도안이 나온다. 그러다 색칠하면 성의 없이 공간 메우는 식으로 붓을 움직인다. 혜연의 도안에 채색을 자신이 한다면 걸작이 나올 것 같다. 기회는 원할 수도 강요할 수도 없기에 묵묵히 속으로 가슴만 앓았다. 괜찮은 여자, 무난한 여자가 되기에 너무 모난 여자. 혜연을 향한 근영의 정은 어려서 땅따먹기할 때처럼 조금씩 부분이 넓어진다. 색다른 여자에 대한 무의식적 갈망의 표출. 불행하게 잠을 깨면 혜연의 이름이 떠오른다. 사랑이다. 생각한다는 것은 사랑이다. 혜연을 생각하면 웃음이 나온다. 웃음을 만드는 생각은 사랑이다. 수치심도 없다. 취했던 상태에 대해서도. 발가벗긴 사실에도. 더러운 자취방에 대해서도. 웃음만 나온다. 잠들기 전, 눈을 뜨면. 혜연의 주문은 꿈속마저 차지하겠다는 엄청난 욕심이 있음을 알면서도 순종했다. 몽롱한 기분에서 잠에 취하면 혜연이 웃으면서 다가온다. 눈감고 허공에 그렸다. 아쉬운 그리움이지만 허공에서 혜연의 몸은 가슴에 들어오는 작은 새다. 날개 달린 새. 날개를 없애고자 몸부림치나 새의 날개는 프로메테우스의 간 같았다. 싹둑 잘라도 날개는 생긴다. 그의 가슴에 잘린 날개는 셀 수 없이 많지만 여전히 혜연의 날개는 퍼덕이고 있다. 아쉬움을 어찌하랴. 신은 독수리에게 간을 먹히는 고통이라도 맛보건만 혜연은 날개가 잘릴 때도 찡그리지 않는 고통 불감증? 몸부림치고 꿈에도 시달린다. 자신을 쉬게 했던 잠이 혜연 때문에 무섭고 힘이 든다. 혜연의 첫 손질에 미소를 지었다.

박 교수가 학생들 사이로 들어온다. 키는 작으나 유난히 눈이 큰 남자. 말에는 멸시와 조롱이 묻어 나온다. 오늘도 예외는 아니다. 혜연의 손이 그림 위에 노란색의 나열을 시작하자 근영은 거북한 가슴에 언짢은 기분이 되었다.

"노란색을 많이 쓰는군."

"좋아하는 색이에요."

"좋아한다고 어울리지 않는 곳에 노란색만 묻히다니 작품에 대한 성의가 의심스럽소. 예술에 대한 모독이요."

"자신이 싫어하는 색을 칠한다고 제자의 작품에 무성의한 비판을 하는 것도 모독이지요."

"무슨 소리요?"

"선생님은 노란색을 싫어하시잖아요."

"무슨 소리. 난 노란색을 많이 사용하는 고흐에게 항상 매력을 느끼는 사람이요."

근영은 박 교수의 성난 목소리와 표정을 보았다. 안면 근육이 감정 자제가 힘들어 보인다. 혜연의 불화살이 정통으로 날아간 것이다. 화살은 어느 곳에 꽂히지 않고 공중을 활보했다.

"놀랍군요. 그런 말씀을 하시다니. 고흐에 대해 말씀하실 때는

매미 우는 소리가
들리지 않으면 가을이다

항상 떫은 감을 씹는 표정이셨는데. 고흐는 괴팍한 성질이 흠이지만 서양 미술사에선 무시할 수 없는 존재인데도. 고흐의 노란색. 매력적인 표현이에요. 선생님께서는 노란색이 많은 그림에 대해서 한 번도 칭찬하시지 않았어요. 어떤 이유로 노란색을 싫어하시는지 알 수 없지만, 선생님께 관심이 많은 사람이에요. 고흐에 대한 선생님의 관심보다 많지요."

"무슨 뜻이지?"

"선생님께서는 훌륭하시고 저는 삼류대학의 달걀 화가예요. 일류 스승에 대한 자신 없는 환쟁이의 비뚤어진 존경심입니다."

"내게 도전하는 것이요.. 건방진 학생이군."

"감히, 어떻게. 선생님께서도 저처럼 건방지게 행동하다 학교를 토막 내셨나요?"

"뭐라고!"

박 교수의 자제력이 한계점에 달했다. 얼굴이 석고처럼 하얗게 굳었다. 그러기를 잠깐, 석고에 연지처럼 화색이 돌았다. 학생들은 희극과 비극이 동시에 연출되는 상황과 대화에 숨죽여 귀를 기울이며 속으로 웃고 겉으로 겁먹은 표정을 만들었다.

"고흐는 노란색을 잘 표현한 화가입니다. 동서고금을 찾아봐도 노란색을 그렇게 예찬한 화가는 없습니다. 선생님께서는 이렇게 혹평하셨습니다. 고흐의 성질이 비뚤어진 것이 노란색 때문이라고. 노란색이 고흐의 머리를 그렇게 만든 것처럼. 노란색은 밝고 경쾌한 색이에요. 범죄와 친한 색이 아닙니다. 노랑 병아리, 개나리, 누가 그것들을 보며 나쁜 생각을 감히 하겠어요?"

끝을 알리는 종이 울렸다. 박 교수가 창밖을 보고 멍하니 잠시 서있다 나갔다. 종소리가 일촉즉발의 두 사람을 갈라놓은 것이다. 숨죽이고 있던 학생들이 혜연에게 몰려들었다.

"그런 식의 도전은 자신에게 불리해."

근영이 퉁명스럽게 뱉었다. 이런 식으로 혜연의 모난 부분이 부스러지는 것은 최악이다.

"멍텅구리, 겁보 같으니. 박 교수를 이길 수 있어요. 잘나지도 못하면서 경멸하고 무시하는 박 교수의 태도가 아무렇지 않나요? 우리는 쉽게 분노하는 시기인데도."

"하지만 그런 식은?"

"이기는 방법을 알고 벌인 싸움이에요."

"오판은 많아!"

"김일성처럼. 그 늙은이는 지독한 후회 때문에 심한 불면증에 시달렸다죠."

"전쟁이란 입장이 불리하면, 힘이 약하다고 생각되면, 아무에게나 원군을 청해."

"신라를 도와준 당나라도 김일성을 도와준 중공도 없어요. 소련도 없어요. 가난해 배고파 굶주릴 뿐. 한 번의 말다툼에 제적은 허용되지 않아요. 언론의 자유는 헌법에서 보장해 준 자유에요."

매미 우는 소리가
들리지 않으면 가을이다

혜연의 자신 있고 야무진 대답에도 염려스럽다. 당돌한 여자. 무난하다면 더욱 좋은 것인데. 혜연이 사랑스러운 만큼 겁난다. 사랑의 완숙을 의미하는 것이다. 서로의 마음에 같은 종류의 전기가 흐르면 유아기, 청년기도 지나지 않고 성숙해버린다.

기말고사. 교만한 박 교수의 시험지는 근영을 당혹하게 만들었다. 실기 점수가 아니면 틀림없는 낙제다. 이론이 까다로운 것이 특징. 혀를 내돌리며 혜연을 원망했다. 혜연이의 도전으로 전부 낙제라고 투덜거렸다. 근영은 혜연이 나가면서 주고 간 쪽지 덕분으로 빈 곳을 없앴다. 얼마큼 공간을 채워야 함이 주관식의 상점이고 단점인데, 박 교수에게 얼렁뚱땅은 통하지 않는다. 미사여구를 몽타주 식으로 나열하고 싶을 만큼 마음이 어둡다. 오비이락이야. 오뉴월에 지름 일 센티미터의 우박이 쏟아지고 있는 것이야. 학생들은 노골적으로 투덜댔다. 근영은 동조도 무시도 아닌 입장을 지키며 침묵했으나 염려스러운 마음은 부인할 수 없다.

"걱정하지 마세요, 근영 씨! 낙제 없어요."

"박 교수는 까다롭기로 소문났고 A 학점은 개교 이래 없다고 했어."

"그러나 할 수 없이 줄 거예요. 자신은 없어요. 주관식이란 것이 그렇잖아요. 박 교수의 양심에 맡겨야죠. 채점자의 기분에 따라 시계추처럼 오락가락하는 것이 주관식이잖아요. 하늘에 맡겨야죠.”

“자고로 강한 자는 양심을 버리는데 솔선이지.”

“미국처럼? 근영 씨의 염려 고마워요.”

근영은 매우 염려스럽다. 민혜연. 석 자는 숨을 쉬는데 필요한 산소다. 부족하면 사람은 살기 힘들고 때로는 죽기도 하는 보이지 않는 무서운 적. 혜연은 날마다 얼씬거리는 산소다.

6

준혜. 생각보다 죽음이 가깝다. 전사해. 손뼉 칠게. 월남 여자 배에 앉아 노 저어 봤어. 죽기 전에 어느 곳에든 흔적은 남겨야지. 살아서만 온다면 내가 네 흔적을 기르고 싶다. 그래 나도 네 배 위에서 노 저어 봤으면 좋겠다. 꼭 그러겠다. 동운은 찐득찐득한 몸을 씻을 생각은 안 하고 마음속으로 다짐했다. 전쟁은 어린이의 숨바꼭질보다 심심했다. 전선 없는 전쟁이기에 승리의 기쁨도 패전의 허무도 없다. 적이 누구인지 확실하지 않은 싸움은 지루하고 어리석은 소비다. 누구의 원에 의한 참여인가? 미국이 좀 보내는 게 어때, 하고 넌지시 말하니까 서둘러 보낸 원군. 호기심과 자포자기로 뛰어든 전쟁이 의외로 죽음과 가까웠다. 고국에서 날아든 신문은 승전뿐이지만 실제 상황은 아니다. 어젯밤 사타구니 달래러 나간 일등병은 정오가 되었는데 돌아오지 않는다. 당했군. 뒤숭숭한 마음들이 그렇게 생각하지만, 말은 하지 않는다. 순찰 중 행불 일명. 병영일지에 기록되었다. 전사라는 말은 가능한 사용하지 않으려는 것이 전쟁상황 중 불문율이다. 행불. 살아 있을지도 모른다는 가능성은 기대다. 실지로 미군 이야기를 들어 보면 행방불명 되었다 몇 주 지나 베트콩 소탕 작전을 위해 불태우는 월남인들 틈에서 아군도 적군도 아닌 애매한 모습으로 나타나기도 한다는 것이다. 그 병사는 몇 개월 정도 수용소 생활을 하다가 원상으로 복구되어 다시 소탕 작전의 소모품이 된다. 그런 전과가 두세 번 있는 미군도 있다는 소리를 들은 병사들은 행불이라는 말의 가능성과 매력을 느꼈다. 돌아오지 않는 병사에 대한 동정은 죽음의 공포와 같다. 창녀의 반 이상은 베트콩이고 젊은 군인들에게 총보다 무서운 적이다. 전선에서 구하기 쉬운 여자는 미끼이고 피비린내의 공포는 상대적으로 엉뚱한 성적 발산을 강요했다. 그런 줄 알면서도 미끼에 걸려드는 군인들. 조물주의 짓궂은 조화다. 준혜. 동운은 뜨거운 모든 것을 이겨내는 방법으로 준혜만 생각했다. 준혜의 부끄럽지 않은 노골적인 고백도 시원한 청량제다. 귀국이 얼마 남지 않았다는 안도감과 공존하는 불안도 보이지 않는 무서운 적이었다.

"이렇게 고통을 받으니 차라리 복상사腹上死하는 게 행복하겠지."

나쁜 병 때문에 몇 달을 고생하고 있는 병사가 신음과 같이 내놓은 말이다. 숨이 막히는 목소리다. 병사는 한 번의 외박으로 치유하기 힘든 병을 얻었다. 매독. 그에게 부끄러움도 없었다. 가려움으로 고생. 위생병의 독한 항생제와 무분별한 치료로 그의 남성은 환갑이 지나 버렸다. 환갑이 지난 무기력한 물건이 스물셋의 남자 몸에 붙어 있으니 죽음이 특효약이라는 이유를 동운은 안다. 차라리 죽고 싶다. 며칠 전에 그 말을 들었다. 대답하지 않았다. 살아 있어야 해. 거꾸로 매달려도 살아 있는 게 낫다고. 준혜를 보기 전에 죽어선 안 돼. 죽을 수 없어. 그를 지배하는 명령이다. 준혜는 신이었다. 준혜의 편지를 자기보다 기다리는 친구. 가끔 불쾌하기도 한 마음속 연적의 처절한 발악을 지켜볼 수 밖에 없었다. 속수무책인 것을. 무엇을 누구를 탓해야 하는가? 책망은 늦은 명령이다. 무엇을 강요하랴. 인내와 절제를? 소용없는 짓이다. 준혜 덕으로 살고 있다. 준혜의 편지가 처음 공개되던 날. 중대장의 부름을 받았다. 그날부터 중대장의 심부름꾼이 되어 정찰 임무에서 제외되었다. 직접적인 총알받이에서 한 발 뒤로 물러선 것이다. 무지막지한 더위와 매독균을 배양하고 있는 창녀와 극성스러운 열대 모기와 나타나지 않는 석과의 신경전에서, 준혜의 편지는 시원한 스콜이었다. 날마다 같은 시간에 쏟아지는 더위를 식혀주는 스콜.

국내 펜팔이란 것이 열병처럼 퍼지고 있었다. 성인잡지 귀퉁이에 주소를 적어놓았다. 장난삼아 보낸 글 때문에 서른 통이 넘는 편지를 받았다. 기대 없었던 월척이다. 간지럽고 달콤한 단어가 즐비하게 늘어져 있는 어지러운 구석에서 준혜의 편지는 저돌적이다. 표현할 수 없는 감동이 전신을 흔들었다. 하늘을 보고 소리치며 웃었다. 몇 센티미터의 월척인가? 한 가지만 약속해요. 절대 만나지 맙시다. 많은 사람이 만나서 실망해요. 편지를 몇 번 주고받다 만나 편지가 단절된 일들이 빈번했다. 사랑이라는 말은 피하고 못 할 말이 없는 능구렁이. 절대로 만나지 않는다는 전제 조건이 작용했다. 상대에 대해 실망하지 않아도 된다는 안도감이 힘이 되었다. 어떤 감정도 거르지 않고 보낼 수 있다는 것은 냉수를 마시는 것보다 후련한 일이다. 전쟁에 대한 매력으로 월남행을 결정했다. 전쟁이란 일생에 한 번 있을까 말까 하는 기회다. 월남행. 쉽게 내린 결정에 가족들은 만류했지만, 자신의 결정을 고집했다. 신문 보세요. 죽지 않아요. 미군은 지지 않아요 하면서.

월남행 축하한다. 남자란 어차피 국가 원수의 들러리를 서야 할 의무가 있지. 만 점 짜리 남자의 표상表象이니까. 조금 화나는 것은 한 번쯤 상의할 수 있지 않니? 많이 가까운 사이라고 생각했는데, 내 믿음은 혼자만의 어리석은 착각이구나. 신문 보낸다. 용돈 쪼개서 만든 신문이다. 너의 좋은 인생의 한 조각을 위해서 건배하자. 붉은 프랑스 포도주로.

전쟁 중 군사우편은 본인 손에 오기 전에 뜯어지는 게 상례다.

준혜의 편지도 중대장이 먼저 본 다음에 차례가 돌아왔다. 조국에서는 나름대로 머리를 짜서 파월 국군을 위로하는 방법을 찾고 있었고, 한 가지 예로 D 일보에서 신문 보내기 운동이 전개된다는 소식을 들었다. 한 달 만에 준혜가 보내왔다. 다른 사람이 읽어도 부끄럽지 않은 내용. 오히려 읽는 이의 마음조차 즐겁게 해 주는 준혜의 편지에 중대장은 합법적으로 웃기 위해 그를 곁에 둔 것이다. 그래서 동운은 으스댔다.

"누구든 편지를 나보다 먼저 읽어도 좋다. 편지를 껴안고 자도 좋다."

동운은 술 취해 으스대며 외쳤고, 준혜의 편지는 혼자만의 것이 아니라 중대의 음악으로 둔갑했다. 충실한 준혜에 감사했다. 혼자만 보고 싶은 것 아니지. 스스럼없고 막힘 없는 편지. 지난 꿈에 날아갔다. 베트콩 창녀의 몸에 붙어서 보았다. 네 남자는 힘이 좀 센 편이고 시간이 길어 기다리는 다른 병사를 신경질 나게 해 주더라. 편지에서 나는 냄새로 보아 산전수전 겪은 과부는 분명 아닐진대. 편지를 돌려가며 웃는 병사들의 가슴에서 준혜의 숨소리는 요란했다. 준혜는 중대원의 애인이 되었다. 신선한 충격에 동운의 가슴은 뿌듯한 기쁨을 맛보았다. 정글의 크리스마스는 고국에서 무더기로 날아온 편지와 선물로 흥청망청했다. 병사들에게 선물은 푸짐했다. 칫솔, 치약, 양말, 내의 등. 요절복통할 내용의 책들. 고급 관청에서, 학교에서, 마을에서, 다만 위문 봉투의 발신인만 다를 뿐 내용은 비슷했다. 병사들은 따분한 얼굴이 되었다. 오히려 여자의 간지러운 편지가 감동을 주었다. 누나가 있다는 초등학생의 편지에 모양내며 답장을 서두를 정도로. 준혜의 선물이 이틀이나 늦게 동운 앞에 놓였다. 준혜다운 정성과 소중함이 느껴지는 포장지에 내무반은 시끌시끌했다. 무엇일까? 과연 무엇이 포장지 안에 들어 있을까? 우스운 전쟁. 크리스마스 휴전이 계속되는 한가한 전쟁터에서 이 문제는 즐거운 수수께끼였다. 중대장은 일박의 외출이라는 상품을 걸고 물건을 맞추도록 했다. 병사들의 상상력이 풀렸다. 평범한 선물의 종류가 나왔다. 그럴밖에. 따분한 전쟁에 시달리는 병사들이다. 새로운 생각 같은 것은 엄두도 못 한다. 중대장의 지시로 상자를 풀었다. 상자의 포장지가 벗겨지자 많은 사람이 손뼉을 치며 웃었다. 과자, 선물은 동그랗고 파삭파삭하고 달착지근한 과자다. 남자만의 옷도 한 상자 들어 있다. 준혜다운 선물이다. 미군들은 외박하는 병사에게 의무반에서 꼭 그 옷을 타가도록 했으나 한국의 병사는 성질이 급해선지 챙기지 않아 불상사가 언제나 일어났다. 고통에 시달리는 병사의 수는 계속 늘어났다. 콘돔. 병사들은 박장대소했고 동운은 어깨를 으쓱했다. 어떤 기분이었을까? 콘돔을 사 들고 약국을 나서는 준혜의 표정을 본 약사의 기분이. 미묘한 느낌은 지나치는 무심함은 아니었겠지.

달콤한 과자는 달콤한 감각기능과 같은 것. 필요할 것 같아 보낸다. 우스운 것은 약국에 가서 천연덕스럽게 남자 옷을 달라고 했더니 약사가 음흉하게 웃으며 보더라. 소름 끼쳤으나 웃고 나왔다. 이 개수만큼만 운동해. 중노동이니 안 할 수도 없다며 밤새 연구했다. 논문 쓰는 중인데 외설 박사라는 학위는 없네. 이 이상은 혼내줄 거야. 조금 얄밉잖아. 매우 얄밉다. 경고하건대 한 번 찾은 창녀를 두 번 찾지 말지어다. 창녀의 가슴에 불을 지피는 것이야. 창녀의 불은 삼 도 이상의 화상을 입혀. 창녀의 가슴에 정을 심어도 안 돼. 창녀를 슬픔의 늪에 빠지게 하니까. 창녀가 늪에서 저주하면 상대의 가족에 재앙이 와. 누구의 저주도 싫은 사람이야. 병사들은 환호했고 일박의 외출은 누구의 몫도 되지 않았다. 과자도 나눠 먹고 옷도 나누었다. 너는 내 꿈, 우리의 꿈. 이 옷을 입지 않을 것이야. 벗은 몸을 너와 섞을 때까지. 준혜선의 사공이 될 것이다. 노를 저으며 기쁨을 맛보리라. 이 생각은 절대로 살아야 한다는 신념이었다. 준혜를 만나기 위해 더위와 지친 싸움에서 살아야 한다고 다짐했다. 준혜를 한 번 보기 위해서. 내무반 벽 이곳저곳은 타임지에서 오린 여자의 나체사진들이 멋대로 붙어 퇴폐적인 전쟁의 일면을 보여준다. 전쟁은 정신을 먼저 병들게 한 다음 육체를 망가뜨리는 무서운 것이다. 서로 부딪혀서 생사를 정하는 격렬한 운동이지만 먼저 정신을 완전히 황폐화했다.

"마지막 외출이야. 월남 여자 맛도 괜찮아. 일생에 다시 오지 않는 기회야. 귀국과 동시에 영원한 안녕."

매미 우는 소리가
들리지 않으면 가을이다

서 상병의 부추김이 자극한다. 군대는 수도원은 아니니. 서 상병은 짓궂은 상사지만 건전한 사상을 지닌 젊은이다. 귀국이 얼마 남지 않았고 가면 다시 못 올 땅임을 동운도 알고 있지만, 미련은 없다. 환갑이 지난 물건과 사는 병사는 끝내 사라지고 말았다. 죽었는지, 아니면 베트콩에 투항했는지, 포로로 잡혔는지, 아무도 모른다. 사라진 병사로 행불자 명단에 오른 것이다. 사망보다는 행불이 보고하기도 마음이 홀가분하니까. 그의 내무반 자리는 채워지지 않을 것이다. 행불자니. 가엾은 녀석. 어떻게든 숨을 쉬면서 살아 있어라.

"박 일병 끝내 춘향이야."

서 상병의 두 번째 재촉에 머뭇거렸다. 호기심과 갈증이 전혀 없는 상태는 아니다. 뉴스에는 이겼지만 패한 전쟁이다. 줄어들기 시작한 미군. 반대로 낮 밤 가리지 않고 활개 치는 아군 같은 적의 움직임. 결국 승전고 없이 귀국하는 약소국의 병사들은 허망함에 잠기기 시작했다. 미군의 철수는 구린내를 심하게 내놓았고, 승리 운운하는 국민에게 한 사람의 전사자라도 줄이기 위해 소국의 대통령은 명분을 내세워 미국의 눈치를 보면서 철수를 명령했다. 그가 받은 신문의 전사자는 한 자리고 그때마다 병사들은 코웃음 쳤다. 자신이 속한 중대에서만도 그 숫자를 능가했다. 중대장의 침울한 보고서를 정리하는 일을 맡았기 때문에 비교적 정확한 정보다. 그렇다면 배 타고 귀국선에 오른 시체들이 부활이라도 했다는 말인가. 아니면 다른 부대는 불사신의 부대인가?. 이 거짓말을 보며 선량한 고국의 국민은 맹호 맹호하며 환호하겠지. 어차피 전쟁에 대한 평가는 몇십 년이 지난 후에 제대로 조명되지만 너무 한다는 생각이 들었다.

입에 맞지 않은 C레이션이 간식으로 들어왔다. 미군이 먹다 남은 찌꺼기. 그 생각이 들자 배고픔이 도망가 버렸다. 언제까지나 미군의 찌꺼기로 주린 배를 채워야 하는가. 육이오 후에도 그랬는데. 미국이 먹다만 찌꺼기를 얻어 먹으면서 살았는데. 이십 년 전 일인데 타국에 와서 반복하다니. 그러나 어쩌랴, 그때도 끝없이 고마웠고 지금도 살기 위해서 고마운 것을 부인할 수 없다. 고국에서 보내지는 음식은 도중에 상하거나 적에게 뺏겨버렸다. 상한 음식 때문에 설사 복통을 일으켜 고생하느니 상하지 않는 것이라면 미군의 똥이라도 먹어야 할 만큼 배고플 때도 많으니. 미군의 설거지를 하는 민족. 동운은 구역질 났다. 깨끗한 뒤처리로 무엇이 남아 있는가? 오직 굴욕이 남아 있을 뿐이다. 강한 자는 약한 자에 대해 관대하지 않았다. 도움받는 자에게 비굴을 강요한다. 우리 민족은 왜 언제나 요꼴일까? 역사적으로 지리적으로.

"할 수 없군. 혼자 가야지."

"제발 돌아오지 않는 상병은 되지 마십시오."

서 상병이 눈을 찡긋하고 나간다. 돌이켜보면 일 년이라는 세월. 계절 없는 곳에서의 삼백육십오 일은 지루했다. 그곳에도 눈이 쌓였겠지요. 언젠가 받은 편지가 생각난다. 빌어먹을 선생 녀석들. 지도를 펴놓고 월남은 열대지방이라는 교육은 안 하나? 우라질 녀석들.

즐비하게 누워있는 열이 넘은 자식들을 보며 마른 얼굴에 억지 미소를 띠며, 따이한하며 환영하는 월남인들의 이해하기 힘든 행복. 벼를 이모작 하듯 자식도 이모작이다. 그들은 낮잠 자는 시간에도 섹스는 열심이다. 조국에서는 열이라면 주책없이 많다고, 쑥스러운 웃음을 짓는데 이곳은 그렇지 않다. 겨우 열이에요. 스물쯤이면 만족할 숫자인가? 이해되는 부분도 있다. 많이 낳아도 많이 죽는다. 병에, 전쟁에. 몇 년을 끌어온 전쟁에 젊은이는 희귀종이다. 군인이 우리나라처럼 젊은 남자의 특권이 아니다. 머리가 허연 여자, 늙은 남자도 훌륭한 병사다. 나이 어린 소년 소녀도 필요한 병사다. 필요하면 언제든 소모될 수 있는 예비병력으로 훌륭했다. 계절이 흐리멍덩한 곳에서 세월을 일깨워주는 것은 오로지 준혜다. 고향 소식. 꽃 피는 삼월의 목련꽃 소식. 아카시아 냄새 물씬한 여름 편지. 냄새 맡아봐. 냄새나지. 아카시아 꽃잎을 삶은 물에 담근 편지지야. 국화잎이 우수수 쏟아지는 가을 편지. 눈이 오는 그림이 있는 겨울 소식. 눈이 보고 싶어 잠 못 이룬 밤도 있다. 눈 맞고 싶어서. 내 인생에 눈을 맞지 않고 지낸 겨울이 있을 줄 몰랐다고 눈물 찔끔거리는 병사도 있다. 월남의 아이들에게 눈을 설명해 주지만 듣는 사람의 눈동자는 멍할 뿐이다. 맥

풀려 통역에게 화를 냈지만 느낌은 통역도 마찬가지.

더위와 소나기가 일 년 내내 계속되는 지역. 덕분에 밀림이 잘 자랐다. 사람만 더위에 성장이 배가 되지 않고, 자연의 모든 것은 작렬하는 햇볕을 받으면 빨리 자란다. 우거진 밀림은 병사들을 힘들게 했다. 밀림 속에 베트콩, 독사가 지리에 서툰 외국 군인들을 위협했다. 자연의 적을 제거하고자 제초제가 수시로 헬기에서 내려오는 전선이다.

"준혜 씨를 만나면 어떡할래?"

뜻밖의 질문이다. 축 개선이라는 전보를 가지고 들어온 중대장의 질문이다. 미처 생각하지 못한 부분이다. 만난다는 생각뿐이다. 후의 일은 한 번도 생각하지 않았다. 지금의 처지로선 생각하고 뭐고가 없다. 어떻게 할까? 전염병 환자, 문둥병 환자래도 너와 살 것이야. 얼마나 감동 주고 기쁘게 한 준혜의 편지인가? 겨우 스물셋의 무직자. 할 일은 많고 준혜는 학생이다. 만난다는 생각뿐 계획은 없다. 무모한 바람이다. 군 복무도 일 년 남았다. 결혼해? 절대 만나지 말자던 생각을 수정한 준혜다. 처음으로 전쟁의 횡포를 준혜에게 보냈을 때다. 살아서 만나 같이 웃자. 우리 꼭 그렇게 하자. 이유는 너를 사랑하니까.

"결혼하겠나?"

"글쎄요."

"명답이다. 결혼은 꿈의 끝이야. 별 일이 없는 한 돌아간다. 미

매미 우는 소리가
들리지 않으면 가을이다

운 정부터 시작하는 결혼 생활에 준혜 씨 끌어들이지 마라. 인생 선배의 충고인데 평생을 그리워하는 상대가 하나 있는 것도 바람직한 일이야. 너희는 그게 어울리는 것 같다. 네 여자는 좀 힘든 여자야. 그런 여자를 데리고 산다는 것은 남자를 부담스럽게 한다. 언젠가 준혜 씨는 네 꿈이라고 했다. 꿈은 꿈으로 만족이야. 준혜 씨도 그걸 원할지 몰라. 냉정히 판단한다면 너희에게 애정은 없어. 한편은 무조건 위로하고 한편은 무조건 매달리는 것 같다. 인생은 무조건이어서는 안 되지. 이원적인 생활은 절대 필요하다. 인간은 어차피 야누스야. 무조건이라는 것은 꿈을 파괴할수 있는 강한 힘을 가지고 있다는 것이야."

동운은 고개를 끄덕였다. 강요 같은 권함. 옳은 말이다.

"너의 깨질 꿈을 위해."

동운은 중대장을 따라 처음으로 월남 여자를 안았다. 가면 오지 못할 땅에 미련을 심으면서, 비 오듯 흐르는 땀과 짠 눈물을 맛보았다. 짧은 쾌락 안에서 준혜와 헤어질 약속을 만들었다.

"아이가 생기면 이곳으로 찾아와. 언제든지."

동운은 영어로 한국의 주소를 적어 여자에게 주었다. 여자는 부대에서 찌꺼기를 가져다 먹는 이웃 주민의 아낙이다. 유난히 암내를 풍겼다. 월남의 여자들은 레그혼을 닮아 다산형이었다. 그래서 어떤 가능성을 생각했다. 미군 헬기에서 노란 가루가 내려오기 시작한 것은 귀국선을 타기 일주일 전. 미군은 철수하는 아군 쪽의 노출을 방지하고, 밀림 속 베트콩을 찾아내기 위해 제초제를 뿌렸다. 제초제가 동운의 중대에도 내려왔다. 미군은 철수하는 아군 진지를 황폐화해 적에게 도움 되기를 원하지 않았다. 육이오 때 무차별로 양민까지 폭격했듯이 신형무기를 사용했다. 전쟁에 차출된 미군은 사람 죽이는 것이 취미인 듯했다.

밀림 제거를 위한 제초제가 머리 위에서 밤이슬처럼 내려앉았다. 현기증에 코가 멍멍했다. 화생방장비가 어디에 박혀있는지 관심도 없다. 미군은 철저히 방독면을 사용했으나 우리 국군은 그렇지 못했다. 장비의 부족도 원인이 되기만 쉽게 들뜬 병사들은 귀국, 오로지 그 생각뿐이었다. 장병들은 노란 가루를 맞으며 밀림을 행군했다. 고국으로 돌아가기 위해. 가족과 만남을 기약하며. 준혜와의 깨어질 약속이 조금씩 가까워 오고 있었다.

"오, 노우."

미국 신부가 오렌지 가루를 뒤집어쓴 병사들을 보고 놀라 부르짖었다.

오늘도 맞이방에 앉아있다. 예외 없이 준혜와 준정이 나타났다. 준혜는 버스에 오르고 준정은 돌아선다. 준정의 불안한 눈빛이 낯익은 필름 같다. 얼마나 가까운 사이인가? 동운은 표를 구해 버스에 올랐다. 차창 사이로 준혜와 준정이 무엇인가 말하는 사이에 옆 출구를 이용한 것이다. 준정과 마주치는 어색함을 피하

매미 우는 소리가
들리지 않으면 가을이다

기 위한 빠른 몸짓에 준정은 동운을 발견하지 못했다. 일요일 오후라 입석도 많다. 준혜의 머리에서 비누 냄새가 난다. 금방 목욕탕에서 나왔나 느낄 만큼 비누 냄새가 강하다. 그리운 냄새. 날마다 맡았으면 바랬던 냄새. 느낌대로 준혜의 냄새는 산뜻하다. 창밖을 보며 앉아있는 준혜. 무슨 생각을 하는 것일까? 준정? 아니면 혹시? 주저앉고 싶을 만큼 피곤하다. 특별히 피곤이 강요된 일을 한 것도 아닌데. 졸면서도 정신을 가다듬어 반 시간쯤 지탱했다. 준혜 옆자리가 비었다. 망설임이 있었지만 앉았다. 준혜는 여전히 창밖 풍경에 열심이다. 평화로운 풍경에 편안한 표정이다.

잡초가 시들만큼 가을이 깊은 것이 아니다. 겨우 9월 하순. 동운은 논두렁에 말라 비뚤어진 잡초를 보았다. 끈질긴 생명력으로 태고부터 지금까지 인간을 성가시게 한 잡초, 아직 시기가 아닌데 흉하게 말라 죽었다. 벌떡 일어났다. 월남에서도 잡초와 밀림이 죽었다. 잡초와 밀림에 익숙한 베트콩들은 수시로 미군과 아군을 괴롭혔다. 전쟁은 자신에 익숙한 모든 것을 이용해 적을 괴롭힌다. 언제 어디서 나타날지 모르는 베트콩의 은신처와 지뢰밭을 없애기 위해 미군의 헬리콥터는 인공비를 마구 뿌렸고, 인공비가 내리고 두 시간쯤 지나면 밀림은 꼭대기부터 말라죽기 시작한다. 갑자기 두려운 생각이 들었다. 밀림에는 약의 찌꺼기가 남아 있었을 것이다. 그런 밀림을 우리 수색중대가 뒤졌었다. 미군은 수색작업을 꼭 우리에게 맡겼다. 떠나기 며칠 전, 밤이슬 되어 내려오던 냄새를 즐겁게 들이마셨다. 말라죽은 나무들을 보며 너털웃음을 지었다. 월남을 가기 전에 두통, 현기증은 없었다. 오노우하던 신부의 놀라움은 무엇이었을까? 미군은 왜 항상 말라죽은 지역의 수색작업을 우리에게 일임했을까? 요즈음엔 횟수가 빈번하고 가려움 증세까지 생긴다. 노란 비. 즐겁게 들이마신 노란 비. 끈질긴 생명력의 말살. 수십 년을 인간보다 상한 힘으로 살아온 밀림의 고사. 기우일 거야. 두통은 술 때문일 거야. 과음이 주는 당연한 결과. 피곤은 전성기 지난 인간에게 오는 당연한 과정. 가려움? 우연일 수 있어. 아무거나 닥치는 대로 먹는 음식에 대한 내장의 반란. 스물여섯은 아직 청춘이야. 억측이야. 벌떡 일어섰다. 준혜를 따라 와 모처럼 흙냄새 짠 냄새에 취해 하루를 빈둥거렸다. 빽빽이 가지 쳐 열매 맺으려는 벼를 보고 있었다. 대견스럽다. 논두렁에 앉아 모처럼 자연예찬하다가 무심히 발견한 죽은 잡초 모습에 몸서리쳤다. 육이오는 야만인들 싸움이라 육탄전이었다 한다. 월남전은 월남이라는 땅 위에서 벌이는 강대국들의 새로운 무기 시험장이라고 한다. 미군과 소련의 무기 시험장. 프랑스라는 거리가 더럽고 엉큼한 나라의 은밀한 시험장. 프랑스인들의 지긋한 눈빛이 생각났다. 세상의 온갖 자애로움을 혼자 가진 듯한 눈빛, 그 눈빛 안에는 작은 음흉함과 간교함이 들어 있다. 그네들은 적당히 양쪽에 우호 관계를 맺고 무기를 팔아 검은돈을 모으고 있다.

핵발전을 위해. 총이나 대포가 아닌 두뇌의 싸움. 화생방이 처음 등장한 장소. 월맹 창녀의 자궁에는 매독균이 우글거리고 있다. 배양된 매독균을 그녀들은 자궁에 바른다. 적을 이기기 위해. 그들은 월맹군은 상대하지 않았다. 무서운 애국심이다. 귀국하기 며칠 전 사라진 전우가 생각났다. 냄새와 썩은 성기의 모습. 고열에 시달리던 모습. 그들이 보고 싶다. 기약 없이 흩어진 이별. 어중간한 상태에서 고생하고 있겠지. 새롭고 타당한 자신의 삶을 위해서. 만나야겠다. 무언가 있을 거야. 그들의 소재를 알아낼 수 있는가. 기약 없고, 보장되지 않는 미래 때문에 약속 없이 헤어진 전우들. 환영하는 의식에만 들떴던 전우들. 부산 항구의 요란한 환영. 즐겁게 헤어진 전우들. 우연이겠지. 우연은 세상 어느 곳이나 항상 존재하는 법. 인간이 따분하고 심심해하며 살까 만들어 줬다는 기우. 가슴이 의심 반, 안도 반으로 천근보다 무겁다. 전쟁은 생존자에게는 예술이라던 독설이 생각난다. 후유증 없는 생존을 말하는 거겠지. 불안이 술을 청한다. 소주를 안주도 없이 부었다. 불안은 훌륭한 술친구다. 부딪혀 보지도 않고 물러선 비겁함이 왔노라. 술이 몸에 들어오자 맑은 정신이 재빠르게 몸을 빠져나갔다.

"준혜, 내가 왔다 간다."
교문의 게시판에 붙어 준혜를 기다리는 종이가 먼저 눈에 뜨

인 것을 다행이라 생각하면서 주일은 뜯어냈다. 종이를 접어 책
갈피에 넣었다. 준혜에게 주어야겠지 생각했다. 준정이었나? 엉
뚱한 녀석이군. 떫은맛을 부인할 수 없다. 떫은맛은 입 전체를 홍
분시킨다. 준정의 짓은 아닌 듯하다. 새삼스러운 짓이야. 여기까
지 와서 준혜를 만나지 않고 갈 준정은 아닐 거고. 욕심이 많은 아
가씨군. 어제 그 남자? 순찰할 때 교문에서 서성거린 술꾼? 몸을
가누지 못한 눈치였지. 밤이었지만 준정은 아니다. 제 삼의 사나
이? 준혜는 생각보다 내숭꾸러기인가? 복잡한 생각에 성가시다.
준정은 아니야. 내가 될 수 있다는 생각은 지나가는 빛일 뿐. 준
혜, 내가 왔다 간다. 이름 같은 게 무슨 필요. 보고만 간다. 만나
지 않아도 행복하다. 많은 생각이 포함된 간단한 글귀. 준혜한테
이렇게 감정을 표현할 수 있는 사람은 누구인가?

"전혀 감이 잡히지 않습니까?"

"글쎄요. 전혀. 누군가 장난을?

주일은 오히려 의아했다. 정말 누구의 장난일까? 준혜는 정말
뜻밖의 표정이다. 절대로 오지 마. 알았어. 준정의 얼굴 앞에 준
혜는 단호하게 못을 박았었다. 그래서 나 몰래 왔다 갔을까? 그
앤 뜨거움에 단순 반응이야. 아닐거야. 그렇다면 누군가 나를 아
는 사람의 소행인가 본데 누구일까?

"민준혜 선생님 전화입니다."

스피커 소리에 두 사람은 대화를 멈추었다.

매미 우는 소리가
들리지 않으면 가을이다

"여기는 OO식당이거든요. 선생님 어제 어떤 남자분이 오셔서 술을 먹고 술값을 선생님께 받으라고. 안된다고 직접 통화하시라고 해도 막무가내였어요. 손님이 너무 취해 있었어요. 손님은 새벽에 첫 차로 떠났거든요. 많지는 않지만 어찌 된 것인지 전화를 드리는 겁니다. 한번 들려주세요."

"퇴근 후에 들리죠."

어이없다. 준정이 왔다 갔구나. 식당은 지난번 준정과 저녁을 먹었던 곳이다. 기왕 왔으면 들리지 않고 준정의 맹목이 우습다. 강경책에 질렸군. 교실로 돌아왔다. 주일이 건네준 종이, 준정 너답지 않은 인내구나.

"준정이 왔다 갔어요. 술값이 부족했나 봐요. 내게 외상 달고 갔어요. 식당에서 전화 왔어요."

"왜 그 이야기를?"

"어차피 교무실에 가시면 아실 것 아니에요. 누군가 유 선생님에게 더 과장해 말할 것이니. 돌아서 들어가는 말은 진실보다는 자극적으로 포장된 부분이 많아요. 거대한 성장이죠. 소문만큼 성장호르몬이 넘치게 많은 것은 세상에 없어요"

"소문을 두려워합니까?"

"두렵지 않지만 기분 나빠요. 준정이 다녀간 뒤로 소문이 무성해요. 누구나 자신을 보호할 만큼의 안테나를 설치하거든요."

"어떤 소문도 믿지 않고 모릅니다."

"알아요. 우리나라 말에 등잔 밑이 어둡다는 말 있지요. 유 선생님께는 제일 나중에 들어갈 것이에요. 선생님께서는 소문보다 저를 신뢰하신다는 것 알아요. 누가 뭐라 해도 진실을 아는 한 사람이 있다. 든든한 구원군입니다. 아마 이렇게 소문나겠지요. 민준혜. 과거의 남자. 실연의 상처를 외상술값으로 치료하고 줄행랑."

"그런데 선생님. 어제 본 사람은 그 친구였다면 민 선생님은 만나지 않았을지라도 저는 아는 체했을 것으로 생각합니다. 밤이었지만 분명히 아니었습니다. 다시 생각해 보십시오."

"외상은 한시라도 빨리 갚아야 해요. 그대로 있으면 소문만 춤추고 돌아다닐 거예요."

준혜가 웃는다. 주일도 웃었다. 분명 준정 그 친구는 아니었는데.

"손님이 횡설수설했어요. 무슨 이야기인지 잘못 알아들었어요. 부족한 술값이 삼천 원인데 안 된다고 했더니 선생님을 말씀하셨어요. 별 수 없잖아요?"

"누구라는 말도?"

"네 전화만 드리면 선생님이 갚아 주실 거라고. 그런 손님 한두 사람 아니죠. 술값 떼인다고 생각했지만, 혹시나 해서 전화를 드렸어요"

"지난번에 저랑 같이 왔던 사람이던가요?"

"아네요. 그 사람은 너무 좋게 생겨 만나면 곧 알아볼 수 있어요. 아니었어요."

"누군가가 장난쳤군요. 어쨌든 술값은 갚아드리겠어요. 이번 뿐이에요. 아주머니."

"죄송합니다. 선생님."

준혜는 뜻 없이 웃으며 식당을 나왔다. 손재수. 간밤 꿈이 뭐였더라. 이렇게 헛돈이 나갈 꿈이라고 쫬나. 누군지 지독한 장난을 했구나.

7

시끄러운 음악이 요란하다. 혜연과 마주 앉았다. 어둠 속에서 예쁘게 보이는 것이 사람의 눈이라 한다. 넥타이와 여자는 밤에 고르지 말라던 선배의 이야기가 생각난다. 명언이군. 너는 어떤 여자냐? 아는 것이 너무 없다. 다만 괜찮게 태어난 아이 같다. 가난을 전혀 모르는.

근영은 가난에 찌든 집안 형편이 떠올랐다. 어머니는 지금도 장터에서 장꾼들을 상대로 밥을 푸고 계실 것이고 아버지는 여전히 이백 원짜리 청자, 독한 담배를 피우실 것이다. 아버지 생각에 근영도 비싼 담배는 입에 댄 적이 없다. 나름대로 식구를 봉양하는 어머니와 무능한 아버지에 대한 도리다. 어머니의 노동으로 근근이 유지되는 가계, 아버지는 이백 원짜리도 감사하는 늙은 무녀. 근영은 어머니가 창피하지만 가엾다. 더러운 어머니의 팔자다. 아이는 낳자마자 시어머니에게 맡기고 유랑 벽의 남편을 따라 떠돌이 생활을 한 어머니의 서러운 마음이 이해되기 시작했다.

"내가 네 엄마다 근영아."

어린 근영은 할머니의 등에서 생소한 얼굴로 쉽게 달려가지 못했다.

"근영아, 이리 와. 내가 네 엄마야. 내 새끼야!"

"그럼 이 늙은 엄마는 뭐냐?"

"할머니란다."

"난 할머니가 더 좋아!"

그렇게 어색하게 맺어진 모자 사이는 뜨겁게 달아오르는 정이 생기지 않았다. 불쌍한 여자, 그 이상 어떤 절실함이 생기지 않은 것이다. 혜연이 내민 비싼 담배를 거절했다. 내 손으로 아버지에게 비싼 담배를 사드리기 전에 절대로 피우지 않으리라. 그의 고집이다. 아버지를 미워하지만, 연민도 떨칠 수 없을 만큼 많은 복잡한 감정. 혜연이 청자를 내놓는다.

"너는 누구지? 우리 엄마는 밥장사야."

"우리 아버지는 술장사예요."

근영은 혜연의 대꾸에 웃음이 터졌다. 아버지가 술장사라니?

"농담이 아냐. 가난한 환경을 설명하는 것이야. 이백 원짜리 인생을 이해할 수 있도록."

"나도 농담이 아녜요. 우리 아버진 술도가예요. 술도가, 몰라요?"

아하, 하고 웃었다. 혜연은 정확히 설명했다. 역시 술은 돈을 쉽게 모을 수 있는 최고의 지름길. 끼니가 어려울 때 어머니는 가장 쉽게 돈이 모아지는 술장사를 택했다. 여자 장사까지, 아버지가 여자 장사는 거절했다. 지하 맨 아래층까지 내려갈 필요 없다. 식구가 굶지만 않으면 돼. 나 따라다닐 땐 굶기도 했지. 지금은 동가숙서가식은 아니잖아, 굶지 않기 위해 밥장사하는 것도 지하 맨 아래층이에요. 술장사보다는 밥장사가 좋아. 배고픈 사람을 배부르게 하는 것도 공덕이니. 술은 인간을 타락시킬 뿐이야. 그렇게 타락하기 시작하면 결국 망하고 말 것이야. 아버지는 그렇게 말씀하시고 담배를 쩝쩝 빨고 계셨다.

"부자군!"

"아버지가 부자죠. 난 가난해요. 내 마음도 갖고 있지 않은 빈 털터리예요. 술 마셔요."

맥주를 두 잔 쉽게 비웠다. 혜연의 볼에 번쩍이는 눈물을 보았다. 잘 못 보았나. 뜻밖의 발견에 자신에게 반문했다. 나 같은 가난뱅이를 좋아하는 이유?

"정이란 게 무엇인가요? 이상한 괴물. 절대로 없어지지 않을 것처럼 으르렁거리다가 순간에 감쪽같이 도망가면 그 자리엔 허무한 미련이 나무에 거꾸로 매달린 뱀처럼 하늘거려요."

"혜연은 뱀을 좋아하는군. 내게 자신을 소개할 때도 그랬지. 승천하지 못한 구렁이라고."

"근영 씨, 저는 어떤 미련을 잘라내기 위해 날이 선 칼이 필요해요."

"가엾게도 실연당했군!"

"불행히도 변절자는 저예요. 저쪽에서 이건 변절이 오리라고는 전혀 뜻밖일 거예요. 소꿉친구죠. 괜찮은 녀석인데. 지금은 소원疏遠한 상태지만 언제든 돌아갈 때가 있을 거라 생각했어요. 막걸리를 한 말 두 되 마시고 운동장에 나동그라진 얼빠진 사내를 보는 순간 변절. 마음이 그렇게 변하다니 믿을 수 없어요."

"미련이란 뭐야?"

"항상 그렇지만 다 듣고 질문하세요. 술에 나동그라진 녀석에게 책임이 있어요. 근영 씨, 책임지세요."

"대가는?"

"원하는 것은 무엇이든?"

"남자가 여자에게 원하는 것은 한가지야!"

"자는 것?"

"그 녀석과도?"

"그에겐 아들을 주었어요. 이유 없는 반항과 호기심으로 외로워 힘들 때, 불러주었고. 잘못 저지르기 쉬운 시기에 나를 맡겼어요. 행복한 상태에서 홀가분한 심정으로 탈선 없이 사춘기를 보냈어요."

"그러나 혜연의 과정은 반항과 호기심보다 못한 짓이야."

"아들에 대한 미련을 잘라주세요."

혜연에게 아들이, 맹랑함 뒤에 버티고 있는 엄청난 다스릴 수 없는 운명의 흔적.

"미련은 뱀의 도사림보다 고집스럽죠."

"아이는 어디에 있나?"

"보육원도 아니고 그 사람도 아네요. 거짓 사랑보다는 차라리 무관심이 아이에게 좋을 것 같아서."

"루소는 건달배 같은 아버지보다는 고아가 낫다 생각하고 자식을 보육원에 보냈다는데 혜연인?"

"그 사람도 나도 아이가 필요하지 않아요. 그러나 언젠가는 자기 혈통을 찾아가겠지요."

"무슨 말인지 모르겠고 어디까지가 진실인지도 모르겠어."

"근영 씨가 제 이름을 부르는 게 60번 초과가 진실이라면 제 이야기도 진실이에요."

"뻐꾸기 속성이군."

근영은 놀라서 말했다. 애처로운 목소리의 주인공 뻐꾸기. 남의 둥우리 속에 알을 낳은 후, 개구멍받이만 만들어 놓고 홀홀 떠나버리는 비정의 어머니. 봄부터 여름이 가기까지 앞 뒷동산에서 들리는 단조롭고 오래 여운을 남기며, 맺힌 사연을 토하듯 심금을 울리는 소리의 주인공. 그 새는 자신의 알을 다른 새 둥지에 낳아놓고 미련 없이 떠나버리는 비정한 어미다. 암컷의 새는 일정한 지역을 순찰하다, 둥지를 완성한 새가 알을 낳으면 자기 입으로 몰래 버리고, 일 분도 못 되어 알을 그곳에 낳고 사라져버린다. 그렇게 빨리 낳은 뻐꾸기알은 다른 알보다 먼저 부화한다. 부화한 뻐꾸기 폭군은 몸을 일으킴과 동시 목을 아래로 늘이고, 딴 알이나 딴 새끼가 꽁무니에 닿기만 하면 죽지를 움직여 등에 업듯이 해서 밖으로 밀어내고 둥우리를 독점한 채, 자모를 닮으며 이런 시절을 보내지만, 어딘가에 맡겨진 혜연의 아이는 그럴 힘도 없을 텐데.

"내 아이는 자모를 닮을 능력은 있지만 난폭하지 못한 게 흠이겠지요."

"비정의 어미는 구슬픈 목소리로 한을 풀지만 혜연은 날이 선 칼로 한을 잘라낼 수 있다고 생각하나, 그 아이는 평생 혜연을 괴롭힐 거야. 후대에까지 말이야. 유전병처럼."

"무슨 악담이에요. 근영 씨, 그 미련과 한을 잘라내는 칼이 돼줘요."

매미 우는 소리가
들리지 않으면 가을이다

"어떻게?"

"같이 살아요. 그렇게 해줘야 해요. 근영 씨를 딛고 일어서고 싶어요. 그래야만 전 좋은 그림도 그릴 수 있어요."

좋은 그림이라는 말에 솔깃했다. 좋은 그림을 그릴 수 있다. 능력 있는 여자다. 그러나? 아이의 이야기는 진실일까? 아니면 나를 시험하고 얽매기 위한 수단?

교만하고 웃음에 인색한 노랭이. 문제의 박 교수가 미소를 띠고 들어왔다. 혜연과 문제가 있은 뒤로 더 교만해진 교수다. 혜연의 도전이 교수의 뻣뻣한 목에 깁스를 해준 꼴이 돼버렸다. 학생들은 교수의 미소에 지레 겁먹은 얼굴이 되었다. 모욕당한 데 대한 보복으로 모두 낙제시키고 득의의 미소를 지으며 개선장군처럼 으스대고 있다. 비겁한 신라군처럼. 학생들의 눈이 불안하게 혜연을 본다. 근영은 더욱 불안했다.

"민혜연 일어서요."

박 교수의 말에 혜연은 얼굴이 붉어지며 일어섰다. 혜연이 일어서자 박 교수의 얼굴은 뜻밖이라는 듯 놀란다. 혜연이 평상의 표정으로 변하는 것과 반대로 박 교수의 표정은 놀람에 질린 모습이다. 혜연만 낙제인가 보다. 가엾게도. 근영은 가슴이 아프다. 독한 소주를 안주 없이 마시고 난 이튿날도 이렇게 아프지는 않았다. 그럴 줄 알았어.

"학생이 민혜연이오."

혜연은 반공 영화 속에 나오는 북한의 여군처럼 근엄하고 딱딱한 얼굴을 만들었다. 근영은 대신 받을 수 있는 벌이 있다면 기꺼이 혜연과 자신을 바꾸고 싶었다.

"으하하."

박 교수가 기막혀 죽겠다는 듯 웃는다. 학생들은 숨죽이며 다음 장면에 자기 나름대로 연출을 하고 있다. 박 교수의 호탕한 웃음, 비겁한 자식 그런 식의 보복은, 그건 할 수 없는 일이다. 입장이 불리하면 전쟁은 비난의 무기도 사용한다. 비열하든 천인공노한 것이든, 일단 이기기 위해, 자기보다 강한 나라에 아부도 괘념치 않고 구걸하면서. 그렇게 이긴 승전 뒤에는 아무것도 없거늘. 신라도 부패와 교만과 허영만 남아 결국 망국이 되었거늘. 비겁한 자식. 근영은 분노했다. 침이라고 뱉어주고 싶다. 혜연이 아니었다 해도 이런 기분이 되었을 것이다. 박 교수 이 자식, 그런 생활은 죽음보다 남자를 괴롭힌다는 것을 모르다니, 얼간이 멍텅구리 교수야, 비겁한 자식.

"놀라운 일이오. 설마이기를 바랬소. 교단생활 십여 년에 이런 비참한 일은 없었소. 모든 상대적인 감정이 종이 한 장 차이라는 것, 새삼 느낀 놀라움이오."

무슨 소리를 지껄이는지 아무도 감지 못하고 멍한 상태가 잠시 계속되었다.

"민혜연, 술 한 잔 살 테니 오후에 시간 좀 내 줄 수 있겠소. 일곱 시가 넘으면 언제든."

"일곱 시 반으로 해요. xx이에요."

"고마운 일이오."

근영은 이유를 알 수가 없다. 물론 다른 학생들도 똑같은 표정이다.

"오늘은 특별히 여러분을 위해 휴강이오."

휴강! 이런 일이란 있을 수 없는 일. 박 교수는 휴강 따위는 모른다. 한 사람을 상대로 강의하던 박 교수다. 그때 생각을 하면 지금도 웃음이 저절로 나왔다. 학생들은 한 번쯤 딱딱한 얼굴을 보지 않는 것도 건강에 좋을 것 같다고, 누구의 입에선가 그 말이 나오자 모두 도망가 버렸다. 근영은 도망갈 기력이 없었다. 다음 강의 시간을 위해. 술 때문에 가누기 힘든 몸을 충전시키기 위해 강의실에 엎드려 있었다. 쉬기 위해서 들어선 박 교수는 근영의 몰골이나 빈 의자 같은 것은 개의치 않고 한 시간을 짖고 나갔다. 근영은 다만 그렇게밖에 표현할 수 없었다. 어디선가 개가 시끄럽게 짖고 있다고 생각했다. 빌어먹을. 그런 박 교수가 휴강이라니. 학생들이 우우 혜연에게 몰려들었다.

"우리 반에 낙제는 없어요. 여러분! 믿으세요. 낙제는 없어요."

혜연의 자신 넘친 표정에 학생들은 반신반의하면서, 돌연한 변화가 흥미롭다는 표정이다. 공개적인 프러포즈가 신나는 뉴스

거리였다.

"굳이 반대할 이유는 없지만······."

"그렇다면 나도 동석하겠소."

얼버무리는 혜연에게 근영이 고집부렸다. 어찌 되었든 같이 사는 여자가 다른 남자와 술을 마시는 일은 기분 좋은 일은 아니다. 세상이 아무리 개방되었다 해도 그렇게 못한다고 생각을 정리했다. 혜연이 단절을 강요한 여자 문제라면 혜연에게도 상대가 누구든 적용되는 것이라 생각했다. 어떤 이유든 유쾌한 일은 못 된다. 혜연을 상대로 처량한 기분은 싫다.

"박 교수가 원하지 않을 거요."

"나의 원함이요. 어느 쪽이 비중이 더 크오?"

"아기 같은 투정이에요. 그냥 옆자리에 앉아있어요. 동행은 해도 동석은 못 하니까 이해하고 존중해줘요."

비참한 생각이 들었다. 여자에게 명령할 수 없는 위치. 경제적인 것이 아니다. 혜연에게 과속으로 달리는 감정이 이유다. 시속 200마일 정도의 과속이 명령할 능력을 없애버렸다. 고집이나 강요가 통하지 않는 상태. 더 고집부리다가는 원하지 않는 상태가 올까 두려워 동행에 만족하고 감사하기로 체념했다. 빌어먹을. 근영은 자신의 감정이 눈에 보이는 실체라면 죽을만큼 때려주고 싶다고 생각했다. 혜연이 걸으면서 얘기한다.

"그런 식의 도전이 불리하게 만든다는 것 알아요. 참을 수 없었어요. 말끝마다 박 교수는 무시했어요. 불만스러웠어요. 박 교수도 훌륭한 학교 출신은 아니더군요. 중퇴예요. 코웃음 터지는 일이에요. 내 자존심은 어떤 모욕도 되돌려 주지 않으면 견디지 못하는 안하무인이에요. 우리 학교가 삼류대학이고 내가 삼류 학생이면, 박 교수도 삼류예요. 관찰했어요. 노란색을 싫어하는 것을 알았고 근래에 참고한 도서를 알아내는 데 성공했어요. 싸움은 물론 내 쪽에서 시작했지만, 졸렬한 사내가 아니면 이길 거라 믿었어요. 근영 씨의 걱정은 불안한 내게 많은 힘이 되었어요. 축배 들어요. 오늘의 승리를."

차라리 박 교수가 졸렬한 사내였다면 혜연의 비참을 어루만져주는 의젓한 기분을 맛볼 수 있을 텐데, 근영은 속이 상했다.

일곱 시 반. 박 교수는 찰나를 이용한 정확한 슈퍼맨처럼 혜연 앞에 나타났다. 강의실에서와 다른 모습에 근영은 저항 비슷한 감정을 느꼈다. 나이보다 젊어 보이고, 정장한 모습이 자신의 눈에도 보기 좋다는 느낌에 울화가 치민다. 혜연은 정이 많다. 그가 느낀 또 하나의 불안이다. 위험한 여자. 마르지 못하는 정. 도대체 혜연은 내게 얼마 정도 정을 주고 있는 것일까? 전부 주는 것 같은데 어떤 순간은 그렇지 못했다. 그녀의 말따나 단순히 미련만 잘라내는 칼뿐인가 하는 생각이 들 때가 많다. 그렇다면 미련만 잘라내면 언제든 버려질 칼인가? 나, 근영이의 존재가.

"혜연인 교활한 학생이군. 내게 대해 그렇게 세밀히 파고든 이유가 뭐요? 채점하면서 당혹스러웠소. 이렇게까지 완전한 답안지를 작성할 수 있는 학생, 일찍이 이런 일이란 없었으니까?"

"이유 없이 경멸당하는 건 참지 못해요!"

"내가 경멸한 것은 혜연이 아니라 적당주의 요즘 대학생들 풍토요. 옛날 화가들을 봐요. 어려운 환경에 고생하면서도 자기 일에 목숨까지 걸었소. 완전한 독학 속에서 자존심과 생활을 건 노력의 연속이었소. 요즈음 봐요. 좋은 환경 속에 왜 어려운 옛날보다 더 훌륭한 작품이 나오지 않는지. 그런 학생들을 경멸할 뿐이요. 이대로 가다가 진정한 화가는 찾기 힘들 것이요. 그림을 좋아하는 사람으로 앞으로 십 년 후가 걱정스럽소. 화가는 많겠지만 그림은 지금보다 졸작들만 나올 것이오. 양적인 팽창은 예술에선 금기사항이요."

"노란색에 대한 선생님의 편견은?"

"난 고흐를 좋아해요. 고흐만큼 훌륭한 화가가 될 자신이 없어 자신보다 월등한 사람에 대한 본능적 투기 감정이요. 고흐의 그림을 봐요. 노란색, 기막힌 그림들이오."

"그것은 아무도 알지 못해요. 많은 세월 후에 선생님의 그림이 고흐의 그림보다 비싼 값에 팔릴 수도 있어요."

"그럴 자신이 없어서?"

"고흐도 그랬을 거예요."

"난 고흐만큼 정열적일 수 없어. 그림이 잘 안 된다고 귀를 잘라낼 만큼 일에 열광적이지 않아요. 육체적인 고통에 대범하지 못해요. 그림은 그리다가 짜증 나거나 피곤하면 언제든 휴식을 취하게 되고, 그런 게으름 속에서 무슨 작품이 나오겠소?"

"적당한 휴식은 필요해요."

"예술은 휴식을 즐기면 시간이 부족하오. 순간적인 영감은 휴식에 용해되기 쉽소."

"우리 반에 낙제 있나요?"

"편견이지만 강의하는 사람들은 누군가가 한 사람 정도 자신의 과목에 좋은 점수가 나오기를 바라고 있어요. 자신의 간접평가라 할 수 있으니. 그런데 만족할만한 점수를 요즘 학생들은 만들지 못해요. 채점하면서 속상한 것은 당연해요. 모두 엉터리들이었으니까. 나쁜 점수는 교수의 권위가 아니라 비애요. 그만큼 자신의 과목이 흥미 밖이고 강의법이 엉터리라는 증거니까. 상대적으로 학생들을 경멸했소. 자책과 자학인지 모르겠소. 내 교수법에도 문제 있지만, 경멸 받으면서도 한결같이 발전이 없는 학생들이오. 실기만 적당히 하면 된다는 안일한 생각. 천재성이 보이지도 않는데 머리는 항상 비어 있어요. 그래서 경멸할 뿐이요. 독창성도 없어요. 보기는 좋지만, 작품에서 숨소리가 들리지 않아요. 적당한 개인 교습법에 따라 양산量産된 모조품이라고 할까?"

"제 답지가 그렇게 선생님을 감동을 줬나요?"

"처음엔 놀랐소. 문득 학생이 떠올랐소. 서둘러 생각을 정정했소. 나는 학생의 도전에 스스로 반성했소. 혼자만의 음모가 발각된 듯한 부끄럼 같은, 곧 개의칠 않았소. 우연이라고, 미묘한 발작 같은 감정이었소."

"선생님께서 대학을 부러뜨린 이유도 알고 싶어요. 여자 때문이겠죠?"

"왜 그것은 알아보지 않았소?"

"저는 선생님의 현재만 연구했어요. 여자 때문이죠. 대부분 남자의 큰 사고 뒤에는 언제나 여자가 개입하거든요."

"그렇소. 남자의 사고의 모태는 여자요. 내 여자는 나보다 그림을 잘 그렸소. 나보다 모든 게 나은 여자였소. 어리숙한 이야기지만 강간이라는 것을 그때 경험했소. 누가 뭐래도 강간이었소. 얼마 뒤 자살했어요. 이건 기막힌 고백이요. 유서도 없고 다만 노란색이 잘 조화된 고흐의 원화를 선물로 주고. 나를 이해했던 것이오."

"그 상황을 자세히 알려주실 배짱이 있으신지요?"

"수녀 지망생이었소. 학교가 끝나면 성당에서 로마로 유학을 보내주게 계획된 여자였소. 배짱이 없어서 아니라 연상되는 고통 때문에 피하고 싶은 것이오. 강도의 모습으로 자취방을 덮쳤고 칼로 위협했소. 일을 마친 후 복면을 벗었소. 고발하라고 했소. 차라리 감옥에 가겠다고 했소. 여자는 다음날 고흐의 원화를 가져왔어요. 나를 보는 그녀의 눈이 무척 맑다고 생각되었소. 그리고 바로 한강에 가서 물고기들을 보신시켰다오. 그때의 허망한 기분은 지금도 표현할 말이 없소. 천주교에서의 자살행위는 금기사항이거늘."

"결혼은?"

"그 여자처럼 마음에 흡족한 여자는 찾지 못했소."

"언제 그림 보여 줄 수 있어요?"

"보여 주고 싶은 마음이 약간 생겼지만 나름대로 결심이 있소."

"그 결심 남이 알면 부끄러운 음모겠지요?"

"내 여자가 될 사람에게 그림을 선물로 주겠다고 그녀의 무덤 앞에서 맹세했소."

"학교를 그만두신 이유는?"

"매사에 자신이 없어졌소. 혼자만의 충격치곤 엄청나서 그렇게라도 하지 않으면 시련에서 견딜 수가 없었소. 이십여 년 전 얘기요. 이렇게 담담한 기분으로 이야기하고 있지만, 이런 마음이 오리라는 예측도 못 했소. 내 껍질이 벗겨졌소. 모처럼 동지를 만났으니 술 먹어요."

"자신의 치명적인 비밀을 알려준 사람에게 살의를 느낀다는데 선생님의 감정도?"

"지금 이후 감정에 대해서까지 왈가왈부한다면 인생 너무 고

달파요. 내일의 감정은 내일 생각합시다.”

“선생님 저는 술에 취하면 몹쓸 버릇들이 많아요.”

“내가 받아주겠소. 자격은 없지만.”

“그래서 선생님의 초대를 받고 모처럼 취해보고 싶어 어울리
지 않는 보호자를.”

“남자친구?”

“그래요. 동석해도 좋을는지?”

“끝까지 교활한 학생이군. 좋아요.”

근영은 뜻밖에 보호자가 되어 동석했다. 박 교수가 웃는다. 근
영은 전작이 있었던 터라 이미 반 이상 취했다. 기분 나쁜 것, 그
렇게라도 해야 할 만큼 감정이 절실했으니까.

“근영 군이군. 군의 그림도 꽤 좋은 편인데 성의가 없어요. 술
때문인가?”

“여자 때문입니다.”

“혜연이 속을 많이 썩히는 모양이군.”

“아닙니다. 속을 썩여서가 아닙니다.”

“아니야. 혜연은 은근히 썩히는 형이지. 잘 붙들어요. 까딱하
면 날아갈지도 모르니까.”

“혜연의 날개는 남자들이 달아주는 것이라야 합니다. 설마 선
생님께서도.”

“맞아요. 날개를 갖고 왔는데 혜연이 달지 않겠다는 거요. 군

도 시험을 꽤 잘 보았지. 혜연이 도와준 건가?"

"네 나가면서 족보(?)를 주고 간 덕분에 본의 아니게."

"근영 씨, 혼자 취했어요?"

혜연이 웃으며 말을 막는다. 근영은 취하지 않았다. 그까짓 몇 잔에 취할 만큼 술에 약한 게 아니다. 언제고 찾아올 혜연과의 결별이 지금부터 가슴 아프기 시작했다. 아내로서 혜연은 무서운 상대지만 포기하기엔 아픔도 만만치가 않다. 모든 것이 걸맞지 않다. 돌아서면 혜연의 뒷모습은 얼음처럼 냉랭했다. 마주 보면 오로지 자신만을 생각하는 것 같지만. 냉랭함에 슬픔이 엉겨 붙는다. 꽁꽁 언 문고리에 손이 달라붙듯이. 사랑 꽃잎이 떨어지고 아픔이라는 열매를 맺을 준비를 하고 있다는 증거다. 나도 그 녀석처럼 채이겠지. 마음 주지 말아야지 하고 다짐하건만. 박 교수 에게서 근영은 암시를 읽었고 미리 간파한 혜연이 자신을 동석시킨 것이 분명하다. 저 자식이 독신이라니. 빌어먹을.

8

성질 급한 코스모스가 길에 피어있다. 농번기 휴가, 시골 학교의 보너스다. 쉬는 날이 많아지는 것은 아니지만 방학과 방학 사이의 중간에 오 일 정도 쉬는 날이 생긴다는 것이 즐거운 것이다.

같은 형제이지만 생각하는 것이 전혀 달라서 생활하는 것도 다르다. 그녀는 언니로서의 권위를 부리진 않았다. 동생의 생활이 마음에 들지 않는 것이 사실이지만, 간섭은 오히려 혜연을 날뛰게 하므로 무심히 지냈다. 무심함은 겉에 보이는 형식일 뿐 실제 생각은 항상 위태롭고 안타까운 마음이다. 핏줄이 주는 당연한 흐름이다. 농번기 휴가를 맞아 집에서 지내지 않고 혜연을 찾아갔다. 아예 살림을 차렸군. 혜연의 방에 걸린 남자의 옷을 보며 생각했다. 둘째 딸, 그 자리가 얼마나 서러운지 언니는 모르지. 질렸어. 어려서부터 항상 헌 것이었어. 언니의 헌 물건, 언니가 죽어 없어지기를 바랬던 때도 있었어. 헌 옷이 입기 싫어서. 네가 먼저 태어나지 그랬니. 그러나 이것은 운명인걸. 손이 귀한 집의 둘째 딸. 준혜도 혜연의 서러움을 느낄 수 있었으나 그녀의 힘으로는 어쩔 수 없는 현실이었다. 새 옷이 좋았지만, 혜연에 대한 미안함 때문에 마냥 즐거워하지 못했다. 사춘기를 맞이해서 혜연은 준혜가 질릴 정도로 반항했다.

"언니, 나 남자와 잤어."

혜연이 고1 때 들려준 말이다. 연년생. 아들을 기다리는 집에 딸이 이태 연거푸 태어났다. 그렇게 천둥이로 태어난 혜연에게 집안 식구들은 무심했다. 준혜로서도 어떻게 할 수 없는 부분이다. 어려서부터 혜연의 도전에 질렸다. 단둘이만 있으면 혜연은 언제나 맹수였다. 어른들이 한결같이 자기 편이 돼 준 것이 이유가 되었지만, 번번이 혜연의 도전에 준혜도 짜증 나면 몇 번 어른들에게 고자질할 때도 있었다.

"언니보다 먼저 할 수 있는 일을 찾아냈어. 항상 언니가 한 발 먼저였잖아. 그래서 모두 내겐 관심조차 없어. 그래서 궁리한 것이 이 일이야. 남자와 잤어!"

책상에 앉아 공부하던 준혜는 혜연의 말이 농담이라 생각했다. 그래 농담이야. 빌어먹을 농담도 골라서 할 줄 아는 정도는 되는 줄 알았는데.

"누군지 알아. 초등학교 동창, 기준이라고 작년부터 가까이 지냈어. 미래도 약속했어."

농담이 아니구나 생각되자 놀라 혜연을 보았다. 그녀는 자신이 어떻게 현실을 받아들여야 할지 난감했다.

"엄마한테 고자질하라고 말하는 거야. 엄마가 알면 날 죽이겠지. 엄마의 자존심이 나를 그냥 두겠어!"

"혜연아, 설마?"

"언니보다 먼저 할 수 있는 일을 오랫동안 생각해왔다고 했잖아. 후회 안 해. 기분 좋던데."

그리고 몇 달이 흘렀다. 혜연은 가끔 친구를 핑계로 외박했고, 준혜는 변명하느라 진땀을 흘렸다. 고등학교 때 그들은 엄마의 덕으로 도시로 유학을 와 같이 지내고 있었다.

"언니 아일 가진 것 같아. 병원에 갔었거든. 낳고 싶어."

"네가 몇 살이니?"

"열여섯, 어때? 옛날 여자들 같으면 두세 명은 낳았을 건데 상관없잖아!"

"기준이는 뭐라든?"

"낳으래. 그 집은 삼대독자야. 아들이면 좋겠다고 했는데 이상한 것은 갑자기 기준이 싫어지기 시작했어. 그러나 아인 낳고 싶어."

"엄마와 상의해 봐라. 난 어떤 얘기도 할 수가 없구나."

"엄마는 기절하겠지. 모른척 해. 만약 아는 체하면 복수할 거야. 죽일지도 몰라."

"혜연아, 그러나?"

"언니 아인 유일한 내 것이야. 헌 것도 아니고. 세상에 태어나면서부터 유일한 내 새것이야. 언니는 모르는 일이야. 부탁해."

그리고 며칠 후. 혜연은 부모의 가슴에 음산한 흔적을 남기고 집을 나갔다.

구박하는 집이 싫어요. 1년쯤 지나면 보고 싶겠지요. 1년 후에 올게요. 소란 피우지 마세요. 내게 대한 애정이 조금이라도 존재한다면. 준혜는, 혹 너는 무슨 끄트머리라도 아는 게 있느냐는 어머니의 성화에 모른다고 시치미 뗐다. 혜연을 돕는 일이고 모범경작생으로서의 자신의 위치도 지키는 것이기 때문이다. 기준을 훔쳐보았다. 초조하고 맹한 행동으로 보아 기준도 궁금해하는 눈치였지만 그녀가 느낀 확신은 혜연이 자살 같은 것은 하지 않는다는 것뿐. 혜연은 그렇게 언제나 준혜를 몸서리치게 했다.

"죽지 않을 거예요."

"어떻게 아니?"

"엄마! 그 앤 돌아와요. 기다리는 수 밖에. 가족의 애정을 채점하고 싶었는지 몰라요. 기다려요. 혜연인 약속은 꼭 지켰어요. 1년 후 온다는 약속 지킬 거예요."

"망가져서 돌아온다면?"

"우린 가족이에요. 엄마!"

어머니는 현명했기 때문에 겉으로 빨리 체념하셨다. 몸이 좀 나빠서. 어머니는 서둘러 혜연의 학교 문제를 마무리하고 친척들을 이해시켰다. 아버지는 여전한 무관심이고.

학교로 잘 있다는 혜연의 편지가 날아왔다. 준혜는 누구에게도 말하지 않았다. 어쭙잖게 아는척해서 잠잠한 가정을 소용돌이로 몰고 싶지 않았고, 추궁당하기도 싫었다. 자신에 대한 이기적인 방어다. 돈이 필요하다는 편지를 받고 침묵의 한계를 느껴 어머니에게 편지를 보여드렸다. 어머니는 살아있다는 사실만 감격해 혜연의 요구를 들어주었다. 어머니는 준혜를 믿었다. 준혜는 어머니의 맹목적 믿음이 부담스럽고 무거웠지만 기분 나쁜 일은 아니었다. 모든 것이 모범인 자신에게 어느 날 말씀하셨다. 너는 내 산소통이야. 준혜는 크게 웃었고 어머니는 쓸쓸하게 웃으셨지만, 모녀의 결속은 굳어졌다. 정말 1년 후, 혜연은 혼자 돌아왔다. 준혜는 조금 웃었다. 준혜는 혜연에게 겁을 냈고 성가신 충돌이 싫어서 침묵했다. 준혜는 어려움 없이 자랐기 때문에 조금의 성가심에도 심한 알레르기 증상이 일어났다. 자라온 환경이 만든 취약점이다. 돌아온 혜연은 우울하기도 했고, 수척했으나 생활에 변화는 없었다. 복학하고 평범한 고등학생으로 돌아왔다. 자매가 처음으로 부모를 기만한 공범자가 되었다고 웃는 혜연을 준혜는 물끄러미 바라보았고, 죽지 않고 돌아온 혜연에 부모는 관대했다. 준혜는 공범이라는 말에 죄스러움을 느꼈으나, 혜연이 돌아온 사실만 기뻤었다. 맹목적 혈연이다.

어디 갔을까? 준혜는 한참 기다려도 오지 않는 혜연을 기다렸다. 이번엔 어떤 녀석인가? 대학에 들어가서부터 혜연의 생활이 흩어지고 있음을 알았으나 충고는 반발을 일으키는 촉진제가 될 것이 뻔하므로 계속 방관했다. 아이에 대해 입을 다물고 있는 혜연의 고집을 꺾을 재주가 없었다. 혜연의 남자가 궁금했다. 까닭 없이 투정하고 짜증 내는 동생의 정돈되지 않는 마음이 안쓰럽다. 좋은 사람이었음 좋겠다. 진심이다. 혜연이 이렇게 된 데는 자신에게도 책임이 있다. 본의는 아니지만 모든 면에 앞질러 혜연을 주눅 들게 한 자신, 태어남부터. 팔자소관이지만 피해받는 쪽에서는 원망일 뿐. 공부도 잘했고 어른들이 좋아하는 일을 많이 했다. 교과서에 맞춰 행동했기에 모든 사람의 사랑을 차지할 수 있었으나, 혜연은 준혜의 단순한 되풀이면서 미치지 못해 관심을 끌지 못했다. 어떤 좋은 일도 반복은 감동을 일으키지 못했고, 더구나 전자前者보다 부족할 때는 짜증과 권태를 가져다준다. 사람들은 조금 모자란 상태보다는 나은 상태에 관심을 둔다. 혜연은 그렇게 도외시 돼 살았다. 준혜의 의사는 아니지만, 원인이 되었다. 결국 대학에 들어가서 혜연은 방을 얻어 독립을 선언했고, 부모는 훌쩍 도망가버릴까 두려워 요구를 들어주었다. 소식도 흔적도 없이 느끼는 고통보다 모습이라도 볼 수 있는 안일함을 택한 것이다.

"언니야."

혜연의 뒤에 서 있는 남자를 보았다. 저런, 준혜는 언짢은 마음이 되었다. 근영은 역시 취해 있다. 점심이 조금 지난 시간인데 취해 있다니, 대낮부터 술에 절여질 수 있는 마음을 가진 자라면 뻔하다.

"언니예요. 인사해요. 우리 집에서 가장 친하면서 영원한 적."

"혜연아!"

"괜찮아요. 근영씬 나의 모든 것을 알고, 그게 좋아요. 껍질을 벗지 않아도 되는 홀가분함, 있잖아요."

문득 주일이 생각났다. 어려움을 희석하는 주일 같은 존재인가? 형제라 닮은 부분이 있기는 하구나.

"농번기 휴가야. 엄마 부탁받고 너랑 며칠 있고 싶어서 왔는데 안 되겠구나."

"괜찮아요. 근영 씨, 괜찮은 사람이에요."

"불편한 것은 나야."

"아녜요. 며칠 선배한테 가겠어요. 형제가 회포를 풀겠다는데.
방해할 수 없지요. 언제든 나갈 준비가 되어있어요."

언제든 나갈 준비라는 말을 하면서 근영은 우울했고, 준혜도
같은 기분이다. 마음에 전혀 닿지 않는 근영이다. 혜연의 생활이
마음에 들지 않는 것처럼. 유유상종이지. 혜연에겐 형제로 기본
정이라도 있지만, 근영에겐 호감이 느껴지지 않았다. 근영의 우
울함이 느껴지는 순간 가슴이 아파지고 있다. 연민이다.

"어디로 갈 거예요. 목적지는 분명해야 하잖아요."

"나를 재워줄 선배는 하나뿐이야. 박 선배."

준혜와 혜연은 모처럼 만나 즐겁다. 마음속 깊은 곳을 까 보이
지는 않지만, 동생이 못마땅한 부분이 있지만, 언니는 동생을 사
랑하고 동생은 언니를 좋아했다. 다른 생활을 하고 있지만, 골격
은 같은 형제다.

"그 사람 언니 마음엔 들지 않겠지만 나는 좋아."

"그런 기분이 있으니 살겠지. 언제까지 이 생활 계속할 테야 엄
마가 불쌍하지 않니? 엄마는 자신의 육아법이 틀렸다는데 초점을
맞추고 너의 횡포를 보고 있지만, 힘들어하서."

"엄마의 죄는 아냐."

"누구의 죄도 아냐. 흐름이라는 것. 풍토라고 해야 할까. 이제는 마음속 열어놓아도 괜찮지 않아?"

"아직은."

"그렇게 기다리는데 다섯 해야. 엄마는 너의 일 년의 외출에 대해 전혀 모르셔. 그냥 기다리셔. 그 기다림에 종지부를 찍을 때 되었다는 생각이 든다. 더구나 살림을 시작했다. 살림을 시작한 적은 없었지. 엄마가 소식을 듣고 내게 부탁하셨다. 엄마는 지치신 거 같아."

"침묵하고 있는 본인은 더 힘들어. 언니!"

"아이 문제만이라도. 기준의 집에 들여놓지 않았더구나. 기준과의 사이는 너의 외출로 연결고리가 끊어진 것 같고, 아이는 어디로 간 거냐? 설마?"

"죽진 않았어. 안전한 곳에서 아주 잘 자라고 있어."

"아이의 근황은 아니?"

"소식 듣고 있어. 이대로 둬도 사랑받으며 자랄 거야. 직장이 구해지면 내가 키울 거야."

"언제쯤?"

"졸업하고 결혼하면."

"누구와?"

"지금 그 사람, 아이 일 이해하는지 모르지만, 알고 있다는 것으로 족하잖아. 남자에게 유쾌한 일은 아닐 거야. 알고 시작한 것과 모르고 시작한 것은 차이가 있어. 겉보기는 이해하는 거 같아. 그래서 좋아. 마음이 편하고, 근영 씨가 술 취해 침 흘리고 잠자는 모습도 좋은걸. 이런 기분은 처음이야. 모르겠어. 근영 씨의 추한 모습부터 시작했으니. 지독히 가난해. 그 점도 마음에 들어. 부자라는 녀석들의 거드름은 힘들어. 여자를 소모품 취급하려 들어. 내가 왜 소모품이 돼? 숨 쉬는 동물인데. 나를 인정하는 남자라야 해. 술 취해 침 흘리며 자는 모습에 거짓이 없어. 깨끗한 진실이야. 그 진실이 좋아."

"누구나 공통 생각이야!"

"그 강도強度의 차이야. 언니는 결혼 안 하우? 혼담 들어온 것 같던데, 동생과 통화했어. 월남 다녀온 장교라지. 그뿐이야. 내 지식은."

월남이라는 말에 준혜의 가슴이 요란하게 흔들린다. 소리를 내지 못하는 방울이 된 가슴.

"시집오라는 사람 없어요. 남자들 눈이 삐었지. 언니는 나에 비하면 괜찮은 여자인데."

"실은 그 얘기도 하고 싶다. 흉금을 털어놓고 얘기하고 싶은데 자물쇠가 채워져 있으니 말 꺼내기 힘들다. 좀 더 가까워질 수 있는데 왜 항상 이런 식일까? 거리감 말이야. 우선 그 사람 한번 볼래? 오후에 약속이 있거든. 가부간 결정을 내려줄 때도 되었고."

"사랑이요?"

"좋은 사람이야."

"그럼 됐어요. 다른 조건 들먹이지 말아요. 좋은 사람이면 훌륭한 조건이에요."

"네가 반할 만큼 보기 좋아."

"금상첨화군요. 언니, 근영 씨 솔직히 못났지."

"아냐 그런 느낌은 없었으나 솔직히 서운해."

형제는 웃었다. 준혜는 준정을 생각했다. 부적 보채는 준정. 거의 억지를 쓰고 있는 준정이다. 이게 아닌데 하면서도 쉬고 싶은 생각이 들었다. 준정이래도 괜찮다는 생각이 든다. 어차피 결혼이란 것도 사업이라는 생각이 들었다. 준정이라면 웃을 수 있을 것 같다. 웃음은 대단히 좋은 영양제가 아닌가? 준정 때문에 많이 웃었다는 것을 깨달았다. 집안의 우울한 이야기도 그 웃음에 실려 떠내려가고 있었다. 아버지와 엄마 같은 만남이 아니면 무난하지 않을까 생각 되었다.

"선배님! 선배님이 어떤 일로?"

"혜연이야말로?"

"언니예요. 언니 따라서. 언니 남자 구경하려고."

혜연이 놀라고 동운도 놀랐다.

"근영 씨는요?"

"자고 있겠지. 술에 취해 왔으니까. 어디서 마셨는지 인사불

성. 며칠 신세를 지겠다기에 싸운 줄 알았다. 혜연일 보니 그게 아니어 다행. 언니 때문이야? 근영이를 몰아낸 것이?"

"그래요, 선배님 언니예요. 색깔은 다르지만, 아버지와 어머니가 같아요."

준혜와 준정은 웃으면서 두 사람의 대화를 듣고있다. 세상은 좁다. 두 사람은 그렇게 눈으로 말했다. 준혜에 머물던 준정의 눈이 혜연에게 옮겨졌다. 눈동자가 심한 경련을 일으켰다. 준혜의 동생, 아이의 엄마라고 기억할 수 있는 것은 유난히 눈이 큰 여자라는 것뿐. 머리를 두 갈래로 땋은 모습이고 아이를 안고 있었으나 앳되고 초췌한 모습이었다. 기억 속에 전혀 떠오르지 않은 거품인데 정확히 자신을 기억했다.

"빨간 셔츠와 흰 바지를, 피 묻은 셔츠를 빨아 갖고 갔었어요. 같이 잤어요. 두려웠고 무지했던 관계로 아이가 자라는 것을 어떻게 할 수 없었어요. 학교로 찾아가서 주소를 알아냈어요. 아이가 생기면 소포로 부쳐주라고 말했으나 아이는 물건이 아니어서 인편이에요."

고개를 숙인 채 자신을 쳐다보지도 않고 또박또박 강요했고, 아버지는 내 죄다 하시면서 수용하셨다. 준정의 기억은 그 기점에서 멈췄다. 예측하지 않는 복병이 나타난 것이다. 준혜의 동생이 자신을 알아보지 못한 것이 천만다행이다. 준정의 다리가 탁자 밑에서 굳어졌다. 이렇게 안타까움이 끝나는구나. 갈망이 이렇게. 세상이 좁기로서니 이런 일이. 준혜, 처음부터 억지였음을. 너랑 살고 싶었다. 나의 지저분한 삶을 정착시키고 싶었다. 솔직한 맘이다.

"언니, 근영 씨 만나러 갈래요. 우리까지 통성명할 필요는 없고, 잘생긴 양반, 언니 괜찮은 사람이에요. 언니 말대로 첫눈에 반했어요. 곧 끝나는 감정이에요. 언니의 남자에 대해 흑심은 없어요. 역시 언니는 대단한 사람이요. 예비 형부 좋아요. 선배님, 우린 나갑시다."

혜연이 멋대로 지껄이고 동운을 앞세워 나갈 때까지 준정은 아무 말도 못했다. 한 말도 굳었고 질린 상태. 너무나 변한 혜연의 지껄임이 두렵다. 내가 너를 기억하지 못하는데. 이건 양심이다. 내게도 여자에 대해 양심이란 게 있었나. 준혜만 예외였어. 항상 모든 것이.

"왜 머쓱한 얼굴을 하고 있니. 동생이 당돌하고 충동적이지만 악의 없는 말투던데. 우리 식구 중 처음 너를 본 사람이야. 말투에 놀랐지. 사정 두지 않고 쏘아대는 포탄에 피할 틈 없었지. 질릴 때가 많지만 동생을 많이 사랑해, 그런 표정 지워!"

"내 표정이 어때서?"

준정이 서둘러 화를 냈다. 준혜에게 화난 말투는 처음이다. 줄곧 감정에 밀리고 끌려다니는 여자인데 이런 식의 암벽이 기다릴 줄 뜻밖이다. 준정은 가슴이 막막했다.

"같이 왔던 사람은?"

"오다가다 만난 인연이지만 가끔 만나. 스스럼없는 객지 벗이야. 특별한 관계는 아니고, 항상 우울한 게 마음에 걸리지만, 내가 위로를 받는 사람이야."

"남자에게도 그런 사람이 필요해? 굉장한 발견인데. 그렇다 치고 내 동생, 다소 충동적이지만 사람을 미워할 줄 모르는 단점이 있어. 남자에 대해선 무진장 관대하다. 이해하기 힘든 일도 넘어가는 부분이 많은 아이야. 무례는 호감이야. 관심 없으면 정중한 예절이 있지. 다시 볼 필요가 없으니. 언제 어느 때 만날지 모르니 좋은 기분으로 끝내자는 거. 우연한 상봉을 위한 예비연습이라고 할까? 혜연이 무례했지. 순수한 호감이니 그런 표정 지워. 넌 여자에 대해서 철면피 아냐? 어울리지 않아 웃음 나와. 도둑질하다 들킨 표정."

"언니를 훔치려는 도둑이지."

준정은 엉뚱하게 변명했다. 탁자 밑에서 굳은 다리가 잘 풀리지 않는다.

거리에 어둠이 깔려 있다. 농번기가 되면 농촌 사람들의 도시 나들이가 줄어들기 때문인지 한가하다. 가로수 아래가 더러워지기 시작했다. 새벽 청소부의 빗자루가 지나가자마자 쉼 없이 잎은 떨어진다. 누구의 소행이랄 수 없는 자연의 법칙. 준혜는 기분이 좋으면서도 싫다. 준정도 마찬가지다. 가을, 어두운 거리의

매미 우는 소리가
들리지 않으면 가을이다

밤바람은 가슴을 서늘하게 해주고, 어깨를 같이 하고 걸어도 이유 없이 쓸쓸하다.

준정이 준혜의 팔을 낀다. 여자가 남자의 팔을 끼는 것은 초라해 보여 싫다는 준혜의 생각에 준정도 동감했다. 여자들은 항상 그에게 매달렸다. 묵묵히 걸었고 여자들이 서둘러 팔을 끼었다. 내 여자를 구태여 남에게 초라하게 보일 필요가 없다는 생각이지만 좋다. 팔 안에 느껴지는 준혜의 체온이 정겹다. 기분은 정말 더럽다. 절대로 놓치지 않으리라는 생각 앞에 버티고 있는 혜연의 모습이 기분을 여지없이 망가뜨렸다. 아버지의 아들이야. 나완 상관없다. 또 다른 그기 부추긴다. 입 다물면 아무도 모른다. 아버지가 준혜의 동생을 기억할까? 더러운 유교 사상, 일본은 결혼한 언니가 죽으면 동생을 그 자리에 앉힌다고 하지 않았나. 아니 영국이라는 나라도 형이 죽으면 동생이 형수를 데리고 산다지 않는가. 우리의 유교 사상? 더러운 이기주의자. 일흔이 넘는 아버지와 스물도 안 된 어머니. 공자가 아버지의 끝없는 의심과 어머니의 외도를 견디다 못해 만든 사상. 히틀러도 어머니의 정부情夫가 유대인이라 미워한 마음이 충동질해 대학살을 했다지 않는가? 자신을 합리화시키면서. 몇 년 후에 공자가 죽어야 한다는 주장이 나올지도. 엉터리 사상에 매달려 전전긍긍하지 말자. 어차피 준혜와의 생활은 멍에다. 그녀를 짊어지는 것. 내 기준에 의한 생활은 아니다. 어떤 경우는 울화가 치밀어 힘들 때도 많았지만 싫다는 생각은 한 적이 없다. 신선해서 좋았다.

"우린 어떤 사이죠?"

"그냥 아는 사이!"

혜연과 동운은 취했다. 동운의 방에서 정신없이 자는 근영을 두고 두 사람은 시내로 나와 이곳저곳 기웃거리며 술을 마신 것이다. 준정의 잘생긴 모습이 떠올랐다. 혜연의 가슴에 언니에 대한 마음이 꿈틀했다. 역시 복 많은 언니.

준혜의 남자, 동운의 가슴은 엄동설한 문틈으로 들어오는 찬바람을 맞는 것처럼 써늘했다. 준혜의 동생, 근영의 여자, 나는 과거의 그림자, 일부러 준정을 따라나선 자신의 행동에 화났다. 그녀를 발가벗겼습니까? 함부로 다루기 싫습니다. 다방에서 어떤 남자에게 퇴짜맞은 아가씨였어요. 장난삼아 구제해 주었는데 예측 못한 감정이요. 질질 매달리고 있다오. 만나면 끝내 버리시오. 동운은 입술을 깨물었다. 여잔 어차피 벗겨버리면 그만이요. 안타깝게 매달리는 것도 처지가 바뀌는 순간이죠. 저질스럽게 표현했다. 힘들어요. 남자는 여자 하나쯤 완력으로 해 볼 힘이 있잖소. 준혜의 모습을 상상했다. 꿈조각을 가루로 만들어 먼지 속에 날려버리자. 합환주라는 말을 아시오. 어차피 여자는 술에 맞으면 적당히 방심할 줄 아는 요물이라지 않소. 그녀도 별수 없을 거요. 내 여자에게 너무 심한 소리요. 이야기하는 사람은 우리 둘 뿐이

매미 우는 소리가
들리지 않으면 가을이다

요. 시시한 소리요. 아니 기분이 나쁘면 거두겠소. 아무 말도 안 했소. 나는 아무 소리도 듣지 않았소.

"선배님 제가 잘못 본 것일까요? 언니를 보는 선배의 눈이 타고 있었어요. 언니의 남자보다 강렬한 불꽃이요. 왜 그런 느낌이 들었을까요? 선배님의 눈빛은 항상 흐리멍텅. 정열이 없는 남자라고 생각했어요. 얼음같이 차가운 눈빛이라고 해야겠지요. 여자에 대해 어떤 호의도 표시되지 않는 눈빛, 동아리 새내기들의 공통 생각이에요. 오늘은 그렇지 않았어요. 저의 느낌은 언제나 적중했어요. 왜죠?"

꽤 예민한 여자군. 동운은 묵묵히 걸었다. 어떤 말도 하고 싶지 않다. 눈은 마음의 창이라지 않던가. 그렇게 보였겠지. 정확한 관찰이지만 긍정할 수 없다. 설명할 수 없다.

"언니를, 한순간도 미워하지 않은 적이 없었어요. 어이없는 자격지심이요. 자기보다 나은 사람에 대범할 줄 모르는 못난이 행동. 미워했지만 좋아했지요. 중학교 때 언니의 모든 것을 모방했어요. 행동, 표정, 성격까지. 곧 싫증이 났어요. 언니는 적당히 예쁘고 잘나고 공부는 우등생. 학교, 집에서 대우받고 자랐어요. 언니의 그늘에서 누렇게 키만 큰 연약한 식물이 바로 저에요. 응달에서 자란 식물에 대해 아세요. 키만 크고 줄기는 힘이 없고 연약하죠. 열매도 마찬가지예요. 정말 보잘것없는 응달식물, 언니는 모든 것이 술술 풀리는데 전 항상 막혔어요. 언니의 남자 보세요.

얼마나 보기 좋아요."

"근영이 보기 싫다는 얘기로 해석할까?"

"아직 그런 감정은 없어요."

"아직은 없다. 그렇다면 앞으로는 있을 수 있다는 말이군."

"사람의 생각은 수시로 변하는 구름이에요. 변덕스럽지요. 언니에게 관심이 있으시죠. 그러나 언니는 힘들어요. 남자를 편안하게 해주는 척 해도 자신을 양보하지 않을 거예요. 정확한 관찰이에요. 저에게도 그랬어요. 무조건 저를 이해했어요. 그러나 자신의 자리를 절대로 양보하지 않았어요."

잘못 본 거야. 동운은 생각했다. 기억 속의 준혜는 무한대로 편안한 여자다. 전선에서 편한 휴식에 잠길 수 있었던 유일한 것이었다. 덥지도 춥지도 않은 계절에 적당히 먹고 자는 휴식, 적당이란 말은 어디에 기준을 둔 것일까? 애매한 기준이다. 생각하는 사람 따라 기준치는 다를 테니까. 그러나 지금의 상태에서 그게 무슨 소용인가?

"혜연인 남자를 우울하게 하는 게 취미인가 보군."

"남자를 기쁘게 해주는 게 취미죠. 그런데 취미가 현실과 타협하려 들지 않아요. 얄미운 감정이에요."

"근영인?"

"근영 씨 이야기는 그만. 필요에 의한 생활이에요. 필요의 한계가 끝나면 권태가 오고 이별이 오고 이것은 공식이에요."

매미 우는 소리가
들리지 않으면 가을이다

"필요하다는 게 언제까지야?"

"죽을 때까지일 수 있어요."

"그런 말을 쉽게 하는 것을 보니 가까이 왔다는 소리군. 근영이를 우울하게 하면 벌 줄 거요. 좋은 놈이요. 그렇게 함부로 지껄이는 것도 마음에 들지 않아요."

"선배님 맘대로. 솔직한 감정을 표현하면 사람들의 반응은 지금 선배와 같아요. 왜 거짓말에 익숙하면서 진실엔 무조건 거부반응. 미묘한 세상이군요. 선배님, 언니와 교제해 보세요."

"언니의 남자는 이웃이요!"

"어차피 인생은 끝없는 생탈의 연속이잖아요. 그 사람은 보기 좋은 남자일 뿐이에요. 보기 좋은 남자를 소유한다는 것은 평생 가슴앓이에요. 가만히 있어도 여자들이 귀찮게 해요. 보기 좋은 여자를 남자가 귀찮게 하듯이. 물론 오합지졸의 연속이겠지만, 그 남자의 주인은 가슴앓이 때문에 힘들어요. 그런 투자에 선뜻 전부를 내놓을 만큼 언니는 미련한 여자가 아니에요. 대단한 타산력을 가지고 있어요. 손해 보는 짓 안 해요. 지금까지 그랬어요. 언니의 머리는 회전이 빨라 이해타산에 냉정했어요."

"그 남자에 관해선 모든 것이 예외일 수 있지."

"남자들의 희망 사항이지요. 언니를 보는 선배의 눈이 타고 있어요. 그 눈빛이면 언니를 감동시킬 수 있어요."

"언니에게 가슴앓이를 주고 싶은가?"

"글쎄요?"

"묘한 일이군, 하기야 여자란 동기에게 최고의 적대감을 느낀다고 하더군. 혜연이도 예외는 아니고, 그렇다면 혜연이가 다리를 놓을 수 있나. 언니와 나 사이."

"언니는 저의 소개엔 반응 없어요. 저와 관계되는 일은 경멸해요. 물론 이때까지 전 언니의 취향과 항상 반대였지만."

"혜연이 언니의 남자가 욕심나는 모양이군. 언니를 내 쪽으로 밀어붙이는 걸 보면."

"선배다운 예리한 관찰이에요. 그런데 불가능해요. 그 남자 언니의 종이에요. 언니도 좋아한다고 했어요."

"좋아한다고?"

"사랑할 것이고. 필요성을 느끼면 결혼을."

"다음 단계는 증오."

"증오는 아무나 하는 마음 놀이가 아니에요."

"결론 없는 입씨름 그만두고 근영이한테 갑시다. 나를 기다릴 것이요."

"저를 기다리겠지요."

"누구를 기다리든 상관없소. 시간 낭비 그만하고 자기의 위치로 돌아가야 할 것 같소."

"바래다주셔요."

"오늘은 혼자 가시오. 피곤해 혼자 있고 싶소."

"여자에 인색한 선배님, 됐어요. 근영 씨를 며칠만 보관해주 셔요."

남자가 할 일이 아니지 하면서 동운은 혜연의 뒷모습을 보고 돌아섰다. 근영의 여자. 찬바람이 뼈를 뚫고 지나간다. 옷깃을 세 웠다. 늦은 시월의 밤이 오늘따라 더 춥다. 사람들의 시끄러운 움 직임. 네온의 연속이 유난히 거슬린다. 밤의 숨소리인데. 근영 이 조금 취했으면 술이라도 마실 동무가 있으련만, 그 녀석은 나 름대로 내 고통에 불감증이다. 두 자매는 왜 이렇게 남자들의 가 슴을 아프게 하는지. 혜연이라도 뜻 없는 상대로 옆에 둘 것을.

"기연이군요."

"우연이야, 세상은 좁으니까."

동운은 웃었다. 혜연의 언니였어. 동운의 허탈한 말에 근영도 어색하게 웃었다. 자신을 보던 눈빛. 호의는 일 푼어치도 보이지 않던 눈빛이 떠올라 어색해진 것이다. 낮술에 호의를 느낄 사람 은 없지. 근영은 정말로 혜연의 주위에서 자신의 자리가 좁아지 고 있음을 느꼈다. 혜연을 향한 본인의 속마음은 이미 어디론가 줄행랑친 상태, 거두어들일 수 없는 상태인데.

"선배님, 이 방법 어때요. 전혀 다른 인간의 선배님이 준혜 씨 의 짝이 되는 것. 박동운이 아닌 다른 사람으로."

"그다음에?"

"우선은 시작하세요. 다음 일이야 두 분의 행동과 생각에 따라

좌지우지되는 거 아닙니까?"

"언제까지?"

"두 분에게 달렸지요."

"그녀를 이중으로 배반할 생각은 없어!"

"왜 먼저 배반입니까?"

"얼마 전에 우연히 월남에서 근무한 전우를 만났지. 몸에 시뻘건 반점들이 생겨 피부과를 드나들지만, 병명을 찾지 못한다고 하더군. 가끔 피부가 불에 덴 것처럼 화끈거려 힘들다는 데 보건소나 병원에서 고개만 갸우뚱한다는 것이야. 그 친구는 철모에 가루를 담아 정글에 뿌리기도 한 친구지."

"선배님도 그런 짓을?"

"나는 몇 번 노랑 비를 맞았지."

"기우는 주변인周邊人들의 특권인 줄 아는데요."

"작전상 시계확보를 위한 제초제, 아니 살충제. 모기도 우리에게 힘든 적이었어. 노란 비를 맞으면 며칠은 모기떼에서 해방되어 감사하는 마음이 되었지."

"선배님, 준혜 씨만이 선배님을 치유할 사람 같아요. 그 불안과 절망을. 부딪혀보세요. 모기는 우리에게 해가 없는 약에도 죽습니다. 그 사실도 진리입니다."

"히로시마에서 죽음의 재를 마신 사람들이 이십여 년이 지난 지금 온갖 질병에 시달려. 암과도 친해. 같은 후유증을 자식에까

매미 우는 소리가
들리지 않으면 가을이다

지 줄지 몰라. 오히려 더할지도. 그만큼 독성이 강한 거니까. 인간은 문명을 발달시키면서도 생명 연장을 위한 부분에는 어처구니없이 무능해. 약소국만의 생체실험으로 몇 가지 발전한 의술도 있지만 적은 부분이지. 결국 우리는 우리가 만든 것들에 의해 멸망할 거야. 누군가가 말했지. 우리가 이룬 문명이 결국 최대의 적이 된다고. 그 말에 공감하게 될 날이 올 거야.”

“선배님의 비약飛躍은 마음에 들지 않습니다. 현실적인 이야기를 합시다. 어떻게 할까요?. 그림자는 밟으셨습니다. 실체도 손을 잡을 수 있는 거리에 있습니다. 한 번쯤 창피할 만큼 저질低質이 되어 보세요.”

“그녀에게 틈이 없어!”

“여자는 틈이 많습니다. 혜연을 사귀면서 느낀 소득이죠. 여자는 채워지지 않는 항아립니다. 열 명? 백 명? 그 이상의 남자도 같은 양으로 생각할 능력이 있습니다. 놀라운 발견이었습니다. 적어도 여자는 한 남자에 집착하고 만족할 것으로 생각했거든요. 역사 속 여인들의 이야기를 들으면서. 알고 보니 고정관념은 남자들이 만든 틀일 뿐입니다. 남자들의 자기 방어를 위한 비열한 굴레입니다. 여자들의 마음은 무한정의 사람을 공유할 수 있습니다.”

“혜연이만 그렇겠지. 예외는 있으니까.”

“여자에게는 공통점이 있습니다. 그 공통된 점이 그 부분이에요. 선배님, 세상을 어렵게 살지 마세요. 선배님을 보고 있으면 답답합니다. 꿈은 밤에 꾸는 것으로 만족해야 합니다. 꿈이 깨질까 봐서요. 생활은 꿈이 아닙니다. 죽어있는 시간을 위한 은총이 꿈입니다. 말하지 않아요. 잠자는 시간은 죽어있는 시간이라고. 우리가 백 년을 산다고 하면 삼 분의 일 이상은 죽이있는 시간이랍니다. 휴식도 죽은 시간이라지 않습니까? 그런 인간이 안쓰러워 꿈을 만들어 주셨답니다. 생각이라도 편해라. 현실에서 절대 용납될 수 없는 일들도 꿈에서는 용납되지 않습니까? 신의 은총이라지 않습니까?. 관여치 마세요. 생활과 꿈은 한 울타리 안에 가두지 마세요. 며느리와 시어머니를 한 울타리 안에 가두는 것과 같습니다. 물과 기름이에요."

"자넨 혜연이나 잘 다루게나!"

"중은 제 머리 못 깎지요. 자기 일에는 무능합니다. 하느님이 여자를 만들 때, 고의인지 우연인지 실수를 하신 것입니다. 근영의 갈비뼈로 근영이한테 맞는 여자를 만들어야 했는데, 갈비뼈를 한곳에 모아놓았다가 여자를 만들려고 하니 뒤죽박죽이에요. 어느 게 근영이 것인지 알 수 없었겠지요. 급하게 만들려고 하니 일일이 대조하자니 귀찮고 시간이 걸리고 그래서 모든 남자에게 맞게 만들었어요. 그것이 여자입니다. 물론 처음엔 조금 삐걱거리다가 마모되어 누구에게나 맞게 되었어요. 혜연이요. 나가라면 언제든 나갈 거예요. 고통이 동무하겠죠. 처음부터 각오하고 뛰어든 수렁이니 힘들더라도 견뎌야지요. 바라는 것은 조금이라도 시기가 늦게 찾아왔으면 하는 것이지요. 연극의 마지막 장이라는 것 체득했습니다. 선배님은 그렇지 않습니다. 혜연은 독이 되는 이슬입니다. 후회하지 않습니다. 편안한 휴식처를 주었고 먹을 것을 해결해주었고 생리적인 충동까지도 다스려 주었습니다. 감사해야죠. 그 이상을 원한다면 저는 대도大盜입니다. 혜연이는 잡히지 않는 구름입니다. 주위에 있으면서도 잡히지 않습니다. 구름을 보세요. 무언가 잡힌 듯하면 비가 되어 땅으로 내려앉아 버립니다. 구름을 감히 누가 잡습니까?. 어리석은 짓은 느끼는 순간부터 멈춰야죠. 선배님은 자신의 어리석음을 느꼈으면서도 멈추지 못하는 지진아입니다. 지능 지수가 몇입니까? 의사 결정 능력이 부족한 주변인周邊人은 아니시죠. 유감스럽게 가끔 그런 생각이 들어요. 거슬렸다면 용서하십시오."

9

혜연에게 변화는 오지 않았다. 근영은 안심해도 좋은지 알쏭달쏭한 심정이다. 거짓말인가 생각할 정도로 아이의 이야기는 입에 바르지도 않는다. 올 가을도 그냥 지나가 버리려나.

가을 국전, 근영은 말만 들어도 가슴이 아프다. 한 번 실수는 병가病家의 상사常事라지만 그렇지 못했다. 처음 응모했을 때, 나름대로 기대와 자신이 있었지만, 특선은커녕 입선도 비켜갔다. 깊은 좌절이 몸을 흔들었다. 며칠을 술독에 빠져있다가 그림을 찾으러 자전거를 끌고 서울을 향했다. 서울은 냉정한 웃음을 띠고 패배자의 흔한 행렬인 근영을 둔감하게 맞이했다. 사람들이 북적거리는 역전 광장에서 밤차에서 내리는 바쁜 사람들의 행렬 속으로 들어갔다. 밤새 기차에 시달려 온 사람들은 피곤도 모른 채 바쁘게 근영의 곁을 빠져나갔다. 서울이란 이런 곳이구나. 자전거 여행에 이미 지쳐있었다. 집에서 출발해 보름이 지난 날씨는 그의 몸을 낯선 새벽하늘 아래 얼어붙을 정도로 춥게 해주었다. 고장이 난 자전거를 광장에 팽개치고 맞이방으로 들어갔다. 눈이 부실만큼 요란하게 화장한 여자가 의자에 앉아 있고, 아이를 안고 피곤함에 지쳐 잠든 시골 아낙도 있다. 험상궂은 인상의 남자 옆에서 쫑알쫑알하는 천해 보이는 여자가 보였다.

철도 잡역부의 피곤한 모습도 보였다. 자신처럼 땟물 흐르는 사람들이 많은 맞이방이다. 스피커는 계속 다음 열차 시간을 알리면서 새벽의 피곤을 가중했다. 의자에 길게 앉았다. 노숙으로 지낸 밤들이 천장이 있는 상태를 다행스러워하는 눈치다. 잠이 들었다. 왕복 한 달 이틀, 거지꼴이 되어 집에 돌아왔을 때 아버진 걱정을 담배로 태우고 계셨고, 밥을 푸시던 어머니는 주걱을 든 채 근영의 손을 잡고 반가워하셨다. 어머니에게 정을 느낀 것은 그때가 처음이다. 그전에는 어머니에게 정을 주지 못했다. 할머니의 나오지 않는 젖을 빨고 보챘던 서러운 시절, 배가 고픈 근영은 자신의 젖꼭지를 비틀며 배고픈 시절을 보냈다. 몸이 지금도 허약한 것은 어려서 배를 곯았기 때문이다. 배고픔보다 힘든 것은 어머니에 대한 갈증이다. 어머니는 어린 그의 견디기 힘든 갈증을 외면하고 모습을 보이는 것도 허락하지 않았다. 고년은 서방 욕심만 가득한 년이야 하시던 할머니의 되풀이 타령은 어머니를 향한 정을 항상 북북 찢어버렸다. 이 빠진 할머니가 씹어준 밥 찌꺼기를 먹고 자랐다. 어머니는 상징일 뿐이었다. 한 달 이틀 동안의 거지 생활이 막을 내렸다. 실지 거지였다. 도둑질도 했고, 끼니를 구걸하기도 했다. 온몸에 땟물이 얼룩얼룩했지만, 어머니는 아들을 잡고 반가워하셨다. 근영은 어머니가 양푼에 담아준 밥을 헐레벌떡 먹어 치웠다. 아버지가 말씀하셨다. 자식이 먼 곳을 가면 어머니는 다만 자식이 돌아오는 것을 기다리지만, 아버지는 지나가는 길들을 생각한단다 라고. 아버지는 아들의 어깨를 두드려주셨다. 아버지는 연사演士 노릇과 함께 유랑극단의 단역으로 젊은 시절을 보낸 사람이다. 홍도야 울지마라는 극단에서는 홍도에게 쇠고랑을 채우는 순사였고, 검사와 여선생에게서도 여선생에게 쇠고랑을 채우는 순사였다. 굳세어라 금순아에서는 국제시장의 장사꾼이었다. 아버지의 허리에서 흔들리던 수갑과 몽둥이가 벽에 걸려있다. 어머니가 욕하고 치우면 아버지는 더 상스러운 욕을 하며 찾아서 걸어두곤 하셨다. 이X 년, 어머니의 대명사다. 어린 근영은 가끔 아버지가 멋있어 보였다. 아버지는 근영이 극단을 관람하는 것을 금했지만, 포장을 칼로 찢고 들어가서 보곤 했었다. 들킬 때마다 심하게 꾸중을 들었다.

가을이 여전히 찾아왔지만, 시작도 안 한 상태다. 혜연의 답답한 일상생활에 갇혀 그림보다 혜연에 열중하고 있다. 불안한 공존 때문에 신경이 날카로워져 근영은 힘들다.

"근영 씨, 같이 그림이나 그려요."

"무슨 그림을?"

"나는 근영 씨를, 근영 씨는 나를. 근사한 생각이죠?"

"좋은 착상이군."

혜연의 시작은 항상 좋다. 그래서 근영은 대답했지만 불안하고 마음 내키지 않는다. 구태여 그런 그림을 그릴 필요가 있을까? 이별은 이미 약속된 생활이지만 예상보다 빨리 온다는 암시가 아닌가? 아내로선 두렵지만 안타까운 상태, 혜연의 고집을 알기에 의견에 따랐다. 고집의 근원은 무엇일까? 청·일전쟁을 일으킨 여걸 후예로서의 유전학적인 고집인가.? 민閔가라는. 번갈아 시간을 쪼개 그림 그리는 일이 시작되었다. 근영은 모처럼 의욕적으로 작업을 시작했으나, 혜연은 그렇지 못했다. 적당히 하는 혜연의 손놀림이 근영은 우울하다.

가로수에는 어떤 잎도 붙어 있지 않았다. 세월 흐름을 아쉬워

하면서 적당히 사는 인간들에 대한 은근한 시위다. 근영의 그림은 좋아졌다. 그림으로 시간을 보내면서 혜연에의 갈증도 흘려보냈다. 흘러가는 물이다. 아무리 목이 말라도 마실 수 없는 물, 더러운 물도 아닌데. 세월이 가면 감정도 무디어진다고 한다. 혜연은 충실하다 무시하다를 반복한다. 혜연에게 근영의 간섭은 불필요했다. 누구의 입에서부터 조금씩 신경질 섞인 말들이 나왔다. 혜연은 짜증스러운 표정이 되고, 근영은 거친 목소리를 뿜었다. 두 사람은 맞붙어 싸우거나 헐뜯지 않고 자기 일을 한다. 근영은 열심히 혜연을 그렸지만, 혜연의 그림은 시간이 갈수록 나빠지고 있다. 혜연은 지구력이 없다. 자신의 뒤틀린 감정을 억제하려는 노력도 하지 않는다. 원초적인 감정의 직접적인 노출만 있다.

"잠들기 전에 새벽에 제 생각을 해주세요. 혹 잠자는 시간에 선생님과 소꿉놀이라도 한다면 그것은 덤이에요. 아시겠어요."

근영은 문밖에서 들리는 혜연과 다른 소리를 검정 물감으로 까맣게 색칠했다. 생각이란, 관성의 법칙과 같은 것, 계속 이어지는 법이지. 혜연의 레퍼토리군. 멀어지는 박 교수의 발소리와 혜연의 문을 여는 소리를 근영은 눈을 감고 무시했다.

10

"대통령이 오라는군. 그동안 연기했지. 더는 안 된대. 대통령의 명령을 누가 어겨! 내일 논산으로 간다."

"어쩌면 그동안 한 번도?"

"그런 얘기 한다고 네 감정이 달라질 것이라도 있나. 널 포기했다. 오히려 홀가분해."

"맘대로 내 허락도 없이."

"포기하면서도 허락을 받아야 하니. 포기하니까 갈 수 있어. 그렇지 않음 못 가. 잘 살아. 어젯밤은 친구들과 날 샜고, 오전 내내 자고 만나러 온 거야. 아직은 안 보고 갈 수 없으니까. 내 맘 이해할 수 있겠니?"

"논산까지 동행할래."

"학교는 어떻게 하고?"

"결근하지. 잘 됐어. 하루쯤 쉬고 싶으니까. 아프다고 연락하면 돼."

"그렇게 너그럽니?"

"아프다는데 어떡하겠어?"

"왜 그래. 오늘로 땡 하려 했는데, 날 헤매게 하려고."

"감사의 표시야. 즐거웠으니까. 즐거움은 돈으로 계산되는 것이 아니잖아!"

"괜찮아. 오늘 밤 만날 사람 있어. 언젠가 너도 본 사람."

매미 우는 소리가
들리지 않으면 가을이다

"같이 만나. 어차피 구면인데. 네 계획에 따를게. 지금까지 내게 따랐으니까."

"이렇게 너그러울 때도 있니? 후하군."

"난 자린고비는 아냐."

준혜는 버스표를 환불하고 준정과 맞이방을 나왔다. 준정도 그 길을 가는구나. 하지만 한 번도 생각하지 않는 것이 이상했다. 그만큼 난 준정에게 둔해 있었다. 내게 베푼 즐거움만 취하고 있었다. 얄미운 짓만 했구나. 준정이 준혜의 가방을 빼앗아 들었다. 이제 가면 다시는 이렇게 걷는 일이 없을지 모르지. 두 사람은 잠시 같은 생각에 잠겼다. 혜연을 무시할 수 없는 준정이 백기를 든 것이다. 서둘러 미뤄오던 군대를 택했다. 사실을 알면 아버지가 허락하시지 않을 것이 뻔한 이치. 혜연과 아이, 준혜로부터의 도망의 길을 택한 것이다.

"저녁 맛있게 먹고 영화 보고 음악 듣고 얘기하고, 그러다 보면 시간이 가겠지."

"내일 아침 8시 기차는 타야 해. 오후 1시까지는 도착해야 해. 머리도 깎아야 하고."

"이발소에 따라갈게. 그럼 되지 않아."

"이러지 마. 힘들다."

"나 알고 힘들지 않을 때 있었니. 모르는 줄 알았지. 힘들어 땀 뻘뻘 흘리는 것 모르는 줄 알았지. 난 네 스타일이 아냐. 내게 맞추느라 얼마나 고생했니. 보답하고 싶어."

"동생은 잘 있니?"

"요즘 좋지 않아. 이유는 몰라. 난 항상 그 애를 몰라."

"눈이라도 왔으면 좋겠다."

"어럽쇼, 추억 만드는데 소품이 필요해. 시기적으로 빨라. 눈은 오지 않을 거야."

수박 겉핥기식 대화가 되풀이되었다. 마음속에 묻고 싶은 말은 뱉을 수 없다. 잘 가라 내 잘생긴 친구야.

준혜는 눈을 떴다. 자신의 가슴에 얼굴을 묻고 천진하게 잠들어 있는 준정을 보았다. 그의 충만한 표정과는 반대로 그녀의 가슴은 허전했다. 얼마나, 어떻게 허전한지 말로 표현할 수 없다. 그냥 허전했다.

너를 기다리마. 내 소중한 기쁨. 간밤에 준혜는 생각을 바꿨었다. 너는 나를 슬프게 하지 않을 것 같아. 나에 대해 진정으로 기뻐하는 남자, 나를 기쁘게 하려고 언제나 노력하는 남자, 그것으로 충분해. 주저하다가 몸을 준정에게 풀었고, 작은 기쁨을 느낄 수 있었다. 말로 표현할 수 없는 기쁨. 준정만이 가져다 줄 기쁨, 준정은 진실로 충실했다. 눈을 감고 준정을 음미했다. 부끄러움, 준정에게 부끄러웠다.

"그만둬. 준혜."

준정이 다시 준혜를 안았다.

"어제, 밤처럼 몸을 풀어. 너를 기쁘게 해줄거야."

"창피한데?"

"아니야, 그건 창피함이 아니야. 너를 다시 기쁘게 해줄 거야."

준정이 커다란 바위같이 느껴졌다.

"학교에 전화해야 해."

"조금만 조금이면 돼. 너를 알았으니까. 준혜 내가 네 처음이라는 사실이 왜 믿어지지 않지. 정말 너무 기뻐 죽지 않을까 염려스럽다. 무상의 영겁은 없다 하니까."

준혜는 준정의 기쁨을 같이 느끼면서 자신에게 다짐했다. 절대로 후회하지 말아라. 준정이 주는 기쁨에 충신해리. 자신도 모르는 사이에 눈물이 흘렀다. 준정이 그녀의 눈물을 혀로 핥아 준다. 간지럽고 자극적인 느낌, 짜릿하고 나른한 느낌이다.

"논산은 혼자 가겠다. 몸살 날 수 있어. 그렇다면 내일까지 힘들어. 힘들게 하고 싶지 않아. 준혜, 말 들어. 기쁘게 군 생활을 할 수 있어. 네가 내 힘이 돼주리라 믿어. 왜 계속 눈물이야. 내가 너를 위해 살 텐데. 오로지 너만을 위해. 네가 원하면 논산도 가지 않겠어. 평생 도망자가 돼도 좋아."

준혜는 고개를 저었다. 너를 평생 도망자로 만드는 것은 어리석은 짓이야. 알 수 없는 눈물의 의미를 네가 감히 어찌 알리오. 너는 여자 경험이 많으니까 내 모습에 익숙한 몸짓인데 나는 그렇지 못하잖아. 준혜는 졸음에 시달렸다. 밤새 한잠도 자지 않았음을 알았다. 준정의 수고에 감사했다. 준정의 몸이 자신의 몸 위에서 낙엽처럼 내려앉을 때 소리를 지를 수 없는 기쁨에 몸을 떨었다. 순간이지만, 그 기쁨을 위해 준정은 너무 많은 수고를 했다. 준정의 고른 숨소리에 편안한 휴식을 느꼈다. 태산처럼 밀려오는 졸음을 억제할 수 없다.

준정은 준혜의 잠자는 모습을 보았다. 눈물 얼룩진 모습을. 몸을 털고 일어섰다. 전신에 나른한 피로와 충만한 기쁨이 있다. 그냥 갈 수 없었다. 그래서 들렀다. 군대로 도망가려는데 네가 자꾸 밟혔다. 그래서 들른 준혜는 무한의 기쁨을 주었다. 심혈을 기울였다. 딱딱한 준혜를 위해 모든 경험을 집중시켰다. 처음 여자와의 일이 굉장히 힘들다는 것을 알았다. 처음 겪는 고생이었지만 기뻤다. 마음이 정해졌다. 준혜로 정해졌다. 군 복무 충실히 끝내면 결혼할 수 있겠지. 준정은 준혜의 잠든 모습을 다시 보았다. 쪽지를 남기고 전화기를 들었다.

"동운 형 기쁜 마음으로 갑니다. 간밤의 약속 지키지 못함은 죄송하게 생각합니다. 휴가 오면 들르겠습니다. 준혜가 자고 있습니다. 편안한 숨소리가 제게 힘을 줍니다."

버스에 올랐다. 새삼스럽게 쓸쓸하다. 동운이라는 사람이 약속을 어길 때는 분노했는데 준정은 내게 사랑과 충만을 주었구나. 외로움 때문에 쓰러질 것 같다. 이틀을 누워 앓았다. 이상한

매미 우는 소리가
들리지 않으면 가을이다

통증이다. 긴장이 풀린 탓인지 아프지 않은 곳이 없다. 채울 수 없는 공허에 몸살까지.

　주일의 따뜻한 시선이 주위에 포근하게 맴돌았다. 많이 아프군. 주일의 생각이다. 몸이 아파 결근하겠다는 소식을 듣는 순간 얼마나 가슴 조였는가? 교실에서 학생들 얼굴이 보이지 않았다. 꼭 와야 할 사람, 눈에 보여야 할 사람이 보이지 않으므로 생긴 공허에 한나절이 힘들었다. 오후 5시쯤 멀리 큰길에 준혜의 모습이 보이는 순간 하느님 감사합니다, 하고 기도했다. 많이 아프진 않구나. 운동장으로 나갔다. 할 일도 없이 준혜를 마중하러 나갔다. 준혜의 모습에 가슴이 철렁 내려앉았다. 준혜는 몹시 힘들어했다. 가엾게도 진짜 아프구나. 그가 웃자 준혜가 폭삭 운동장에 주저앉았다. 정신을 놓아 버렸다. 학교는 수라장이 되었고, 주일은 준혜를 둘러업고 그녀의 방까지 갔다. 유난히 입술이 파랗다. 화장을 하다니. 주일은 처음 준혜가 화장한 모습을 보았다. 무슨 연유에 화장했을까? 많이 아팠구나.

　왕진 온 의사는 안정제 몇 알을 줄 뿐 괜찮다고 했는데 이틀을 앓았다. 주일은 가슴을 앓으며 머물렀다. 창백한 모습이 안타깝다. 어머니에게 준혜의 모양새를 설명하고 녹두죽을 부탁했다. 눈은 감고 있으나 잠든 것 같지 않다. 준혜의 눈이 저절로 떠지기를 기다렸다. 언제까지나 이 상태로 계속되기를 바라는 마음이다.

"녹두죽입니다. 조금이라도 드셔야 합니다. 이틀째입니다. 털고 일어나셔야 합니다."

주일은 자신의 허망한 기대가 두려워 입을 열었다. 준혜가 눈을 뜬다. 눈을 뜰 때마다 보이는 주일이 고맙다. 그렇지만 이번만은 말할 수 없다. 눈을 감았다. 모든 의욕이 도망가버린 모양이다. 준정은 내 모든 의욕을 함께 군에 가지고 간 모양이다.

"조금이라도 드십시오. 이대로 집으로 갖고 갈 수는 없습니다."

주일이 다시 권했다. 그 선생 좋아하니. 죽을 써 주면서 어머니가 물으셨다. 네. 주일은 숨김없이 대답했다. 어머니는 죽 냄비를 보자기에 싸 주시면서 주일의 손을 꼭 잡아 주셨다. 아들의 마음이 안타까운 모양이다. 벌써 알고 있었으니. 그녀의 눈이 그렇게 말했다. 그런 어머니에게 조금도 줄지 않는 냄비를 갖고 갈 수 없다. 내 가슴앓이는 나만의 것이어야 해.

"제가 억지로 먹여드려야겠군요."

"먹고 싶지 않아요."

"잡수셔야 합니다."

주일은 강렬했다. 준혜는 결국 수저를 들었다. 먹고 기운 차려야지. 준혜는 억지로 죽을 먹었다. 처음과 다르게 죽은 먹을수록 입맛을 당겼다.

"됐습니다. 나머지는 조금 쉬었다 드십시오. 제가 데워 드리겠습니다. 그때까지 별수 없이 이곳에 있어야겠군요."

"선생님."

"동료 직원이 아픕니다. 선생님이 아니었다 하더라도 이렇게 했을 것입니다. 신경 쓰지 마십시오. 아이들을 생각하시고 내일은 어떻게든 일어나셔야죠. 그 친구에게 연락드릴까요. 타향에서 몸 아프면 사람이 그립습니다."

준정의 입대를 주일에게 알리고 싶지 않아 대답하지 않았다. 자신의 몰골이 엉성해 보일 거 같은 두려움 때문이다.

"그 친구와 다투었나요?"

준혜의 침묵을 주일이 흔든다. 정말로 걱정 섞인 질문이지만 대답할 수 없어 짜증이 났다.

"선생님께서는 계속 열을 뿜으셨습니다. 주전자 물이 끓으면서 수증기를 내 뿜듯이."

"혹시 헛소리라도?"

"아뇨 그냥 숨만 내 쉬더군요. 아주머니와 정말 혼났습니다."

준혜는 할 말이 없다. 헛소리 하지 않아 다행이다. 종로에서 뺨 맞고 한강에서 눈 흘긴다더니, 무슨 엉뚱한 몰골인가? 왜 이렇게 심하게 몸살을 앓는지 알 수 없어 갑갑했다. 주일, 나는 그 사람에게 아무것도 베푼 것이 없는데.

"아이들이 방에 불도 지피고 좋은 제자를 두셨더군요."

주일이 입을 열었다. 말 없이 앉아 있기 쑥스럽다. 왜 이런 기분일까. 동료 직원을 간호하고 있노라 행동을 합리화시켰다. 내 아픔을 치료하고 있구나. 자신의 혀로 상처를 핥는 호랑이처럼. 주일은 다시 망설였다. 말을 할까? 앓고 있는 준혜에게 잔인한 이야기인가. 위안이 될지 모른다. 그러나 선뜻 말하기가 마음 내키지 않는다.

"준혜, 내가 왔다. 간다."

두어 달 지냈을까? 예외 없이 글씨가 게시판에 붙어 있다. 자신의 눈에 먼저 뜨인 것이 다행한 우연이다. 누구이길래 이곳까지 와서 준혜 앞에 나타나지 않고 가버리는 것일까? 추운 밤에 흔적만 남기고 맴돌다. 이 쪽지가 준혜에게 미칠 나쁜 영향 따위는 안중에도 없는 이기주의자. 준혜에 대해 사람들의 입방아는 그치지 않았다. 때론 자신과 결부시킨 이야기도 있지만, 대개 준정의 이야기. 소문은 세상 넓은 줄 모르고 부풀기만 했다. 준혜의 아픔까지도 엉뚱하고 더러운 상상들이 더덕더덕 붙어버렸다. 나쁜 소문은 호기심과 선망에 대한 악의적 요소가 많다. 완벽한 준혜를 미워했다. 준정의 보기 좋은 얼굴도 흉하게 망가지고 있다. 이상한 현상이다. 왜 칭찬해주지 않는지. 자기보다 나은 자에 대해 대범할 수 없는 것이 인간이란 말인가. 여자는 물론, 남자들도 준혜에 대해 좋은 이야기를 하지 않았다. 옹졸한 인간들 틈에서 주일의 나날은 고통스럽다. 그들의 대화에 끼어들지 못하는 감정, 소문은 쉼 없이 귀를 간지럽혔다. 욕심이 너무 많은 여자, 자신이 그것을 채울 능력이 없음이 느껴지면서 생기는 허탈감, 하늘을 향

매미 우는 소리가
들리지 않으면 가을이다

해 웃었다. 감정을 밖으로 내놓은 적이 없는데 사람들이 투시안이라도 가진 모양이다. 준혜를 향한 비난에 끼어들지 않은 것은 할 일 없는 사람들의 입방아 재료가 되고 싶지 않아서다. 어차피 부인도 시인도 유리한 것이 아닐 바엔 침묵이 최선이라 생각했고 소신대로 행동할 뿐이다. 밀어줄 테니 잘해보라고. 그들은 게임의 결과를 알면서 부추긴다. 정은 가까운 데에 약하지. 준혜의 마음은 그렇지 않아. 준정이는 보기만 해도 기분 좋은 녀석, 웃음이 절로 나오는 녀석, 자신처럼 가식 없고, 위축 없고, 체면 없고, 염치없는 몸짓, 준혜. 내가 왔다 간다. 준정은 아니다.

준혜를 보았다. 피곤하고 지친 모습이다. 눈을 감은 창백한 얼굴 안쓰러워 죽겠다. 대신 앓을 수 있다면, 몸살 같은 거 내게 떠밀지 않고 붙들다니.

"선생님."

준혜가 눈을 감고 부른다.

"혼자 있어도 괜찮아요. 가서 쉬세요. 선생님이 계시니 더 힘들어요. 사실은 소리 지르면서 앓고 싶거든요. 모르겠어요. 온몸이 이렇게 아프다니. 누군가에게 실컷 두들겨 맞은 것처럼 나른하고 뼈마디가 아프다고 모두 소리 지르고 있어요."

"댁에 연락하시는 것이."

"아니에요. 그럴 필요까지는 없어요."

준혜가 놀란다. 준정이라면 온몸을 주물러달라고 부탁하고 싶다. 그렇게 온 마디가 아팠다. 모든 긴장이 풀린 것인가? 내 몰골이 이게 뭐야. 나사 풀린 기계 몰골이군. 주일이 오빠였으면 좋았을 것을 하는 생각이 문득 들었다. 오빠가 있었으면. 오빠 있는 친구들이 부러웠다. 오빠는 누이에 대해 언제나 끝없이 관대하다고 한다. 주일이 오빠였으면 어리광부리고 할 수 있을 텐데. 주일이 오빠였으면. 주일은 호기심 속의 이성이 될 수 없다. 자신은 자격을 잃은 것이다. 오빠로라면. 오빠는 고향이라고 하지 않던가. 고향과 오빠. 이 포근함이 오빠로 이어졌으면.

무슨 일인가. 위치가 정해지는 대로 소식 주겠다더니. 달포만 지나면 위치가 정해진다는데 두 달이 지났는데도 소식이 없다. 방학 중이라 학교로 연락할 수 없어 주저하고 있다 생각했다. 근무가 아닌데 학교에 가기도 했지만, 준정의 소식은 여전히 전무다. 실수했구나! 준혜는 생각했다. 순간적인 감상을 이기지 못해 저지른 실수구나. 그렇게 생각하지 말자. 내게 베푼 즐거움에 대한 보상이라 생각하자. 답례라고 생각하자. 어차피 준정에게도 무엇인가 해주어야 했으니까. 삼 년이 넘는 동안 한결같은 마음에 값을 치렀다고 생각하자. 후회는 역겨우니까. 위안은 주지 않고 괴롭히니. 즐거움과 비교해 오히려 싼 값일 수 있으니. 그의 원에 의하고 내 원에 의한 행동에 대해 돈으로 환산하면 무엇하랴. 지저분해질 뿐. 끝내 소식을 주지 않는다고 해도 하는 수 없지. 내

쪽에서 보챌 필요는 없으니. 홀가분한 단절이 될 수 있으니. 언제나 빚진 것같이 부담스러운 준정. 그와의 미래는 한 번도 생각하지 않는 엉뚱한 삶이고, 그 생각은 처음부터 지금까지 같으니까. 준정은 즐거운 녀석일 뿐이야. 그녀는 문득 그런 생각을 했다. 계획하지 않는 삶에 대한 회의다.

"언니 전화예요."

모처럼 식구의 얼굴을 보게 되었다. 혜연의 모습까지. 누구도 관심 기울이지 않는 바쁜 삶에 묻혀 아버지는 부재중이고 어머니와 혜연이와 마주 앉은 자리다.

"준정이 아비 되는 사람이오."

가슴이 철렁 내려앉았다.

"좀 만났으면 해요. 시간과 장소는 그쪽이 편리한 대로 정해주세요. 지금이면 더욱 좋고. 듣고 있어요. 꼭 만나야겠기에. 꼭 만나야 할 일이오. 많이 급하고 복잡한 일이오."

대문을 나서는 다리가 후들후들 떨렸다. 무소식과 불길한 끄나풀이 연결된 것일까? 현실은 냉정하게 사람에게 다가선다고 했다. 의젓하게, 가슴을 펴고 고개는 약간 들고, 하늘을 보면서, 비웃음으로 치장해서 인간에게 다가온다. 냉정함은 공손히 땅을 보고 받아들인다고 내 편이 아니다. 하늘을 보자. 해가 부시면 멀리 보자. 직접 해와 눈싸움 하지 말자. 왜 다리가 떨리는 거지. 죄

되는 일은 하지 않았다. 떨지 마. 불길한 예감에 지레 겁먹은 바보가 되다니. 네가 원하면 논산에 가지 않을 수 있어. 그 말이 자꾸 귓전에서 맴돈다. 말이 씨가 된다는데. 생각도 씨가 된다는데.

다방 안은 한산했다. 마음을 진정시켰다. 촌스러움을 조금 벗어난 정도. 목각 작품이 두어 개 벽에 걸려있고 붉은 등이 천정에 바싹 붙어 있고. 차 나르는 아가씨도 별로인 풍경, 의자 커버 등에는 더러운 때가 묻어있고, 눈에 하나도 좋게 들어오지 않았다. 준정을 닮은 사람을 찾았다. 아버지와 거의 합동이군, 속으로 웃음이 나왔다. 다소곳이 의자에 앉았다. 조금 우습다. 그의 아버지와 이런 촌스러운 독대獨對를 하다니.

"준정이 행방불명이오. 무슨 연락이라도? 훈련을 마치고 부대로 배치받아 가는 도중에 없어졌답니다. 중대한 일이기에 직속상관이 자체 내에서 해결하고자 애쓴 모양입니다. 상부에는 보고하지 않은 상태랍니다. 어떻게든 찾아서, 데려오기만 해주라는 연락을 받았습니다. 민 선생님의 이야기는 그 애의 서랍을 정리하다가 알았습니다. 혹? 입대 전 무슨 언질이라도? 당황하지 말아요. 나보다 당황하니 오히려 미안해요."

"죄송합니다. 저는 아무 말씀도 드릴 것이 없어요."

"찾도록 도와주시오. 부탁이오. 자수와 체포는 처벌에 하늘만큼 차이가 있다고 들었소."

세상에 이런 일이 생기는구나. 기우가 항상 현실과 끈질기게 달라붙는구나. 동운과도 그랬었지. 어떤 경우에도 절대 만나지 말자고 고집했고, 만나서 결혼하자고 부추긴 것도 나다. 그러면서 영원히 만나지 못할 수도 있다고 얼마나 가슴 조였는가. 부질없는 기우이기를 얼마나 바랐건만. 왜 이럴까. 순간 지나간 기우가 현실에 끈질기게 들러붙는 이유가 무엇일까? 결국 동운을 만나지 못했다. 생각이 죄가 되었다고 자책 했거늘? 번번이 준정을 만나면서도 같은 생각이었지. 오늘이 끝인가? 말이 씨가 된다는데, 생각이 씨가 되는구나. 장난 섞인 생각까지 뿌리를 내리는구나.

준혜는 학교에 급한 일이 있다고 연락하고 버스에 올랐다. 버스가 너무 느리게 움직인다. 생각은 급한데. 느낌도 감정 따라 수시로 변하는 모양이다. 버스는 언제나 그 속도로 같은 길을 가건만 준정 때문에 초조한 가슴이 안타깝다. 엉망이 된 내일의 시간, 영원히 잃어버릴 것이라는 방정맞은 생각, 성급한 판단이 되었으면, 바보의 망상이 되었으면 하는 바람 속에서 계속 불길하고 우울하다. 자신의 방정맞은 생각이 후회스러웠다.

근영은 좋아지는 그림 속 혜연에게 만족하고 마지막 손질을 하기 시작했다. 혜연이 그림도 마무리 단계다. 그림 속의 혜연은 발랄하고 꾸밈없이 순한 모습을 하고 있으나 근영은 어둡고 권태로운 표정을 짓고 있다. 근영은 부처의 눈엔 부처가 보이고 돼지의 눈엔 돼지가 보인다는 옛이야기가 생각났다. 혜연의 어둡고 권태로운 마음이 그림에 나타난 것이다. 실제로 자신의 최근 표정을 혜연이 잘 관찰하여 그렸는지 모른다. 그는 그만큼 혜연에게 관대했다. 관대하다는 것은 정이 밀리고 있다는 것이다. 어차피 처음부터 밑진 흥정이다. 그녀의 소모품이다. 근영은 정에 대한 갈증과 마음처럼 표현되지 않는 그림 때문에 술을 즐기긴 했어도 마음은 어둡지 않았다. 남자의 대범한 특권과도 다르다. 그림은 항상 발랄하고 순수하고 웅대했다. 산을 많이 그렸다. 신비하고 거대한 수수께끼, 어떤 도전에도 화내지 않는 무심한 응접, 차별을 모르는 군왕의 위엄을 가진 유일한 것. 어떤 종류의 사람이건 찾아주는 이에게 찡그리지 않는 융숭함. 그런 산이 근영은 좋았다. 마음대로 욕을 해도 묵묵한 응답으로 분노를 잠재우는 산이 좋아 그렸다. 백두산을 앞산 자락에 옮겨 놓기도 했다. 장백폭포가 뒷마당에서 위엄을 발휘하기도 했다. 산을 마음대로 움직일 수 있다. 한라산이 지리산 등마루에서 춥다고 으스스 떨기도 했다. 그런 속마음 때문에 혜연의 모습도 그렇게 표현되었다. 순수한 산. 혜연의 어두움을 밝게 해줄 빛이 없다. 최근에 느낀 고통이다. 정리될 수 없는 정이 우우하며 서럽게 반발하자 술에 정신을 쏟았다. 그런 집을 지으리라. 꼭지만 틀면 술이 콸콸 쏟아지는 집을, 창자는 술에 잠겼고, 마음은 짠 소금에 절였다. 마음이 더 상하는 것은 묵과할 수 없다. 만수무강은 필요하니까. 자축하고 위로했다. 혜연의 눈에서 가끔 파란 빛이 느껴진다. 그 빛이 차갑게 자신을 비추고 있음이 느껴졌다. 한기다. 빛은 근영의 위축과 비참한 감정에 채찍을 가했다. 술을 계속 청하는 처참한 고문에 먹음직스러운 안주가 되었다. 무모한 일이다. 혜연인 고흐의 원화가 욕심나는군. 근영의 울부짖음에 시인도 부인도 안 하는 혜연에게 질린다. 칼이 될 수 없구나. 검정으로 칠하기 시작한 대화에 진력났다. 검은색이 바닥났다. 근영은 자신의 울부짖음을 그렇게 변명했다. 혜연의 절망을 뭉갤 수 있는 검은색이 바닥났다고.

겨울비가 으스스 내리는 을씨년스러운 날. 추워진 몸을 이끌고 혜연이 돌아왔다. 근영은 좁은 방에 버티고 있는 혜연의 그림을 보며 홀짝홀짝 술을 마시고 있었다. 연탄불이 꺼진 방은 춥다. 비에 젖은 혜연의 몸이 견디기에 한기뿐인 방이 송구하다. 반가움과 놀람에 정신을 차릴 수 없다. 서둘러 연기를 마시며 연탄을 피웠다. 매운 연기가 코, 입으로 들어오는데도 매운 줄 모르겠다. 얼마 만인가? 들어오지 않는 시간이 일주일 훨씬 지났다. 어디에 있었느냐는 물음 따위는 의미 없는 말장난이기에 혜연의 젖은 몸이 말라주기를 기다렸다. 돌아온 사실만 감사하고 싶다. 그동안의 행적이 내게 무슨 이득이 되리오. 알아서 병이 되는 일을 알려는 바보는 되지 말자. 혜연은 보채지 않으면 자기 쪽에서 토해내는 버릇이 있으니 기다리기로 했다. 침묵에 지독히 약한 혜연의 성격을 근영은 알았다. 가만 두면 스스로 터지는. 스스로 견디지 못하고 뱉어버리는 위험하고 가여운 인내를.

    주일은 떠나지 않는 준혜를 나무라고 싶다. 항의하고 싶다. 왜 갈 때가 되었는데도 가지 않느냐고, 내가 끝내 바위에 걸려 산산조각이 나기를 바라는 마음이냐고. 몇 사람이 나갔고 나간 수만큼 새사람이 들어왔다. 준혜도 갈 사람이라고 생각했다. 갈 사람이라기보다는 갔으면 하는 사람, 더 지탱할 수 없을 만큼 약한 준혜가 괴롭다. 자신의 괴로움을 덜기 위해 준혜가 3월에 가기를 고대했다. 정직한 호의다. 한편으로 떠나지 않는 준혜에 감사하는 마음도 있다. 볼 수 있는 것만으로 위안이 되는 마음. 볼 수 있다. 그녀의 시야에 들어갈 수 있다. 하루의 몇 시간이라도 같은 테두리에서 숨 쉴 수 있다. 방학 기간에 느닷없이 나타났다 소리 없이 가기를 몇 번, 준혜는 원인 모를 절망을 가누기 힘든 체념으로 지우고 있다. 무슨 일인가, 분명히 그녀의 주위에 힘든 일이 생긴 것이 분명한데 그 일에 대해서 감이 잡히지 않는다. 토요일도 집에 가는 일이 적고, 멍히 바다를 보고 있는 모습이 밟혔다. 말도 잘 건네지 못하고 보내는 날이지만 가까이 있다는 사실에 만족하고 달랬다. 그를 허둥대게 한 것은 가끔 마주치는 준혜의 따뜻한 시선이다. 적의 없는 선한 눈빛이 당혹스럽고 기쁘다. 집에서는 주일의 결심만을 바라는 눈치로 결혼을 서두르지 않았다. 그런 부모가 고맙고 미안했지만 시달리는 고역이 아니기에 스스로 그들의 생각을 무심히 흘려버릴 만큼 뻔뻔해졌다. 준혜보다 싱싱한 새 식구가 생겼지만, 흥미 밖이다. 새 학기는 소란하고 수선스럽다. 애매한 친절이 계속되었다. 표현할 수 없는 선심이지만 주일은 준혜의 어려움을 조금씩 으깨기 시작했다. 바위를 마모시키는 빗줄기처럼 수십 년이 걸릴지라도 하기로 했다. 내 노력이 언제인가 준혜를 절망에서 구제할 수 있겠지 하는 바람으로.

준혜의 일상은 단조로운 반복의 연속이다. 떠나지 않는 것은 기다림이다. 언젠가 준정이 찾아올 것이라는. 실물이 아니더라도 소식이 올 곳은 이곳이다. 기다림조차 던져버렸지만 더러운 미련이 묶어두고 있다. 세상의 돌발적인 사고는 예외 없이 모든 사람에게 같은 기회를 제공하는 법, 남자에 자신이 없어졌다. 모두 떠나는데만 급급해하는 걸까? 어쨌든 두 번째 버림을 받았다. 날 버린 것이 아니라면 소식이라도 있으련마는. 사고가 아니라 고의로 준정이 자신을 떠났다는 것에 초점을 맞추었다. 교묘한 연극을 마치고 떠났다. 그와 나의 세월은 값없는 노름 놀이에 불과한 것이야. 억울하지만 그렇지 않고서야 이런 일이 일어날 수 있는가. 여자에 대해 무책임한 남자다. 내 생애에 버림이 활개를 치는구나. 내가 누린 온갖 영화 속에서 버림은 싹을 내놓고 있었구나. 버림은 편식하지 않는구나. 주일, 접근할 수 없다. 호의는 고맙지만, 손을 내밀 수 없다. 흠집 생긴 나를 주일에게 맡길 수 없다. 전생에 무슨 죄를 지었기에 최선 위에 버림받는 일이 두 번씩이

나 생기다니. 전생에 콩쥐 계모였을까? 뺑덕어미였을까? 어쩐지 잘 찾아주지 않는 주일을 노크할 기력도 용기도 없다. 지난 일요일, 맞이방에서 서성이는 준정의 친구를 보았다. 혹 준정의 소식을 들을 수 있을까 하는 마음으로 서둘러 아는 체했으나 들을 수 없었다. 남자가 가볍게 아는 체하고 서둘러 멀어져 버렸다. 쌀쌀맞은 태도가 비위 상했지만 어쩔 수 없다. 준정이 영원히 자신을 떠났음을 재차 확인했다. 그렇게 시작한 일주일은 허탈과 비감만이 자신의 주위를 머무르고 있음을 느꼈다. 이상한 우연이다. 남자들은 마음의 문을 열면 들어오지 않고, 멀리 가버린다. 왜 그것을 몰랐을까. 진리를.

소란한 아이들 소리가 여전히 운동장에서 끊임없이 들려온다. 변함없는 소리지만 느낌이 날마다 다르다. 지치고 짜증 났다. 보이지 않는 철책선을 주위에 그어놓고 자신의 생활을 좀 먹었다. 누구인가에 의해 소식을 들을 수 있다면, 비록 절망적일지라도, 그와 사는 여자의 입에 의한 소식일지라도, 건재하다는 소식이 듣고 싶지만 아무도 소식을 들려주지 않았다. 무심한 세상 같으니. 냉정한 인심 같으니. 교실 후면의 너절한 흔적들을 뜯으면서 소망도 뜯어냈다. 원한 길은 아니지만 주어진 길이라면 불평하지 말자. 묵묵히 적응하면 되겠지. 감히 순간의 고통에 대한 두려움으로 택한 준정이 영원한 위안이 되리라는 생각을 했다니, 처음부터 착각이었지. 링에서 거의 죽어 가는 복서를 향해 흰 손수건

매미 우는 소리가
들리지 않으면 가을이다

을 던진 순간의 동정심에 매달려 얼마나 어리석은 웃음 속에서 살았는가. 그런 식의 선택에 전전긍긍한 나는 얼마나 어리석은가. 뜯어내자. 모든 것을. 어제까지의 모든 감정을. 동운에 대한 찌꺼기도 같이 뜯어내자. 볼 위로 흐르는 눈물이 느껴졌다. 자신에게 지나치게 열중한 그녀는 주일의 시선을 느끼지 못했다. 도도하고 차분하고 냉정한 이성을 가진 그녀를 이렇게 만든 원인이 도대체 무엇일까? 준혜가 주일에게 돌아섰다. 이 사람이 다시 나를 울릴 사람인가.

눈물 너머 주일이 아른거린다. 오빠였으면 좋겠다. 혼자만의 오빠는 역시 어려운 일이지.

"왜 우느냐고 물어주세요."

"대답해 주시겠습니까? 왜 울고 계셨습니까? 한참이나."

"울고 싶어서요."

"개구리가 운다. 울고 싶어서. 개구리는 울고 싶어 우는 게 아닙니다. 어머니의 무덤이 떠내려갈까 우는 겁니까? 인간이 만든 것입니다. 우는 이유는 누구에게나 있고, 눈물은 순수한 감정의 거짓 없는 표현입니다. 장난기는 조금도 묻어있지 않지요. 선생님께서는 근래 자주 우시더군요. 그러나 오늘처럼 눈물이 밖으로 나오진 않았습니다. 울음의 의미가 제가 알아야 할 부분이 아닌 듯해 지나쳤습니다, 선생님의 보이지 않는 눈물을 닦아드릴 재주는 없지만, 제게 비치는 물줄기는 닦아 드릴 수 있습니다. 쪽지의 비밀을 풀어주신다면."

주일은 새벽에 게시판에 붙어 있던 쪽지를 준혜에게 내밀었다. 준혜, 내가 왔다 간다. 벌써 세 번째다. 단순한 장난은 아니다. 집요한 추적이다. 주일은 아무리 자신의 감정이 너그럽다 위장해도 쪽지에만은 움츠려지는 것을 느꼈다. 누구인가?

누구일까? 준혜도 의문은 마찬가지다. 준정은 아니고 누구일까? 전혀다. 이런 쪽지를 건네줄 위인을 모른다면 거짓말이 될 것이고, 다시 견고해지는 주일과의 벽을 확인했다. 나도 모르는 일을 거짓으로 해명할 수 없는 법, 누구일까?

"됐습니다. 그냥 해 보는 말이었습니다. 장난기가 발동했나 봅니다."

"장난이라고요?"

자신의 소중한 감정을 장난이라고 단정지어 버리는 주일에 아연했다. 떠날 준비를 하고 있구나. 언제든 나갈 준비라는 말을 하던 혜연의 남자친구가 생각났다. 어떤 기분이면 그런 말을 쉽게 뱉을 수 있을까? 혜연이 보고 싶다. 어떤 생활을 하든 마음에 들지 않지만, 동생이고 자신의 의지든 아니든 자신 때문에 피해를 보고 사는 혜연이.

"준정이, 그 친구 요즈음엔 오지 않는군요."

주일이 힐끗 준혜의 눈치를 살피며 조심스럽게 내놓았다. 준혜의 표정이 변하지 않았다.

"우울하고 기운 없는 사람을 트로포니아의 신탁을 받은 사람이라고 하죠. 선생님의 모습이 그 모양이에요. 그 친구는 잘 있겠죠?"

"그럴 거예요."

"마치 전혀 상관없는 사람이 얘기하는 것 같군요."

"그는 내가 아니죠."

주일은 준정이 준혜 곁을 떠났다고 생각했다. 요란한 돌풍으로 접근하던 그가 가버렸구나. 그래서 준혜의 요즈음이 우울하구나. 왜 가버렸을까? 기세 당당하던 멋진 청년이 누구의 농간으로 가버렸을까?

운동장에서 아이들의 떠드는 소리가 유리창을 뚫고 들어왔다. 바람은 예외 없이 차지만 공 갖고 노는 아이들은 여전히 신났다. 축구도 배구도 아니고 그냥 공을 가지고 뛰어노는 아이들의 모습이다. 넘어지는 아이도 있고 달리는 아이, 걷는 게으름쟁이도 있다. 앙상한 나뭇가지 틈으로 바람이 힘있게 부는 삼월은 초겨울보다 추운 날이 많다. 더워서 웃옷을 벗고 뛰는 아이들 틈으로 봄 냄새가 슬그머니 들어서는 눈치다. 그 봄 냄새가 유리창을 뚫고 들어오는 아이들의 소란에 묻어 두 사람 곁에 머문다. 싱그러운 흙냄새, 작은 풀 냄새. 봄은 열심히 자신의 모습을 과시하기 위한 준비에 바쁘다. 창밖을 보았다. 모든 것의 시작이다. 새로운 시대, 새로운 것에 대한 호기심과 기대와 갈망, 새로운 시간에 혼자만이 시시콜콜하고 서늘한 외로움을 만들지 말자. 생각은 집요한 고문이거늘, 스스로 고문에 취할 필요가 있는가? 어차피 인생이란 성가심과 가슴앓이가 서로 죽일 듯이 싸우면서 메워지는 백지와 같은 것이지. 즐거운 시간은 어차피 찰나일 뿐이야. 좋은 시간은 짧은 것, 세상만사가 모순과 갈증의 연속이 아닌가. 동운, 살아서 돌아오기를 기다렸던 시간만이 숨을 쉬는 시간이었고, 준정의 피에로 같은 행동 앞에서 소리 내 웃었던 시간이 숨을 쉬는 시간이었다. 긴 시간이었지. 고통의 전주였지만. 주일. 떠 있는 배에 오를 수 없다. 막아서는 애매한 벽. 파도가 아니라 바람이려나. 심술궂은 날씨. 바다신의 심술인가? 인당수는 휴전선 북쪽에 있다는데. 떠 있는 배에 가끔 오르고 싶은데 그때마다 알 수 없는 주저가 막고 있구나.

"많은 일이 쉬고 있는 사람을 기다립니다. 쉬는 시간은 살아있는 시간이라고 할 수 없습니다. 잠자는 시간만 죽어있는 시간이 아닙니다. 목적 없이 쉬는 시간은 인생을 고달프게 합니다. 선생님의 쉬고 있는 시간을 다른 곳에 옮겨 보십시오. 일은 인간을 건강하게 하는 특효약입니다. 망상에서 인간을 해방시킬 줄 압니다. 그 친구가 잠깐 떠난 모양인데 돌아올 것입니다."

주일은 금계랍을 빨고 있는 기분이다. 어려서 말라리아를 앓았을 때, 어머니께서 동네에서 쓰디쓴 금계랍을 구해오셨다. 얼굴을 찡그리며 먹지 않겠다고 울었으나 코를 잡힌 채 먹었던 기억이 새롭다. 서해의 오후가 저문다. 절망적인 태양의 침몰이다.

11

준혜를 죽이는 일이다. 두 사람은 같은 생각을 했다. 뾰족한 방법이 없다. 군 생활 선배인 동운도 준정의 행동을 이해하고 동정했고 근영도 이해했다. 무법천지. 하루 빠른 자의 무지한 횡포를 동운도 근영도 알고 있다. 어느 날 밤. 두 사람이 술 취해 속옷 차림으로 자고 있을 때 준정이 그늘을 찾아왔다. 더부룩한 머리. 땟물 흐르는 옷. 시커멓게 더러워 냄새난 몸을 이끌고. 군데군데 맞은 자국이 시퍼렇다 못해 꺼멓게 반점이 돼 있다. 추운 날이건만 준정의 몸에선 더러운 냄새가 났다. 동운은 서글펐고 근영은 어처구니가 없었다. 세 사람은 반란군처럼 소리 죽여 웃었다가 심각해지는 버릇이 생겼다. 대책은 누구에게도 없다. 모든 문제의 정직한 답은 시간만이 할 일이다. 동운은 자신에게 다가오던 준혜의 쓸쓸함이 생각났다. 그녀의 접근에 무서워 움츠러들고 괴롭던 기분. 어떤 사람의 편도 될 수 없다. 준정의 근황은 일급 비밀이다. 준정의 불행이 자신에게 작고 은밀한 기쁨이 되는 사실에 동운은 허허하는 마음이다. 준혜로의 접근을 생각한 것은 아니다. 근영의 따갑고 날카로운 눈빛이 난처하다. 비겁한 출발은 자존심상 용서할 수 없다. 건전한 생각 속에서 남자만의 의리라는 것이 존재하는 세상이다. 자기에게 구원을 청하는 사람의 여자를, 여자로 생각하면 안 된다. 준정은 단순한 구원이 아니라 일생을 건 구원을 청하고 있고, 준정만의 것이 아니다. 준혜에게 평생 멍에를 짊어지게 해주는 일이라는 사실에 동운은 힘들다. 준혜와 무관한 일이라면 준정의 영원한 우방이 되는 것을 주저하지 않았을 것이다.

"아무것도 원하지 않아요. 준혜의 그늘이라면 어두워도 좋아요. 다행히 준혜에게는 경제적 능력이 있고, 외면하지 않을 것입니다. 그 여자면 됩니다. 아무것도 원하지 않습니다. 그 여자의 그늘이면 어떤 습한 곳이래도 곰팡이가 생기지 않을 자신이 있어요. 형 도와주시오. 준혜를 데려다주시오."

"신중한 선택이 필요합니다. 단순한 소망이 한 여자를 평생 불행하게 할 수 있습니다. 형은 준혜 씨의 불행을 원합니까? 준혜 씨가 견딜 것 같소? 처음 얼마 동안은 견디겠지요. 병역의무의 시효는 육십 세까지입니다. 서두르지 맙시다."

준정의 술에 수면제를 넣어 잠들게 하고 두 사람은 나왔다. 움직이는 동물을 진정시키는 방법은 수면제밖에 없다. 근영의 경험에서 얻은 제안에 동운은 반대 의사를 표했으나 결국 동의하고 말았다. 지쳤다. 한 달이 넘은 시간에 근영도 지쳤다. 혜연에게서 시작한 우울함에 준정의 출현에 근영은 자신을 정리하고 싶

매미 우는 소리가
들리지 않으면 가을이다

다. 혜연에의 갈증도 해소할 수 없는 데다 동운의 영원한 수동적 자세도 그를 지치게 해줄 뿐이다.

"고흐의 원화가 욕심나면 제발 가라."

"고흐의 원화가 아녜요."

"그렇다면 아이에게 돌아가면 되잖아. 아니면 아이를 데려오던지. 난 혜연의 아픔이나 미련을 잘라낼 칼이 못 되니까."

"아니에요."

"그렇다면 날마다 이렇게 엉망인 이유를 말해. 나 스스로 지쳐 없어지길 바란다면 그건 오산이야. 난 혜연이를 떠나지 못해. 엉망진창인 혜연이를 택했으니까. 이 이상의 엉망진창은 없을 거야."

"아일 보고 왔어요. 많이 컸어요. 돌아갈 수 없고 데려올 수 없어요."

"혜연의 흔들림은 그런 가벼운 것이 아니야. 허수아비 취급하지 마라. 너에 대해 알 만큼은 안다."

"그래요. 아이를 달라는 것이에요. 주지 않으면 재판을 하겠다는 것이에요."

"무슨 소리야? 그런 이야긴 처음부터 없었잖아!"

"처음부터 없었던 이야기죠. 전혀 생각도 하지 않은 이야기에요. 이야기가 우습게 되었어요. 아이의 아빠가 달라는 것이에요."

"차라리 홀가분하지 않아. 어차피 혜연인 아이에 대한 책임감도 정도 없는 상태니까."

"그것은 표면상의 정이에요. 언제든 아이를 데려다 키울 거예요. 당분간은 그럴 수 없어서 남에게 맡겼지만. 유일한 내 것이에요."

"그 사람의 아이이기도 해."

"이때까지 전혀 아는 체도 않던 녀석이 마누라가 불임이라니 새끼가 생각난다 그거죠. 그 자식은 멋대로였어요. 여자를 사귀는데도."

"그 사람의 생활이 혜연을 조금이라도 괴롭혔나?"

"그래요. 가슴이 아팠어요. 그런 기분 있잖아요. 나 먹기 싫지만 남 주기 아까운 기분, 그런 더러운 기분의 계속이었어요. 계속 여자를 바꾸면서 주위를 맴돌았어요."

"똑같은 사람이군."

"우린 아이에 대해 어떤 의견도 나눈 적이 없어요. 그랬는데 이제 와서 달라는 것이에요."

"차근차근 이야기해. 도무지 감 잡을 수 없군. 돌대가리가 아닌데 말이야. 아이는 어디에 있지? 보육원?"

혜연이 움찔한다. 순간의 착각이 파생한 어긋난 연극을 어떻게 할 수 없어 힘들다.

열여섯의 혜연에게 현실은 벅찼다. 집을 나왔으나 갈 곳이 없다. 갈 곳이 정해지지 않는 가출은 힘들다. 열여섯이라는 나이, 경제적인 고생을 모르고 자란 그녀에게 나날은 슬프고 외롭고 비참했다. 집으로 돌아갈까 생각했으나 싫다. 식구들의 놀람과 비난이 싫다. 사랑도 주지 않았던 부모는 극성스럽게 구박할 것이다. 언니의 십 분의 일만 해라. 그 이상을 했지만 되풀이였다. 언니가 따 놓은 당상, 먼저 지나간 자리. 노력해도 항상 일등이 못 되는 성적 때문에 마음은 비뚤어지기 시작했다. 왜 항상 언니의 뒷전이어야 하나, 언니는 터를 잘못 팔아 계집애 동생을 낳았지만 나는 사내 동생을 낳도록 했는데. 혜연이 터를 비싸게 팔아 사내를 낳았구나. 사내를 낳은 엄마 곁에서 할머니가 들려준 말이었고 내 세상이 온다고 생각했다. 가족의 태도는 여전한 게 아니라 더 나빠졌다. 월등한 언니와 귀한 사내 사이에서 못난 오리 새끼가 된 것이다. 언니가 죽었으면 하는 생각이 작은 가슴에 방망이질했던 때도 있었다. 언니는 없어지지 않았고 더 외롭고 슬펐다. 그런 혜연에게 기준은 포근한 웃음을 주었다. 독자인 기준은 모든 것이 흡족했고 둘째인 혜연은 부족했다. 어느 쪽의 일방적인 관심이 아니라 이웃사촌이다. 앞집, 혜연은 창을 통해 기준의 일과를 알 수 있었다. 게으름뱅이에다 고약한 옹고집, 독자 특유의 아집 덩어리. 객관적인 관찰에서 얻은 기준의 모양새에 관심도 없었다. 타인에의 관심 같은 것을 가질 정신적 여유가 없이 언제나 당황해서 모든 시간을 갈팡질팡했다. 인심은 청개구리와 같다. 그녀는 애정을 구걸하기 위해 어떤 일인가를 해도 결과는 비난과 조소였다. 개자식, 가진 자의 횡포가 혹처럼 붙어 있는 꼴불견, 공산주의자가 제일 싫어하는 모양, 잘난 체하는 꼬락서니는. 그런 기준의 모습을 훔쳐보면서 혜연의 마음은 부러움으로 부글댔다. 증오란 어차피 갈증의 한 계단 밑이라고 생각했다. 그녀의 갈증에 기준이 물 한 방울을 떨어뜨려 준 것은 중 이학년의 겨울밤이었다. 함박눈이 펑펑 쏟아지는 것을 보며 사춘기 감상에 훌쩍거리고 있을 때 전화벨이 울렸다. 모두 외출하고 혜연이 혼자 있는 집이다. 혜연은 개가 되어 훌쩍거리고 있었다.

"기준이다. 첫눈이야. 이상한 우연이지. 우리 집엔 나 혼자 너희 집엔 너 혼자. 창문을 열고 창가로 나와. 내가 보일 거야."

지랄하고 있다 하면서 심심해서 순순히 기준의 명령에 따랐다. 그곳엔 기준이 서 있었다.

"나 보이지 혜연아, 오랜만. 너하고 초등학교 때 같은 반은 아니었지만 동창이야. 넌 항상 무엇이 불만인지 부어있는 표정만 짓고 있더구나."

"그랬다. 네까짓 게 뭘 안다고 까불어. 부르주아 새끼야."

"첫눈이야. 네 생각이 난 게 이상해. 그동안 많이 훔쳐봤다. 주로 꾸중 듣고 있는 모습. 허구한 날 왜 그 모양이야. 나와. 대문 앞에서 기다릴게. 자전거 태워줄게. 나와라. 꼭 나와."

매미 우는 소리가
들리지 않으면 가을이다

기준은 나오라는 시늉을 보이고 창문에서 사라졌다. 혜연은 기준이 사라진 창문을 보고 한참 서 있었다. 무엇인가 갑자기 이상한 기분이 들었다. 누군가 내게 관심을 가진 사람이 있었구나 하는 마음, 걷잡을 수 없는 기쁨이다. 더구나 이성. 가끔 혼자보고 신통을 부린 줄 알았는데. 기준의 눈 속에서 이른거렸구나. 그녀는 웃으며 밖으로 나갔고 대문밖에는 기준이 정말 자전거를 타고 기다리고 있었다.

"넘어지지 않을 자신 있어."

"바보야 다섯 살 때부터 타기 시작했다. 십 년이 넘었다."

"세발자전거는 누구나 못 타나!"

"염려 말고 대신 꼭 잡아. 그러면 되는 거야."

혜연은 기준의 말대로 자전거 뒤에서 기준을 꼭 잡았다.

"얼레, 뭐야. 뾰족한 송곳 두 개가 등을 찌르네."

기준의 농담에 혜연은 설렘을 느꼈다. 옷을 두껍게 입었는데. 그녀는 속으로 말했다. 눈을 맞으며 밤길을 달렸다. 어두워지기 시작해서 캄캄해질 때까지. 가로등 아래 날리는 눈은 보기 좋았다. 혜연이 정신없이 숨을 할딱거리고 있을 때 기준의 몸에서 자전거가 떨어져 나갔다. 자전거는 저만큼 나동그라졌고, 기준은 균형을 잡고 가까이 넘어졌으나 혜연은 눈 위에 큰 대자로 넘어졌다. 정신없었으나 즐거웠다. 눈을 감고 눈을 받아먹었다. 얼굴 위로 눈이 쏟아졌다. 차갑고 상쾌한 느낌 속에 기준의 웃음이 음악처럼 들렸다. 기준이 장난했구나 생각되었으나 화나지 않았다.

"그러게 맹추야. 언제든 떨어질 수 있다는 생각에 조심했어야지. 나야 넘어질 생각을 했기 때문에 중심 잡았지만, 이 꼴이 뭐야. 칠 팔월 뙤약볕에 말라 뻗은 개구리 꼴이야."

기준의 부축을 받고 일어서면서 혜연은 멋쩍어 웃었다. 붕어빵, 군고구마, 단팥죽 같은 것을 혜연은 기준을 따라다니며 열심히 먹었다. 기준이 혜연을 노크한 뒤로 두 사람은 정말 막역한 친구가 되었다. 틈만 있으면 창문에 서서 무언극을 교환했다. 기준은 혜연이 집에 혼자 있는 것만 같으면 전화해서 귀찮게 했다. 어떨 때는 등굣길에 군고구마를 혜연의 손에 쥐여주기도 하면서 강아지처럼 졸졸 뒤를 따라다녔다. 혜연의 책가방을 자전거에 실어다 주기도 했다. 집에서 외로운 혜연의 생활은 기준의 노크로 활기를 찾았다. 두 사람은 운명처럼 늘어 붙었다. 항상 넉넉한 자와 언제나 부족한 자의 결합은 껌보다 잘 붙었다. 언제나 많아서 귀찮은 기준과 항상 갈증 상태인 혜연은 누구의 제안도 없이 정신 없이 가까워졌고, 어른의 흉내를 내는데도 인색하지 않았다. 혜연은 그런 기준과 유희에서도 애써 집에서의 자신의 위치를 지키려고 노력했고, 집안에서의 생활은 현상 유지였다. 혜연이 가는 곳에 기준은 그림자처럼 따라붙었고 소문은 시속 천 마일의 속도로 이웃에 퍼지기 시작했으나 신기한 것은, 어떤 소문이든 가족은 언제나 마지막 주자였다. 그래서 가족이 알 때는 소문은 몇십,

매미 우는 소리가
들리지 않으면 가을이다

몇백 배 불어나서 더 불어날 수 없을 정도까지 온 다음이다. 혜연은 그 사실을 미처 몰랐기 때문에 스스로 배신감에 빠졌다. 지독한 무관심이라는 생각, 이것은 엄청난 무시, 이럴 순 없다. 속으로 미쳐갔다. 사춘기의 돌발적인 감정이 술 취한 패륜아 되어 뒤뚱거리기 시작했다. 은밀하게 웃었다. 언니보다 먼저 할 수 있는 일. 그래 그런 거야. 혜연은 놀라 어리벙벙한 기준의 바지를 내렸다. 한 번 그렇게 시작한 풋 놀음은 기준과 혜연을 완전히 타락시켰다. 아이가 생긴 사실에 두 사람은 신기했다. 언니보다 먼저. 불행의 근원이다. 기준은 나이고 뭐고 결혼하자고 서둘렀다. 아이도 당연히 먼저 낳아야지. 아이만은 낳고 싶으나 매우 두려웠다. 혜연이 아이에 모든 것을 집중시키자 기준의 존재가 귀찮았다. 눈보다 포근한 정을 뿌려준 기준이었지만 아이를 혹시 잃게 될지도 모른다는 생각이 들어 따돌리고 피했다. 나와 같이 살지 않으면 애를 책임지지 않겠다고 기준이 혜연을 협박했다. 상관없어. 혜연은 막무가내로 기준을 피했다. 너는 나를 버릴 수 있어. 그러나 아인 날 버리지 않을 거야. 나를 버리지 않는 사람이 필요해. 내가 왜 너를 버리니. 혜연아, 그러나 그건 장담 못 해. 아냐 모르겠어. 혈서 쓸게. 혜연아, 제발 우린 손이 귀한 가문이야. 기준은 정말로 새끼손가락을 내보이며 애걸했다. 혜연은 고집을 꺾지 않았다. 너와는 끝이야. 아인 어떡하고. 내 아이야 꺼져. 내 앞에 얼씬거리지 마. 혜연은 힘차게 기준을 밀어냈다. 혜연은 불러

오는 배를 보며 두서없는 생각만 하고 있었다. 처음엔 신기한 희망에 부풀었으나 점점 모든 현실이 두려워졌다. 태아의 움직임이 커지는 것과 동시에 불안도 가중되었다. 어느 날, 젊은 여자가 우연히 혜연의 말 상대가 되었다. 혜연이보다 대여섯 살 위인 듯한 여자는 조심스럽게 혜연의 우울을 밖으로 끄집어냈다. 아이를 낳아서 어떻게 하겠느냐는 물음에 혜연은 울어 버렸다. 막연함 자체가 불안이다. 무모한 짓, 대책 없는 결단이 후회스럽다. 기준의 말을 따를걸. 후회와 두려움은 혜연을 힘들게 했다. 병신같이 이렇게 해. 내가 아는 어떤 질이 좋지 않은 녀석이 있어. 그 녀석한테 맡기는 거야. 무조건 떼를 쓰면서. 당신의 아이라고. 보육원보다는 나을 거야. 다행히 녀석의 집안은 괜찮은 편이야. 내가 해줄게. 내 말만 들어, 어느 기간이 지나면 가서 찾아와. 진실은 그때 말해도 좋고 안 해도 좋고, 넌 엄마라는 자격만으로 충분해. 어린 혜연에 그녀는 구세주였다. 여자가 시키는 대로 했다. 거짓말을 했기 때문에 고개를 들고 남자나 남자의 아버지를 쳐다볼 용기도 없었다. 아이는 전혀 엉뚱한 집으로 가 버렸다. 그런데 얼마 전에 놀라운 소식을 들었다. 그 녀석이 행방불명이야. 아이는? 글쎄 나도 모르겠어. 혜연이 정신없이 당황해하고 있을 때 기준이 찾아왔다. 몇 년 만인가?. 기준은 독자답게 결혼을 빨리했고 소식은 혜연도 들었다. 별 느낌 없이 한 대 가볍게 얻어맞은 듯한 고통이 번개처럼 혜연을 지나갔다. 그런 기준이 찾아왔다. 학교에서 나오는 길에 그녀는 너무나 낯익은 따스한 웃음에 발을 멈췄다. 무시하고 지나치려 했으나 기준이 앞을 막았다. 어색한 재회다. 내 첫 남자였나 하는 생각이 들자 자신도 모르게 따스한 웃음이 만들어졌다.

"아인 잘 자라니? 보고 싶어. 초등학교에 들어가려면 호적이 필요하지."

"아인 죽었어."

"죽지 않았어. 어디야? 보육원이?"

"아일 낳아 보육원에나 보낼 정도로 바보로 생각했어? 보육원은 버림받은 이이들이 있는 곳이야. 난 아일 버리지 않았어."

"그럼 어디 있니? 혜연아, 내 이야기를 들어. 난 아이가 필요해. 날 이해해야 해. 넌 나를 이해해야 해."

"나의 서러움을 네가 이해했듯이. 이해가 아니야 중화야. 너의 풍부함과 나의 부족함의 중화."

"아냐 나를 이해해야 해."

"너의 이해를 되돌려 받겠다는 거구나. 되로 주고 말로 받겠다는구나. 구두쇠 같으니라고. 널 버린 것은 하느님의 계시였어."

"혜연아, 네가 날 이해해야 해. 무조건 이해해 줘!"

"말을 해. 이유를 알아야 이해고 삼해고 하지. 내 성질 몰라? 비뚤어지고 모나고 난 이해받지 못했기 때문에 몰라."

"내가 너를 이해했잖아. 혜연아, 아낸 아일 낳을 수 없어. 내 탓

177

이야. 네 탓이기도 해. 그것은 불안이었어. 아이를 가지면 너처럼 나를 버릴 거 같았어. 그래서 아일 지웠어. 네가 가르쳐준 어른 놀음에 많은 시간을 쏟았거든. 여자는 남자와 달라서 어른 놀이에 아일 만들줄 알더구나. 빈번히 지웠어. 아내는 원했지만 두려웠거든. 그랬는데 아내는 아일 가질 수 없다는 거야. 네가 아이가 생겨 나를 도망가 버렸을 때 너무 힘들었거든. 정신없이 밤길을 쏘다니고 헛것이 보여 헛소리를 해 집안이 뒤집힌 적이 한두 번이 아니야. 그런 고통이 반복되는 건 싫었거든. 넌 내게 참 힘든 일을 시켰어."

"아널 사랑해?"

"그 유치한 대답을 해야 해?"

혜연은 허둥대던 기준이 떠올랐다. 가지 마. 아버지께 말씀드리면 좋은 일이 있을 거야. 혜연아 가지 마. 그렇게 매달린 기준을 뿌리친 자신이다.

"아이는 여자야 남자야?"

"남자야."

"고마워."

기준은 정말 고마운 얼굴이었다. 개자식, 대가 끊어질까 걱정했나 보군.

"아직 그런 인사는 빨라. 너에게 아일 준다는 말 하지 않았어."

"날 이해하고 아일 줘. 아내에게 네 이야기 했어. 네가 원하면 자기가 물러서겠다는 선량한 여자야. 버릴 수 없어. 그런 파렴치한은 못돼. 너도 알잖아. 버림받은 기분은 혼자로 족해. 힘든 일은 다른 사람이 어려서부터 항상 해줬어. 그렇게 자랐어."

"아이가 어디 있는지 몰라. 병원에서 남에게 주었거든."

"이러지 마. 재판해서라도 찾을 거야. 도와주지 않으면 그럴 수밖에 없어. 그러면 너의 앞날에 지장이 많잖아!"

"내 남자는 아이 이야기를 알아."

"그래도 공공연하게 되는 건 좋은 일이 아니야. 아이에게도."

"문제는 현재는 아일 찾을 수 없어. 복잡해. 다음에 얘기해."

"설마 혜연아, 이이를 핑계로 나와의 연장을 원하는 것은 아니지. 여자는 여럿이라지만 남자의 정은 하나야."

혜연은 어떤 이야기도 할 수 없어 기준을 두고 다방을 나왔다. 추운 삼월이다. 개구리가 겨울잠을 깼다는데 이렇게 춥다니. 계절이 뒤로 돌아가는 이변이 생긴 것일까?

"이야기는 이렇게 돼버렸어요. 뒤죽박죽 뭐가 뭔지 모르겠고 어디서부터 바로 잡아야 할지 기점을 찾지 못하겠어요. 아이에게 그렇게 하는 게 아니었어요."

"지금이라고 찾을 수 있지 않아."

"찾아서 기준이에게 주려고요. 그것은 안 돼요. 그 아인 내 생애 오직 나만의 것이에요. 그런데 기준에게 주라고요. 아인 잘 자라고 있어요. 많은 사랑을 받으며."

"아이가 있는 곳을 아나?"

"그럼요."

"내가 혜연이라면……."

근영이 혜연의 눈치를 살폈다. 내가 혜연이라면 이건 엉터리다. 나는 영원히 혜연일 수 없는 거야. 그런데 어떻게 그렇게 쉽게 말 할 수 있는가.

"근영 씨가 내 입장일 수 없죠. 우린 상대적이에요. 급한 것이 아니니 당분간 세월 보내요. 가끔 내가 왜 부잣집 딸이 아니었을까 생각 들어요. 아이 문제만 하더라도 부자였으면 그런 식의 위탁은 없었을 거예요."

"박 교수와는?"

"형사처럼 굴지 말아요. 좋은 남자예요. 가끔 맛있는 음식도 사주고 빈말이겠지만 분위기 만들어 칭찬도 넘쳐요. 그 이상은 진전되지 않아요."

"그건 혜연의 생각이야. 난 기분 나빠!"

"박 교수님도 근영 씨가 기분 좋은 상대는 아니라고 했어요."

"피차 혜연이라는 여자에게 질질 끌려다니는 볼썽사나운 꼴이니까."

"그게 싫으면 언제든 가세요. 난 붙들 힘이 없으니까."

빌어먹을. 왜 저 자매는 남자를 잡으면 도망갈 힘을 없애버리는 거야. 이런 우라질 저주가 어디 있나. 남자들의 원망이 똘똘 뭉

매미 우는 소리가
들리지 않으면 가을이다

치면 오뉴월 서리 정도가 아닌데. 무슨 너절한 꼴인가. 혜연, 나, 박 교수, 기준이라는 사람, 준혜 그리고 준정과 동운이라는 사람, 내가 왜 저 자매와 인연이 맺어졌을까. 그림만 그리고 싶은데. 늪이다. 빠져나오고자 허우적거릴수록 깊이 빠지는 수렁이다. 여자 때문에 소비할 만큼 인생이 여유 있는 게 아닌데.

"근영 씨 아이 문제 해결해줘요. 생각만 하면 숨 막혀요. 미칠 거 같아요. 결국 그 아이가 나를 미치게 할 거예요. 도와줘요."

"혜연일 도울 힘이 없어. 나로선 속수무책. 아이 문제도 어떤 것이 최선인지 모르니까 안타까울 뿐이야. 분명한 것은 여전히 내가 혜연일 좋아한다는 거야. 그래서 그런 감정이 긴재하는 한 객관적일 수 없는 게 내 입장이야. 아일 기준에게 주라는 말을 할 수 있어. 혜연이 이런 내 뜻을 따를 리 없지. 지나가는 바람이라 생각하면 돼. 한데 언니의 근황은 어때?"

혜연의 눈이 사납게 빛난다. 근영이 왜 갑자기 언니를 묻나. 어쩐지 흩어지고 있는 듯한 언니의 생활, 얄밉지만 언니의 완벽함이 좋았는데, 언니는 적이면서도 선망이었는데. 요즈음의 언니는 보기 딱할 만큼 기운이 없다. 집에도 잘 오지 않고. 도대체 그 시골구석에 박혀 무엇을 하는지. 보기 좋은 언니의 남자는 어디에 있는지. 여자의 불행이 언니에게 닥쳤으면 하는 생각은 없었다. 얄미운 적이지만 보기 싫은 상대는 아니다. 그렇게 혜연인 언니를 좋아했다. 언니처럼 될 수 없는 모자람, 미움이 엉뚱한 반발로 언니를 향해 쏜살같이 날아가곤 하지만. 언니가 보고 싶다.

12

"형이라면 어떻게 하겠어요?"

근영의 말에 동운은 아찔했다. 누구의 이야기였던가? 혜연이었어. 아이의 엄마가 혜연이야. 돌풍. 엉뚱한. 나는 지금 어디쯤서 있는 거야. 내가 쥐고 있는 열쇠에 맞는 자물통은 누구야? 쓸데없는 열쇠만 너절하게 달고 다니는 얼간인가? 어떤 자물통도 열 수 있는 만능열쇠인가? 자기 일도 제대로 어찌하지 못하는 주제에 우라질. 동운의 일그러진 표정을 보며 근영은 어이없다. 그래 정상적인 생각을 하는 사람이라면 당연히 저런 표정이 되겠지.

동운은 고개를 끄덕였다. 준정의 근황의 원인은 준혜가 아니었구나. 혜연이 주는 불안감 때문이었구나. 준정은 혜연을 알아봤다. 맞았어, 준정의 딱딱한 표정, 처음부터 굳어 있었어, 혜연이는 준정을 알아보지 못한 눈치였지. 두 자매는 전생의 어떤 인연이었길래 이렇게 꼬이는 관계인가. 집으로 돌아오는 길에 동운은 계속 생각했다. 어떻게 해야 할지 결정을 내릴 수 없다. 누구인가 으깨져야 하는 관계. 준혜는 안 된다. 혜연, 준정이 그 친구, 그렇다면 나야? 죄가 없는데. 거슬러 올라가면 원인이 나일 수 있지. 준혜를 피했기 때문에 이런 결과가 만들어진 것이야. 그래서 지금 깨지고 있는 거야, 이쪽저쪽 사방팔방에서 고통을 주고 있는 거야. 형편없이 무능한 남자인데. 사람들이 지독한 착각에 빠져. 어떻게 하라고. 문제를 해결할 능력도 없는데. 아무것도 할 수 없는데. 별개의 이야기다. 혜연의 이야기고 준혜의 이야기고 준정의 이야기다. 아무 상관도 없다. 서로에게는 끊을 수 없는 관계이지만.

발에 돌이 걸려 힘껏 찼다. 채인 돌이 멀리 날아가 하필 길에서 오줌 싸고 있는 강아지가 맞아 컹컹거린다. 나는 행인의 발길에 돌 맞고 컹컹대는 강아지. 불쌍한 강아지는 어디 가서 화풀이해야 하나? 어느 곳에도 화풀이할 수 없는 신세. 어떤 경우에도 누구도 다칠 수 없고. 각기 다른 형태로 이웃이기 때문에 듣고 혼자 가슴 아파해야 하는 신세. 오늘도 불안한 친구를 위해 어떤 피에로가 되어야 하는가? 여러 가지 생각을 하다 동운은 소주 한 병을 사 호주머니에 넣었다. 편리한 세상. 술은 편리한 남자의 무기다. 오징어도 한 마리 샀다. 건강한 여자의 사타구니 냄새가 오징어 냄새라고 한 전우의 말이 생각났다. 대단한 오입쟁이였다. 이름이 선명하게 떠오르지 않은 전우는 여자의 ㅂㅈ를 구해 주머니에 넣고 다녔다. 죽은 여자의 것이라고. 베트콩의 것이라고 웃었었다. 한 개도 아니고 서너 개나. 기념될 것이라고 웃던. 죽은 여자의 ㅂㅈ를 오리면서도 오징어 냄새를 맡았을까? 준혜에게서도 오징어 냄새가 나겠지. 닫힌 방의 생활에 익숙해진 듯 준정이 인기척에 놀라지 않고 문을 열어 준다. 볼품 사나운 환자의 모습이다. 더부룩한 수염과는 반대로 하얗게 변한 얼굴, 그래도 여전히 매력적인 느낌은 동운도 어쩔 수 없는 준정의 모습이다.

"가끔 햇볕도 쬐는 거야."

"그냥 좋습니다."

방은 담배 연기가 가득하고 재떨이에는 꽁초가 며칠째 그대로다. 우울과 권태와 초조가 뒤죽박죽된 혼탁한 상태다. 혜연이 떠오른다. 동운은 준정의 얼굴을 다시 보았다. 달리 생각하면 이 사람도 피해자다. 타고 난 용모 때문에 본의 아니게 여자들에게 얽혀서 사랑과 증오를 동시에 받는 피해자. 기막힌 선택, 행복한 조상 탓에 얻은 불운. 동운은 뭔가 새로운 소식을 기대하는 준정에게 특별한 소식이 없다는 몸짓을 보이고 외면했다. 그의 원함이 내 원함이 아닐 바에야 서둘러 수선 피울 필요가 없다. 스스로 대책 없는 현실에 짜증만 나는 현실. 타인에 냉정하고 둔한할 수 있는 것이 인간의 비열한 특권이거늘. 차라리 내가 돌아오기 전에 어디인가로 훌쩍 떠나가 주면 홀가분하겠다. 벌써 여러 번 그 생각을 했다. 준정이 제발 없어져 버렸으면, 가버렸으면. 눈앞에서 무작정 가겠다고 하면 어쩔 수 없는 체면 때문에 만류하지만, 부재중에 떠나준다면 기쁘게 수용할 텐데.

매미 우는 소리가
들리지 않으면 가을이다

날마다 반복에 동운은 짜증 나지만 준정은 오히려 차분해졌다. 이곳보다 안전한 곳이 어디겠는가? 고향 집이나 있을 만한 친척 집은 군에서 다녀갔을 것이고. 벽보라도 붙어 있겠지. 현상금 ××원. 아니면 북한식으로 가까운 이웃에게 감시할 권리라도 주었겠지. 미안한 마음이 있지만, 이것도 인연이고, 정 견디기 힘들면 준혜라도 끌어다 주겠지 하는 마음이다. 좋은 세상이 오면 절대 잊지 않고 몇 곱으로 친절에 보답하겠소. 나도 확실히 정리가 안 된 형편입니다. 왜 이런 극단적인 상황을 택했는지. 견디기 어려울 만큼 훈련 생활이 고된 것도 아니었는데. 원인 모를 불안. 준혜와 혜연의 악연에 대한 불안이 무서운 것은 사실이지만, 혜연은 무시할 수 없는 흔적이고 준혜는 떨칠 수 없는 현실. 흔적과 현실이 자매라는 끈으로 얽혀있고 준혜가 어떤 배반을 가져오리라는 생각은 없다. 두려운 것은 그녀 쪽의 배반이 아니라 혜연의 감정이다. 흔들림, 가까이서 소리 지르지 않으면 내 목소리를 찾으려 들지 않은 준혜의 성격. 그것은 공통 여자의 특권이지만. 거기에 붙여질 혜연의 자신에 대한 기억. 그래서 생길 복잡한 상황. 그 갈등이 무서웠다. 혜연의 저돌적인 행동도 언제든 솟을 휴화산이 아닌가? 생각이 뒤죽박죽이오. 나도 모르는 순간에 도망쳤고 순간적인 충동이오. 거슬러 오를 수 없는 깊은 골짜기. 험하지도 높지도 않은데 기어오를 수 없는 곳이오.

준정이 실없이 웃자 동운도 슬그머니 웃었다.

"선배님."

동운은 귀를 의심했다. 이 시간에 혜연이가? 놀라 움츠러드는 준정을 보고 동운은 서둘러 밖으로 나왔다. 어둠 속에서 혜연이 저승사자처럼 끔찍한 느낌을 준다.

"며칠째 들어오지 않아요. 있는 곳도 알려주지 않고. 찾아 나섰어요. 근영 씨를 재워줄 곳은 이곳뿐이라서."

"여긴 없는데."

"들어갈래요. 이런 인심이 어디 있어요? 아무리 후배 여자라지만 들어오라는 말 한마디 없이."

"곤란한 손님이 있어서."

"여자예요? 얌전한 개 뭐라더니 언니는 아닐 것이고. 누구? 통성명이나 하게 해줘요."

"지금은 곤란해, 때가 되면."

"싫어요, 오늘이에요."

"가 줘, 근영이는 어딘가에서 술 마시고 있겠지, 들르면 혜연이 뜻을 전할 테니 돌아가."

"혼자 가기 싫은데, 그래서 근영 씨를 찾아 나섰는데, 근영 씨는 제 인형이잖아요."

혜연이 울상이다. 이런 식으로 억지를 쓰면 당할 사람이 없다. 근영이는 마냥 당하지만 나는 근영이가 아니다. 동운은 혜연이를 앞세우고 나갈 궁리를 했다. 이대로 두면 혜연이는 밀치고 방으

매미 우는 소리가
들리지 않으면 가을이다

로 들어갈 것이고 결과는 뻔하다. 조금 전의 생각대로 내가 없는 동안에 그런 사고가 일어난다면 어쩔 수 없다고 받아들이지만, 지금은 만류해야 한다.

"이봐요, 방에 있는 아가씨, 문 좀 열어요, 내가 알기로는 동운 형은 우리 언니한테."

동운은 서둘러 혜연의 입을 막았다. 어떤 이야기로든 준정을 자극하면 안 될 상황이다.

"들어와요."

문이 열리고 준정이 얼굴을 내밀었다. 어이없어하는 동운보다 놀라는 혜연이 더 가관이다.

'언니의 남자인데. 왜 저런 모습으로 이곳에 있는 거야? 수염, 머리, 때 묻은 옷은 뭐야?'

내가 있을 자리인가? 동운은 생각에 잠겼다. 피할 수도 없다. 두 사람은 위험한 인연으로 엮어진 사이가 아닌가?.

"나 군에서 도망친 사람이오. 언제인가는 돌아가겠지만, 지금은 때가 아닌 듯해요. 그래서 당분간 신세를 지고 있소. 언니의 근황은 어떻소?"

"그보다. 궁금한 것은?"

"언니의 근황뿐이오. 내가 혜연에게 묻고 싶은 것은 언니의 근황뿐이오."

"조금 풀 죽었고 집에도 오지 않고, 아무튼 예전의 모습이 아니어 이상하다고 했는데 원인이 여기에 있군요. 언니에게 이런 끔찍한 일도 생기는군요. 하느님도 공평하시군요."

"다른 변화는 없었소?"

"만난 지가 오래되어서. 자주 만나는 사이가 아니거든요. 혈연은 부모가 만든 끄나풀일 뿐에요. 무소식이 희소식이죠. 별일 없으면 모르는 채 지내요. 서로에게 오히려 편하니까."

"언니에게 내 이야기를 전할 수 있겠소? 내 형편을. 부탁하오."

"아니요, 난 그런 짓 할 줄 몰라요."

할 줄 모른다고? 준정도 동운도 혜연의 마지막 말을 되새겼다. 의도적 거부다.

"그러면 고발하겠소?"

"그것도 안 해요."

안 해? 정말 혜연이 그럴 수 있을까? 두 사람은 동시에 되새겼다.

"모르는 것이 약일 경우가 많아요. 이런 일처럼. 그런데 잘못 찾아왔어요. 동운 형도 첫눈에 언니에게 혹한 눈치였는데."

"농담이 지나치면."

"남자들은 이렇게 시시해요? 체면 때문에? 어쭙잖은 체면 따위 버려도 좋지 않아요. 더구나 감정 따위는 쉽게 처리되는 것이 아니니까. 숨어든 곳이 여우굴이라."

혜연이 마구 내뱉는 말에 동운은 만류할 틈도 찾지 못했다. 어차피 터질 지뢰라면 언제든 터지겠지. 시기의 적절성을 따져 무엇하랴.

"신경 쓰지 말아요. 좋은 인상이라는 내 표현이 와전되어 나온 것이니까. 그리고 그 감정은 나 혼자만의 것이고. 신경 쓰지 말아요."

동운이 웃으며 말했다. 준정이 약간 이마를 찌푸렸다. 준혜가 그에게 보석이었듯이 남의 눈에도 그렇게 보인 것은 당연하지만 속으로 흠칫한 것은 사실이다. 기분 나쁜 것은 아니지만 유쾌한 일도 아니다. 더구나 자신의 현 위치로 보면.

혜연이 한참 너스레를 떨다 제품에 기죽고 가버렸다. 동운은 준정을 외면했다. 준정은 꽁초를 집었다. 담배 연기 때문에 질식할지 모른다는 생각이 들었다. 어디에 매듭이 풀어질 실마리가 있는 것일까? 어디서부터 어떻게 누가 해결해야 할 문제인가?

혜연의 부탁으로 버스에 올랐다. 혜연의 축적되는 우울을 방관할 수 없다. 도울 수 있는 일이라면, 내가 도울 일이 생긴 것에 감사하자. 너의 도움에 보답할 수 있는 일이라면 어떤 일이든 하고말고. 혜연의 도움만 받았다. 물질적으로 너무나 감사한 날들. 너와의 생활은. 의식주가 노력 없이 해결되었으니. 버스가 느리게 달렸다. 완전한 초행이다. 혜연은 무엇이 못마땅한지 아침도 해주지 않고 이불속에서 얼굴도 내놓지 않았다. 어떤 일이 있어도 혜연은 아침을 굶지 않게 했는데, 단단히 뒤틀린 모양이다. 어디서 늦었느냐는 질문에 대답도 하지 않고 자신을 흘겨보고 이불 속으로 들어갔다. 훨씬 늦은 혜연의 귀가지만 집에 돌아와 준 것만 감사해서 추궁은 비치지 않았다. 혜연이 밤새 잠을 이루지 못하고 있음을 알았다. 아이 문제를 해결해주라고 시위하고 있구나! 생각되었다. 자신의 부탁을 무시한 것에 대한 시위. 아이의 모습도 궁금했고, 일단 한 번 가서 보고 싶었다. 작은 읍의 오전은 몇 사람이 보일 뿐 한산하다. 문이 닫힌 점포는 게으른 읍민의 모습을 말해준다. 자신이 사는 도시와 너무 대조적이다. 그곳은 수선스럽고 부산한데. 작은 읍. 높지 않은 건물. 촌티 나는 여자들의 게으른 걸음. 장사치가 연상되는 아주머니의 모습. 양장점에는 마네킹이 혼자 외롭게 서 있고. 미장원 간판 속에서 웃고 있는 여자의 머리라도 날렸으면 하는 바람이다. 간판 속 여자의 모습은 헝클어진 창녀 꼴이다. 나한테 부탁했으면 그럴듯하게 그렸을 텐데. 그렇게 여자가 촌스럽고 교태도 천박했다. 페인트로 아무렇게나 갈겨 써진 유리창의 글씨도 짜증 나게 했다. 저것도 그림이고 글씨라고. 이곳 사람들의 미적 감각은 하위권이구나. 언제쯤 시간 내서 전부 갈아 치워야지 생각했다. 무보수로 해준다는데 누가 말리랴.

대 여섯쯤 돼 보이는 남자아이가 골목에서 나온다. 아이는 골목을 이리저리 둘러보더니 쏜살같이 달려가 버렸다. 엉거주춤하

190
매미 우는 소리가
들리지 않으면 가을이다

다 놓쳐 버렸다. 시계를 보니 열한 시가 조금 지났다. 벌써 학교에서 돌아왔을까? 일학년에 입학했다는데. 망설이다 근영은 가까운 술집으로 들어갔다. 꼬마가 찾아 나선 상대였든 아니든 아침을 먹지 못했고 간밤에 마신 술 때문에 속이 거북하고 힘들었다. 술집 안에서 꼬마를 기다리기로 작정했다. 막걸리 한 되에 빈대떡을 하나 주문했다. 따뜻한 국밥도 주문했다. 흐린 날씨가 한기를 느끼게 했다. 난로 위에서 주인 여자의 늙은 웃음이 타고 있다. 주인 여자의 모습에 어머니가 어른거린다. 틀림없는 어머니의 모습이다. 무능한 아들은 어머니를 위해 아무것도 해주지 못한다. 자신의 의식주조차 어머니에게 기댄 세월이있다. 아르바이트해요. 혜연과의 시작으로 생활비를 거절하면서 어머니의 눈을 피하고 거짓말을 했다. 그런 근영에게 어머니는 차라리 다행스럽다는 표정이었고, 그런 어머니가 근영은 안쓰럽고 슬펐다. 빈속이 음식을 만나 훈훈해지고 몸이 풀린다. 아이를 키울 수 있을까? 어머니에게 데려다주면 어떤 표정이실까? 사내아이니 우선은 반가워하시겠지. 그렇게 되었어요. 어머니 손자예요. 어머니는 놀라시면서도 아버지가 강요한 체념에 익숙해져서 받아 주실 테지. 그보다 먼저 혜연과 이야기를 나누어야겠지. 아이를 맡는다는 조건으로 정식으로 결혼을 신청하면 까르르 웃겠지. 얼간이 같은 생각. 아이는 혜연과 나의 *끄나풀*이 될 수 없는 것을. 아이를 볼모로 어찌해 보겠다는 생각? 어리숙한 발상. 근영아, 바보 천치야,

네가 지금 머뭇거리고 있는 이유가 뭐냐?

"이XX 씨 댁이 어디입니까?"

졸고 있는 주인에게 말을 던졌다. 놀란 주인 여자가 위아래를 훑어보는 모양이 아무래도 좋은 소리는 나오지 않을 것 같다. 근영은 다음 말을 찾지 못하고 둔한 척 술을 한 잔 마셨다. 술을 마시는 일은 언제든 즐거운 일이다. 그에게 술 마시는 일은 그림 그리는 것과 버금가는 비중이다.

"댁은 누구요? 그리고 무엇 때문에 그 집을 묻는 것이오?"

"무슨 일이라도 있습니까, 그 집에?"

"그 집은 요즘 초상집이오. 글쎄, 아들이 군에 갔는데 도망쳤대요. 헌병들이 계속 드나들고. 멀쩡한 놈이 끝내 제 아비를 속상하게 하구만요. 항상 애먹인 녀석이 몇 해 속 차리는가 싶더니, 사람 되긴 틀린 녀석이오. 지 아빌 죽이려고 작정하지 않았다면 웬 날벼락이오. 지 아빌 조금만 닮았어도 망나니짓을 감히 할 수 있겠소. 하기야 제 아비도 여편네 속 썩인 거 셀 수 없이 많았지요. 제 아비는 여자들이 꼬리치고 달려드니 별수 없었겠지요만. 나도 젊었으면 꼬리를 쳤겠지만. 지 어밀 보아요. 남편에 질리고 자식에 질려 웃을 줄 몰라요. 빌어먹을 자식, 부전자전父傳子傳이더니 결국. 그래도 제 아비는 여자 문제만 아니면 양반이지요. 점잖고 예의 바르고. 보기 좋아 보는 사람 즐겁게 해주고."

주인 여자는 마치 녹음기를 틀어 놓은 것같이 계속 지껄인다.

매미 우는 소리가
들리지 않으면 가을이다

청산유수처럼 흘러나온다.

"피식하면 싸움질, 아니면 계집질. 그 자식의 일이었소. 제 아비는 뒷수습하느라 애 많이 먹었지요. 속 차리는가 했더니 글쎄, 될성부른 나무 떡잎부터 안다고, 그 모양이오."

오락가락 뭔가 잡힐 듯 말 듯 했다. 주인 여자의 넋두리는 칭찬도 비난도 아니다.

"막내가 있지요."

주인 여자의 눈이 다시 동그래졌다.

"막내라니? 댁은 누구요. 막내하고 어떻게 되는 사이요. 그 애가 또 걸작이지. 글쎄 제 아비가 이디시 만들어 온 물건인데, 애가 얼마나 웃기는데. 그 애 아니면 집에 웃음이 진즉 바닥났을 거요. 영리하고 귀엽고 완전히 길 잘 들인 강아지요. 온통 담벼락에 그림만 그리고 글쎄, 그 녀석 방은 한 달에 한 번 도배한답니다. 어찌나 낙서하는지 견딜 재간이 없답니다. 그보다 뉘시오?"

여자의 호기심이 번쩍번쩍 빛났다. 얼마나 재미있는 남의 일인가? 그런데도 근영은 재미있지 못했다.

"준정이 결국 그 지랄 할 것을."

준정이라고, 순간 근영은 멈칫했다. 오락가락하던 생각이 멈췄다. 끊어졌다 이어졌다 하던 생각이 확실히 이어졌다. 이야기의 윤곽이 잡혔다. 준정이다. 누가 준정이란 말인가?

"그 집 큰아들. 행방불명된 녀석, 어디서 죽었는지 살았는지 죽었담 시체라도 빨리 나타나야 남은 사람들 체념하고 자기 일 할텐데. 동네도 귀찮아 죽겠어요. 날마다 헌병이다. 형사다."

준정이라니? 무슨 생뚱맞은 일인가? 혜연이 맡긴 집, 확인하지도 않고 네 새끼라고 밀고 들어선 아이 맡아 기르는 멍청이가 준정이다. 나래도 별수 없겠지. 내 자식이라는데 어쩌랴. 혜연인 준정을 못 알아봤지. 못 알아볼 수밖에 없지. 이야기가 그렇게 되었어. 이것은 보통 심각한 일이 아니다. 아이의 문제이기 앞서 혜연의 문제다. 혜연에게 사실을 알려야 한다. 모두에게. 일이 복잡해지기 전에 바로 잡아야 한다. 동운 형에게도. 근영은 반 정도 남은 술을 놓고 술집을 나왔다. 지금까지 자기 몫의 술을 남기고 자리를 뜬 것은 처음이다. 절박했다. 허둥지둥 버스를 타고 집에 오니 혜연이 없다. 어딜 갔을까? 혜연이를 먼저 만나는 것이 순서인데. 며칠 집을 비우려나. 혜연의 이야기를 들어야 하는데. 밤늦도록 돌아오지 않는 혜연을 어디 가서 찾은 담. 준정이 얼마나 난감했을까. 그래서 준정이 결국 도망쳐 온 것이다. 수습할 수 없는 현실에 대한 불안 때문에. 준혜를 포기해야 한다는 결론에 모든 희망이 도망가버린 것이다. 희망 없는 고생을 견딜 힘이 없기에 결국 극단적인 길을 택한 것이다. 이런 우라질, 혜연이 원흉이구나.

아이를 찾을 수 없다. 영원히 찾을 수 없을지도 모른다는 불안은 혜연을 기막히게 했다. 처음부터 그렇게 하는 게 아니었어, 신

매미 우는 소리가
들리지 않으면 가을이다

중했어야 하는 것을. 죄가 없는 사람을 괴롭힌 벌이 되돌아온 것이야. 예측된 일이야. 깊이 생각하고 행동했어야 하는데. 나쁜 자식이야. 여자를 닥치는 대로 짓밟아. 그런데도 탈 나지 않고 교묘하게 빠져나간단 말이야. 이상한 우연이거든. 어떤 여자에게도 아이가 생기지 않으니까. 그런 녀석이 자기 여편네는 깨끗한 여자를 고르겠지. 혼내줘야 해. 혹을 붙여줘야 해. 너하고 나하고 못된 녀석 혼내주는 거야. 그렇지만? 그럼 다른 대책 있니? 보육원! 얼마나 서러운 곳인데, 잘못하면 죽는다. 아파도 병원도 데려가지 않아. 아이들을 앞세워 원장이 사리사욕을 채우는 곳이 보육원이야. 얼마나 까다로운 줄 알아. 나중에 찾을 수노 없어. 자칫하면 남의 집에 입양된다. 아니면 해외로. 해외로 나가면 어떻게 되는 줄 알아? 여자는 성적 노리개. 남자도 마찬가지야. 그렇지 않음 거지나 부랑자가 되어 이국땅에서 서럽게 낳은 부모를 원망하면서 죽어 간다. 그래도 제 자식이라면 귀여워 할 테니까. 푸대접은 받지 않아. 더구나 사내야. 제 할아버지 할머니도 있고, 아이에겐 다행한 일이야. 언제든 찾을 수 있고. 횡재하면 넌 그 자식의 마누라가 될 수 있어. 어떻게? 내가 시키는 대로만 하면 돼. 통과할 테니. 횡재하면 은혜 잊지 마라. 데리고 살긴 괜찮은 녀석이야. 보기 좋으니까. 혜연은 재고할 틈도 없이 낯선 언니의 말을 따랐다. 남자의 아버지는 놀랐으나 침착해졌고 자신의 장래를 걱정해주었다. 침착한 응대에 얼마나 감사하고 안도했는가. 근영 씨,

기준아. 박 교수님. 어떡하면 좋아요. 아이의 아빠라는 녀석이 행방불명되었으니 결코 아이를 내놓지 않을 거예요.

혜연은 추운 거리를 헤맸다. 아이를 찾을 길이 없다. 거짓말을 어떻게 변명할 수 있겠는가. 설상가상 기준이조차 달라고 하니 어쩌란 말인가? 언니 탓이다. 언니의 남자, 언니 탓, 그 자식, 그녀는 서둘러 빨간 불빛이 돌고 있는 건물로 들어갔다. 골목 끝에서 헌병들에게 동운의 거처를 손으로 가리켰다. 헌병들과 같이 들어설 배짱은 없다. 남의 눈에 뜨일세라 바쁘게 돌아섰다. 골목 어귀에서 동운과 마주쳤다. 비밀이란 없는 것이야. 혜연은 포기하고 웃고 동운의 눈이 불안하게 웃음을 잡았다. 혜연은 동운을 따라 갈 수 없어 천천히 걸었다. 동운의 집에서 요란한 소리가 들리고 헌병 두 사람에게 붙들린 채 준정이 나타났다. 혜연은 눈을 감았고 동운은 늦었다고 생각했다. 서둘러 준정의 새 거처를 정하고 돌아오는 중이었다. 혜연은 정말 구제 불능이구나. 혜연을 본 준정이 의외로 빙그레 웃었다. 혜연은 고개를 떨구고 동운은 묵묵히 그녀의 목덜미를 응시했다. 목선이 고운 편이구나. 엉뚱한 생각이 들었다. 이렇게 되는구나. 혜연이 잠깐 비틀거렸고 동운이 얼른 부축했다. 이렇게 꼬이는구나.

준정은 반항하지 않은 듯했다. 혜연을 향한 웃음이 묘하게 일그러졌다. 어떤 원망도 비치지 않았다. 준정의 태도는 정말 홀가분한 듯했다. 세 사람은 혜연과 동운의 시야에서 누가 쫓는 것도 아닌데 급히 달아났다. 동운은 어처구니없는 사실에 할 말을 잃었다.

동운이 휙 몸을 돌려 나가버리자 혜연은 우두커니 서 있었다. 개자식 웃었어. 웃음이 나올 상황이 아닌데. 웃음이 이렇게 기분 나쁘게 하다니. 무슨 엉뚱한 심사인지. 혜연은 서둘러 막차를 타고 언니에게 갔다. 뭔가 이야기라고 해야 불쾌한 기분에서 벗어날 수 있을 것 같아서다. 토해버려야 할 체증이라면 토할 수밖에.

준혜의 마을에 도착한 것은 깊은 밤. 밤은 혜연의 불쾌를 덮어주고 소란한 마음을 자극했다. 어둠, 얼마나 다행한 무대인가. 불빛이 꺼진 집들이 많아서인지 마을이 이둡고 처량하다. 더듬더듬 준혜집을 찾아갔다. 작은 어촌에서 준혜의 거처는 쉽게 혜연의 눈에 들어왔다. 내 입으로 말할 것이야. 다른 사람을 통하는 것은 싫다. 떳떳하게 내가 말하겠어. 가슴을 펴고. 그리고 언니의 불행을 음미할 거다.

혜연이 큰 소리로 준혜를 깨웠다. 요란하게 준혜의 방을 노크했다. 밤이 깊었기 때문에 준혜는 잠이 들었다가 혜연을 맞았다. 불이 켜지고 문이 열렸다. 준혜는 가슴이 덜컹 내려앉았다. 내가 숨겨주고 도와주어야 할 기막힌 일이 혜연에게 생긴 것일까? 준혜의 헝클어진 모습이 혜연의 눈에 들어왔다. 3월의 밤이 추웠기 때문에 혜연은 떨고 있다가 급히 방으로 들어갔다. 단순한 방 모습에 혜연은 주춤했다. 준혜의 불안한 정신상태가 드러난 방안

풍경이다.

준혜는 혜연의 뜻밖의 방문에 놀랍고 난처했다. 혜연의 살쾡이 같은 눈빛에 움츠러들었다. 사나운 동생이 왜 이렇게 쳐들어왔나 하는 불안이다. 혜연이 맹수처럼 날뛸 때는 무서웠다. 다스릴 수 없는 무법천지의 불한당 같기 때문이다. 혜연의 모습은 자신에 불안한 모습이 아니었다. 그렇다면 무슨 일인가?

"언니야, 준정이라는 사람."

혜연이 말을 멈추고 준혜의 표정을 살핀다. 준혜의 얼굴이 눈 온 날 하늘처럼 흐려졌다. 그리고 어두운 생각에 잠긴다. 혜연이 왜 준정의 이야기를?

"나하고 잤어."

혜연의 입에서 엉뚱한 말이 튀어나왔다. 혜연도 뜻밖의 자신의 말에 움찔 놀랐다. 준혜가 있을 수 있는 일이라는 표정을 지었다. 너라면, 준정이라면 그럴 수 있는 일이야. 두 사람 다 위험한 불이었어. 그 소식을 전하려고 밤중에 의기양양하게 찾아왔구나. 한데 네 모양이 왜 그 모양이야. 쫓기는 사람처럼. 범법자의 더럽고 추악한 당황과 초조한 분노가 얼굴에 묻어있구나.

다행이다. 혜연의 곁에 있는 상태라면 아직은 불행한 사태는 일어나지 않았구나. 누가 먼저인 행동인가를 따질 형편은 아니다. 어떻게 얽혔는가 추궁하는 바보는 안되어야지. 준혜는 다리의 힘이 빠져나가는 것을 분명히 느꼈다.

매미 우는 소리가
들리지 않으면 가을이다

"축하한다. 결국 네가 나를 이긴 것이야. 그런데 이긴 자의 표정이 왜 그 모양이냐? 어쨌든 정이란 맨 나중의 것이 유효한 거야. 그 사람의 양심이 조금 반발하겠지만 괜찮아. 내 앞에서 그렇게 으스대지 마라. 그 사람, 진즉 포기했어. 상대가 너라는 것이 걸리지만. 너희 두 사람의 방해는 되지 않아, 결혼한다 해도 난 어차피 너의 죄에 대해선 언제나 동조하는 편이니까."

준혜의 침착에 준정의 날뛰던 모습이 떠올라 혜연은 혼란스러웠다. 언니에게 자신의 근황을 알려주기를 바라던 간절함이 이곳까지는 전혀 미치지 못했단 말인가? 도대체 어느 쪽이 당한 거야. 이렇게 쉽게 포기할 여자 때문에 탈영한 머저리 같으니라고.

맥 풀린다. 언니의 많은 우울한 시간이 준정이 때문이라니. 얄미운 언니, 차라리 내게 욕을 하고 덤비지. 그렇게 할지도 모르는 얼간이 등신.

준혜가 불을 껐기 때문에 혜연은 말할 기회를 놓치고 말았다. 언니야, 조금만 이야기하자. 아니 내 이야기 좀 들어줘. 혜연의 가슴이 분노하기 시작한다. 또 거짓말이 시작되는구나. 엉뚱한 거짓말이. 새로운 억지가 시작하는구나.

"그 사람은⋯⋯."

"됐어, 내게 대한 응어리가 풀렸다면. 우린 자매다. 중요한 인연이다. 절대로 끊을 수 없어. 너의 응어리? 본의 아닌데 그렇게 돼버렸다. 앞으로 그런 일은 없을 거다. 그만 자자. 그 사람 이야기는 아직 숨을 쉬고 있다는 것으로 족하다. 죽는 것은 견딜 수 없는 단절이야. 꿈에도 얼굴을 보여주지 않을 테니. 너와의 인연으로 이웃사촌으로 평생 가까운 곳에 살 수 있지 않니. 어디를 가든 소식을 들을 수 있다는 것은 다행한 일이야. 염려스러운 것은 너희 둘의 풀린 권태가 언제 날뛸지 모르는 일이지. 서로 비슷한 부분이 많으니까. 나와의 이야기는 무의미해. 소중한 시간 보내지 말고 신중한 인생 붙들어. 필요 없이 소모되지 않도록."

"언니야, 사실은."

"너답지 않은 변명 그만. 어떤 이야기도 들을 필요가 없다. 이이상의 패배는 없으니까. "

혜연은 단호한 준혜의 거절에 아픔의 농도를 짐작할 수 있었다. 내가 정말 몹쓸 짓을 했다고 생각했지만, 언제나 자기 편이었던 언니의 단호한 거절에 어느 것이 실상인지 가늠하기 힘들다. 지나친 단호함은 거짓이거늘. 언니의 많은 사랑의 주범인 준정을 내가 고발하다니. 숨죽여 우는 언니의 모습에 충격을 받았다. 사실을 말하고자 했으나 어디서부터 쳐들어오는 잠인지, 덮쳐오는 것을 막을 수 없다. 미련하게 편안함을 부른 잠이다.

햇볕이 창에 비쳐 눈부셔 잠을 이룰 수 없다. 꿈에 혜연은 눈 뜨고 죽어있는 자신의 모습을 보았다. 꿈이 하나의 영상이 되어 괴롭다. 자신의 눈에서 번쩍이던 빛이 생각났다. 사람들이 자기를 보고 혀를 차고 있다. 뭐가 무슨 한이 있어서. 한! 혜연은 소름

매미 우는 소리가
들리지 않으면 가을이다

끼쳤다. 열한 시. 이렇게 잠을 잤을까. 준비된 밥상에 입맛이 당길 리 없지만 억지로 먹었다. 쪽지라도 하나 있음 직한 데 없다. 의젓하게 비우고 떠나자. 언니를 질리게 하자. 기왕 커지기 시작한 거짓말, 얼마나 커지는가 구경해 보자. 꾸역꾸역 집어넣는 밥이 소화될 까닭이 없다. 마지막 밥알이 튀어나오려 했다. 언니야. 혜연은 마지막 같은 기분이 들었다. 언니. 없는 것보다는 있어서 좋지. 언니가 없는 친구들이 얼마나 자신을 부러워했던가. 더구나 공부 잘하는 언니를 친구들은 진심으로 축복해주었는데. 언니 일등 했단다. 얼마나 으스대며 종알대던 레퍼토리였던가. 언니가 있어 정말 좋겠다. 지랄 같은, 좋기는 뭐가 좋아 하면서도 겉으로 얼마나 가슴이 뿌듯했던가. 정말 몹쓸 동생이지만 그렇게 파렴치한은 아닌데, 왜 사실을 이야기할 기회도 주지 않는 거야. 그래서 이렇게 독기를 품게 만드는 거야. 언니는 언제나 나를 구석으로 밀어내는 데만 열중인 거 모르지. 아무리 큰 눈덩이도 봄이 되면 녹아버리고 말 테니 하면서 혜연은 봄을 기다리기로 했다. 우선은 미움을 즐기자. 자기의 미움이 순간의 충동에 의한 단순한 오해라는 것을 알고, 모든 것이 언제나 완전했던 언니가 겸연쩍어하는 모습도 보기 드문 걸작이겠지. 혜연이 만든 걸작. 그런 언니의 표정을 화폭에 담으리라. 혜연은 생각이 이렇게 정리되자 오히려 홀가분했다. 충동적인 실수가 매우 께름직했지만.

혜연의 귀가를 초조하게 기다리는 하루가 몹시 길다. 그런 기다림을 알 리 없는 혜연은 어둠 따라 행동하는 야행동물처럼 나타났다. 근영의 초조한 모습을 보며 어제 일을 생각했다. 이 초조한 모습은 떠나겠다는 몸짓은 아니겠지. 떠나는 사람은 도도하지. 위선일지라도 입가에 비웃음을 묻히며. 가슴을 펴는 거야. 등을 돌리는 사람이 운동경기에서 처음 득점하는 팀 같은 어리숙한 승리의 몸짓을 보이다니. 역전이라는 것을 전혀 모르는. 등을 보이면서 떠나니까. 그래야 남은 사람이 질려 벌어진 입이 다물어지지 않을 거니까.

"준정이라는 사람이."

혜연은 시시한 소리라는 몸짓을 했다. 아무렇지 않은 무분별한 충동적인 실수인데. 남자들은 정말 시시하군. 벌써 근영에게 알리다니. 동운 형, 남자답지 못하게. 사실에 얼마나 덧붙인 호들갑인지 궁금해. 뭐가 그리 대단한 사건이라고 평소 지겨울 정도로 느린 근영 씨가 헐레벌떡 이람. 그는 언니의 남자였어.

"내가 고발했어. 동운 형에게 들었어? 시시해 내가 말하려고 했는데. 내가 그를 구제한 거야. 어차피 평생 그렇게 살 수 없잖아. 그래서 나은 미래를 그에게 가져다준 거야. 동운 형이 쉬쉬하며 숨겨준 남자. 근영 씨도 우습다. 내게 그럴 수 있어. 우린 살을 섞으며 사는 사람인데. 뭐가 그리 대단해?"

"그게 아냐. 준정이라는 사람이 혜연의 아이를 키우고 있는 남자야."

혜연은 가슴이 쿵 내려앉은 소리를 들었다. 갑자기 귀가 먹먹했다.

"그 사람이야. 확인했어. 그보다 뭐라고? 고발했다고? 언제 그런 일이? 그럼 잡혀갔단 말이야. 사실을 알지도 못하고!"

하느님. 아뿔싸! 혜연은 털썩 주저앉았다. 웃음의 의미. 나는 몰랐지만, 알아본 거야. 첫 만남에서의 경직. 이럴 수 가. 하느님, 언니, 엄마를 간절하게 불렀다. 도와주세요. 어떻게 이런 일이. 그가 내게 큰 잘못을 저지른 것도 아닌데. 어떻게 내가 그를 몰아붙일 수가 있단 말인가? 무슨 악연이라고? 오히려 감사할 인연인 것을. 엄마, 나는 어쩌면 좋아요?

13

바다는 여전히 무표정이다. 준혜는 창 너머로 바다를 힘없이 바라보았다. 혜연과 준정의 관계? 누구의 원에 의한 결집結集이든 돌아오지 않을 것이다. 혜연의 기세로 보아 다른 여자가 그의 이름을 들먹이는 것도 허락하지 않을 것이다. 잊어야지. 노력하면 불가능이란 것은 없으니까. 준혜는 준정이 알려준 숨이 막힌 짧은 행복에 고개를 저었다. 그가 만들어 준 행복. 지금까지 어떤 행복과 비교 되지 않았다. 좋은 시간은 정말 찰나구나. 짧은 행복에 대한 갈증을 풀 방법이 떠오르지 않는다. 부질없는 생각이다. 바닷물에 딸려 멀리 보내야지. 미련이란 어리석은 자의 작태作態에 지나지 않아. 어리석은 자는 되지 않겠다. 그동안 나는 윗자리에서 군림하고 누리며 살았지. 내 노력의 대가였지만 얼마나 오만했는가? 기쁨을 버리듯이 오만도 버리자. 그가 준 기쁨을 진부 버려야 한다. 버릴 수밖에 없는 현실. 아이들의 웃음에 귀를 기울이자. 아이들은 나를 원하고 있으니. 그는 나를 원하지 않지만. 오만은 바보의 화려한 의상에 지나지 않아. 쓸데없는 의상은 진즉 버렸어야지. 던져진 곳에서 아이들의 웃음에 즐거워하는 선한 여선생의 주어진 생활을 하는 것이야. 해는 내일 다시 뜨기 위해서 수평선 아래로 들어가는 것이다. 절망적이던 생각을 서둘러 정정했다. 절망은 의욕을 억박지르고 무기력하게 한다. 확인된 그의 건재와 혜연과의 일은 돌이킬 수 없는 현실이다. 전전긍긍할 이유가 없다. 바다에 배 떠난 자리가 남지 않듯이 준정에게 내 흔적은 없다. 흔적을 찾으려는 노력 따위는 하지 말자. 힘차게 기지개를 켰다. 철든 사람처럼 세상을 바로 보는 눈이 하나 생겼다. 여러 번 다짐했다. 그에게 작은 양심이 있을지라도 혜연이 서둘러 지웠을 것이야. 그런 얼굴이 필요해. 침체한 감정을 바로 잡자. 서두르자. 준혜는 바다를 보며 열심히 다짐했다. 새로운 기가 솟는다. 어제의 절망에서 그가 살아있다는 사실이 이렇게 자신에게 힘이 되리라는 생각은 전혀 안 했는데. 다만 준정은 자신이 쉬고 있는 부분이라는 생각뿐이었는데. 그게 아니구나.

고학년을 맡긴 교감이 고맙다. 상사에게 감사를 느꼈다. 남에게 너그럽지 못하면 자신에게도 그러는 법. 그래서 먼저 남에게 너그러워지리라 다짐했다. 삼 년 터울이다. 앞으로 누가 내 인생의 삼 년을 동행하려나. 여자는 해산의 고통을 잊기 때문에 다시 아이를 갖는다고 한다. 어느새 이별의 고통에 면역이 생긴 것일까. 많이 힘들지 않은 것을 보면. 처음 시작이 잘못된 거야. 세상은 공평하구나. 모든 면에서 학교 우등생이 사회 우등생은 되지 않는구나. 삼월의 추위가 준정의 배반보다 차다. 섣 선 바람이라고 구정을 지난 느긋한 추위를 설명하는데 올해는 그렇지 않고 몹시 바람이 차다. 바다 내음 때문인가? 일 년이 지나서야 준혜는 새삼스레 학교의 모습을 눈여겨보았다. 그동안 무엇이 바빴을까. 이런저런 주위에 관심을 가질 시간도 내지 못한 걸 보면. 낡은 교사校舍와 늙은 소나무가 얼추 조화를 이루고 있다. 전면이 서해를 바라보고 있고. 바다와의 거리는 일 킬로미터 정도. 모래톱보다는 자갈밭이 많고 경지 정리가 되지 않은 꾸불꾸불한 논두렁이 보이는 들이 있다. 학교는 산을 깎아 만든 언덕에 있다. 미루나무가 경사진 언덕에 듬성듬성 헐벗은 채 솟아 있다. 운동장은 턱없이 좁고 오래된 건물이 아닌데 관리 소홀로 교사校舍는 흉가처럼 낡았다. 지난여름 태풍에 쓰러지려는 교사를 받치고 있는 고목의 모습이 자신의 현재처럼 우울하다. 상급 기관과의 거리 관계 때문에 서둘러 시작해야 할 공사들이 지지부지 제자리걸음이다. 신이 만든 걸작이 멀리 보인다. 두 개의 크고 작은 섬이 전정이 잘된 정원의 모습처럼 아담하게 자리 잡고 있다. 서해답게 섬들이 바다를 가르고 있다. 포구엔 역시 크고 작은 배가 즐비하다. 작은 어촌. 군청 소재지와 거리가 멀어 항상 푸대접에 발전이 늦장인 곳이다. 그런데다 학교는 마을과 떨어져 부근에 집이 몇 채 있을 뿐이다.

근영이 다녀갔다. 혜연이를 용서해주세요. 용서! 근영이 원한 용서와 준혜가 받아들인 용서는 다르다. 그것은 어떤 경우도 용서될 수 없는 일이다. 용서로서 흐지부지 지워질 사건이 아니다. 무언인 상태의 준혜에 질려 근영은 돌아갔다. 버림받은 처지에 주제넘은 관대함이야. 동병상련일까. 그 녀석에게 혜연을 향한 정의 찌꺼기가 있으면 내가 먹어볼까. 음흉한 음모다. 치사하지만 진저리나는 쾌감이 있겠지. 알 수 없다. 정말 우스운 구실에 서둘러 자기 생각을 지웠다. 사람이 어느 정도까지 치사할 수 있을지 궁금했다. 최고의 저질은 어떤 색깔이고 무슨 모양일까. 남녀관계에서만은 부모, 형제간이라 해도 배려나 용서가 존재하지 않지. 무시할 수 있지만, 용서는 아니야. 전자는 이성이고 후자는 감정이니까. 이성은 곧 지치지만, 감정은 대단한 정력을 소유하고 있지. 무진장 활개 치는 것이 감정이야. 세상은 오류가 많

다. 부질없는 짓이다. 용서하지 않는다고 달라질 것도 없는데. 나
도 어느 만큼 치사할 수 있을까. 하루 중 오후의 생각만큼. 아침
엔 이성적이지만 시간에 시달리면 오후에는 감정적으로 되는 것
이 인간의 생리라지.

　동준을 기억할 수 있다. 한 번 만났고 한 번은 다가서는데 서둘
러 피해 가던 사람. 약간 절망적인 표정이 가슴에 흔적을 남긴 사
람. 웬일일까? 준정의 소식이라면 듣고 싶지 않은데. 그러나 방문
자를 문 걸고 거절할 수 없다. 그래서 준혜는 동준을 받아들였다.
딱딱한 의자에. 주일의 눈빛이 흐려지는 깃이 보인다. 나아오지
않는 주일에게 지쳤다. 이 남자가 앞으로 삼 년의 동행? 그의 친
구. 그라는 다정한 호칭이 아직도 내 가슴에서 맴돌다니. 어쨌든
반갑지 않은 손님이다.
　"준정을 한 번 만나보셔요."
　동운이 열쩍게 웃으며 말을 꺼냈다. 호주머니에는 준정의 부
탁이 들어있다. 준혜를 만나도록 주선해 주시오. 도와주도록 연
락해 주시오. 간단하나 절실한 소식에 동운은 고민하다가 준혜를
찾아왔다. 가슴이 서늘해지는 한기를 느꼈다. 무서운 오한이다.
온몸에 구멍이 뚫려 바람이 지나가는 것이 느껴지는 오한이다.
　"그 사람 얘기는 듣고 싶지 않아요."
　"준혜 씨의 도움이 필요한 상태입니다."

이 사람에게 구태여 혜연과의 복잡한 애정 행로를 설명할 필요는 없다. 내 가정의 지저분한 치부이니까.

"다른 얘기를 듣고 싶어요."

다른 얘기, 동운은 아찔했다. 내가 알고 있는 준혜는 이렇게 냉정한 변절자가 아닌데. 어떤 경우든 도움을 청하면 따뜻한 손을 내미는 여자인데. 여자란 경우에 다라 체온이 변하는 변온 동물이 될 요인이 많기는 하지만. 이것이 준혜의 실상이란 말인가?

"나는 준정의 친구요."

"다른 얘기라면 즐겁게 듣겠어요. 그러나 준정의 얘기는 의미 없어요."

준혜가 단호하게 동운의 입을 막았다. 준정의 얘기라면 듣고 싶지 않다. 들으면 고통이 될 이야기가 아닌가. 그것도 소리 지를 수 없는 고통.

동운은 준혜의 거절에 할 말을 잇지 못했다. 형도 소용없어요. 근영이 아침에 배웅하면서 들려준 말이 생각난다. 두 사람은 집을 나왔다. 한적한 시골길. 동운은 몇 번 온 길이고, 준혜는 날마다 생활하는 길이다. 주일은 점포에서 지나가는 두 사람을 보았다. 밤에 얼핏 보았지만, 몸짓이 비슷하다. 그 남자구나. 주일은 서둘러 귀가했다. 준혜, 내가 왔다 간다는 쪽지가 생각난다. 이런 우라질. 주일은 속으로 냉소했다. 두 사람은 말없이 걸었다. 할 말이 없다. 준혜는 찾아온 불청객 밥 대접하여 얼른 보낼 마음뿐

매미 우는 소리가
들리지 않으면 가을이다

이고, 동운은 동준으로서 특사 자격인데 문전박대니 할 말이 없
는 것이다. 자신의 방문에 조금의 반가움도 없는 준혜와 시간이
고역일 뿐. 나는 동준이다 하고 위로하지만 준혜의 냉대에 인간
적 모멸감이 생겼다.

　준혜의 눈을 보았다. 총맞은 사슴의 눈이 연상된다. 슬픈 체념
과 분노가 교차하는. 왜 준혜가 두 개의 무서운 감정에 휩쓸린 것
일까? 혜연의 선포를 알지 못하는 동운은 어리둥절하다. 인간에
게 가장 잔인한 감정이 한꺼번에 그녀에게 들이닥쳤다. 어째서?
준혜의 분노는 무엇인가. 혜연의 고발? 그것을 어떻게 준혜가 알
았을까?

　그 사람의 친구, 그래 형제는 닮은 부분이 있는 거다. 나도 그
의 친구를 가까이 할 수 있어. 근영에게 혜연의 찌꺼기가 있을지
모르지만, 약속된 이별이고. 이 사람에게는 그런 것은 없지. 얼마
나 친한지 정도가 궁금하다. 준혜는 자신도 모르게 엉뚱하게 변
하는 감정을 느꼈다. 내가 왜 이렇게 치사한 사람이 되었을까? 준
정이 그 자식이 무엇이길래? 나의 처음. 대수롭지 않게 생각하지
않는 관념 때문에 스스로 무너지고 있다. 가까이 있을 때는 몰랐
는데 정말 즐거운 녀석이다. 누구도 그런 기쁨을 주지 않을 거야.
즐거움을 혜연이 파기했다. 동생의 계속된 도전에 고통스러웠는
데 이렇게 된 것이다.

　흩어지고 있구나. 동운의 생각이다. 응집된 정이 분산되고 있

구나. 무엇 때문인가. 먼 미래를 먼저 생각했나. 우리가 염려해서 저지시킨 준정과의 미래를 실감하고 있나. 그럴 수 있겠지. 미래는 어차피 누구도 예측하지 못하지만, 불운과는 의외로 친하니까. 준혜도 평범한 인간이지. 네가 어떤 상태가 되더라도 나는 너의 아내가 될 거다. 준혜의 편지가 생각난다. 그때는 어쩌면 첫정에서 생긴 순수함 때문인지 모르지.

"준정이가?

"그 이야기는 하지 마세요."

머저리 같으니라고. 스스로 잔을 비웠다. 동운이 곧 잔을 채운다. 이렇게 우습게 망가지는 준혜의 모습을 볼 기회가 생기는구나.

"이름이 동준이라고 하셨어요."

"그렇습니다."

"어때요. 오늘 친구가 돼주지 않으실래요. 술친구요, 술을 꽤 즐기는 편이니까. 어려서부터 술 냄새를 맡고 산 덕입니다. 가끔 그런 생각이 들었어요. 자신을 의식하지 못할 정도로 취해보고 싶다는. 그런 모습을 다시 들을 수 있다면 재미있겠죠. 그 모습이 진짜 모습일 테니. 그런데 그럴 상대가 없어서 시도하지 못했어요. 적당히 취하면 자신을 도사리는 억지가 있거든요. 언제나 의젓하고 완벽했으니. 동준 씨는 오늘 떠나면 다시 얼씬거리지 않을 거니까 안성맞춤입니다. 관람자가 돼주세요."

매미 우는 소리가
들리지 않으면 가을이다

"당신 근무지입니다."

"근무지라. 사람들의 즐거운 이야깃거리가 된 상태입니다. 그리고 떠날 때도 되었답니다."

준혜는 고개를 끄덕였다. 여기를 떠나지 못한 것은 준정과 주일 때문이었는데 이제 모든 것이 일단락된 상태다. 떠나는 길만 남은 현재다.

"좋습니다. 그러나 떠나는 순간을 더럽히는 어리석음은 범하지 마세요. 언제든 K 시에서 시간을 내주십시오. 기꺼이 기록자가 되겠습니다."

"예약이라? 이것은 즉흥적인 일인데 예약이라? 실수할 날을 예약하라?"

술잔이 채워지는 횟수가 거듭될수록 준혜의 음성은 정확하고 또렷하다. 동운은 계속 그녀의 잔에 술을 채웠다. 너의 원이라면 그것 하나 못 들어 주랴. 이보다 더한 것인들 어찌 거절하랴. 가슴이 젖기 시작한다. 너를 이렇게 만드는데 나도 한몫을 톡톡히 했는데 하는 자책이다.

"남자답게 한 가지만 약속해주세요. 저를 여자로 상대하지 않겠다는. 친구의 여자였지요. 과거입니다. 지금은 그렇지 않다는 말이 됩니다만. 어리석은 강요입니까? 취한 여자는 매력 없다던데, 어때요? 여자는 자궁이 언제나 선발대더군요. 어떤 신체적, 감정적인 증세를 먼저 자각하더라고요. 사랑도, 미움도, 기다림도.”

“기다림도요. 누굴 그렇게 절실하게 기다리셨나요?”

슬그머니 물었다. 그리고 긴장했다. 준혜의 기다림 농도가. 두 시간? 그녀의 인생 두 시간을 멈추게 한 게 나이거늘.

“삼백육십오 일을 기다렸어요. 어떤 사람은 몇십 년을 기다린다지요. 일 년을 기다렸답니다. 기다리는 시간이 짧아서 그 사람에게 감동을 주지 못해서인지 무산되었답니다. 그 뒤로 기다림 따위는 하지 않겠다고 했는데. 어리석은 반복이 인간의 특권이에요. 또 기다리는 바보가. 역시 무산입니다. 기다림은 포기를 가져다주는 잔인한 고통입니다. 강요된 포기. 지금부터 또 하나의 소문이 시속 천 마일로 동네 구석을 후비고 다닐 겁니다. 모두 수군거려요. 준정의 일도. 언제인가 어떤 남자가 제 이름에 외상을 하고 갔습니다. 갚지 않았어야 하는 건데 귀찮아서 갚았어요. 며칠 전에 근영 씨가 다녀갔고 이번에 동준 씨, 모두 한 덩어리가 된 것입니다. 소문이 무서우면 진즉 도망갔지요. 한데 가소롭기도, 전제 행동에 당당하고 싶었습니다. 그렇지 못할 이유가 없으니. 떠날 것입니다. 이곳에 미련 묻혀 놓지 않고.”

준혜의 눈이 흐려졌다. 눈물이 아래로 떨어지겠다는 준비 자세다. 잔이 다시 찼다. 두 홉짜리 병이 벌써 세 개째다.

“기다림의 의미를 아세요? 인간은 기다리면서 산다데요. 무엇을 기다리느냐 하면 죽음을. 누구에게나 찾아오는 괴물, 예고 없

매미 우는 소리가
들리지 않으면 가을이다

이 찾아와 당황하게 하고, 본인은 물론, 주변의 모든 것들을 흩어지게 하는 것."

"죽음은 기다리지 않는 사람에게도 옵니다."

"그러나 기다리는 순간을 엉뚱한 기대로 삽니다. 사랑이라는 휘황찬란한 옷을 입는 사이비 종교를 안고. 허무맹랑한 것인데, 여자는 사랑에 자신을 걸고, 남자를 믿고 자신이 남자의 갈비뼈라는 것을 믿고. 남자의 머리보다 심장이 갈비는 더 가깝다고. 거리상으로, 어리석게도 믿더군요."

준혜의 몸이 균형을 버렸다. 식탁에 엎드려 잠이 들었다. 준혜를 흔들었으나 막무가내다. 월남에서 죽은 전우가 살아날지 모른다고 흔들었던 것이 생각난다. 전우의 죽음은 충격이었다. 사기를 떨어뜨리고 공포심을 가져다주고. 베트콩은 적군의 사기를 떨어뜨리려고 일부러 시체를 부대의 가까운 곳에 끌어다 놓았다. 어부지리치고는 치사했다. 준혜를 부축했다. 늘어진 준혜가 무겁다. 죽은 전우를 메고 스콜을 피해 움직였던 기억. 땀인지 빗물인지 가늠하기 힘들었지만, 그때까지도 살지 모른다는 바램 때문에. 스콜이 멈춰도 전우는 깨어나지 않고 썩은 냄새를 풍겼다. 두 사람이 운반해도 힘든 썩은 물체. 우울한 마음 때문에 전우는 천근보다 무거웠다. 준혜도 무겁다. 자신의 가슴처럼. 어디로 데려가야 하나? 가까운 곳에 나그네를 반기는 불빛이 손짓한다. 숙소로 데려다주는 것이 최고의 방법인 것 같다. 동운은 준혜를 업었다. 등에 느껴지는 따스한 체온과 숨소리가 정겹다. 그녀의 주위를 맴돌다 보니 이런 행운도 생기는구나. 얼마나 가까이 느끼고 싶었던 준혜였는가?

계산을 마치고 술집을 나왔다. 흘깃대는 눈빛은 준혜의 직업에 따른 부수적 현상이겠지. 바닷바람은 사월이건만 몹시 춥다. 밤바다가 희끄무레하다. 어두운 밤에는 물이 오히려 반사해서 사람들의 접근을 방지한다. 밤엔 밝은 곳이 함정이지. 월남에서 터득한 사실이다. 밤에 희끄무레한 곳을 디디면 수렁이다. 그렇게 실수하여 다음 날 익사체로 발견된 전우도 많다. 준혜의 방에서 불빛이 새어 나왔다. 누구의 마음이 베푼 은전인지 훈훈하다. 생각 같으면 곁에서 돌보고 싶은데. 준혜가 더럽혀지는 과정에 합류하고 싶지 않다. 아니 나도 이미 구정물의 한 성분이 되지 않았나. 그러나 오늘은 정말 싫은 것을 어쩌랴. 안방 문을 두드렸다. 낯선 남자에게 경계의 눈빛을 보내는 주인에게 준혜를 부탁하고 발을 돌렸다.

준혜는 눈을 떴다. 기억에 동준이 오락가락했다. 생각보다 신사군. 자신의 정돈된 모습에 일단 안심이다. 준정이라면 어떻게 했을까? 두 사람은 결정적 순간에 여자를 지켜주는 능숙한 도사다. 한편 생각해보니 두 사람 다 여자의 육체에 대해서는 대단한 자긍심을 가지고 있는 듯하다. 여자 쪽에서 원하지 않으면 자신을 억제해버리는 부분이. 베개 옆에 쪽지가 놓여있다. 머리 아프

매미 우는 소리가
들리지 않으면 가을이다

면 드세요. 친구는 닮은 꼴이구나. 웃었다. 만나는 일 따위는 없
겠지. 질려서 얼씬거리지 않겠지. 각본이 잘못되었나. 쓴웃음 나
온다. 속이 거북하다. 찬물을 마시기 위해 문을 열었다. 새벽이
열리는지 동녘이 밝은 아침. 나가려다 놀랐다. 마당에 사람이 있
다. 준정? 곁에 있을 때는 성가시기까지 했는데 떠났다는 생각 뒤
에서 숨기기 힘든 그리움. 내게 변명이라도 하겠다는 것. 내 자
존심을 위해. 배반하고 떠나는 주제에 자존심을 챙겨주면 뭐 해.
준정이 아니구나. 동운의 모습이 확실하게 눈에 들어왔다. 순간
착각했다. 환상이다. 밟히리라 생각했다. 준정이 환상 속으로 들
어 왔구나 생각했다 흠칫 놀랐다. 새벽에 무슨 일로? 딱한 사람
같으니.

"오는 길에 배에서 샀습니다. 아침과 생선국을 감히 부탁해볼
까요?"

"명령입니까? 권함입니까?"

두 사람은 뜻없이 웃었다. 서둘러 아침을 시작했다.

"음식 솜씨가 좋군요."

"남자의 솜씨보다는 낫지요. 어제의 제 모습에 하실 말씀이 있
는 거죠. 토하던가요? 기억은 없는 데. 볼썽사나운 몰골이었죠?"

"준혜 씨는 언제나 의젓합니다. 친구가 만나고 싶어 합니다."

"제가 아니에요. 말하지 않았군요. 남자들은 여자를 갈아치우
는 게 훈장이라던데요."

"언제 그런 일이?"

"최근에 다른 여자."

"오해가 아닙니까? 오로지 준혜 씨뿐입니다."

"여자가 찾아와서 얘기해 주었어요. 그 여자는 제가 그 사람을 생각하는 것조차도 역겨워하고요. 그런 그에게 제가 필요할 이유가 없어요."

"그래도 그의 편지는……."

"편지요? 인간의 심장은 둘이에요. 헛바닥도 둘이고."

"나쁜 친구군요. 그런 줄 모르고 죄송합니다. 다만 그가 어려운 처지에 연락이 와서."

"혜연이는 잘 있나요?"

"혜연은 갑자기? 글쎄요, 만난 지가 오래서. 근영이와는 여전한 듯하고. 근영이가 많이 우울한 것 같고. 혜연의 변덕이 근영을 우울하게 하는 것 같아요."

"그렇겠지요."

"혜연의 실수를 이해하세요."

준혜는 웃었다. 실수! 떳떳하고 자랑스러운 실수로군.

"동준 씨, 이별이나 배반은 홍역처럼 한 번으로 면역이 되지 않아요. 그것은 마치 매년 찾아오는 전염병 같아요. 전쟁에서 적군처럼 언제나 급습이고. 우리 친구할까요?"

"곤란합니다."

매미 우는 소리가
들리지 않으면 가을이다

"정중한 거절이군요."

준혜는 웃었다. 웃고 싶었다. 전신이 흔들리는 분노를 삭일 웃음이 필요했다. 이해하라고?

"가끔 말동무는 될 수 있어요. 원하신다면. 그러나 그 이상은 곤란합니다."

"좋아요. 임시계약이 체결된 거예요. 대신 동준 씨는 학생이니까 둘이 만나는 경비는 제가 해결하기로 해요. 이것은 어디까지나 계약이니까."

"깔끔한 처리, 고마운 배려입니다. 그러면 기간은?"

"삼 년!"

삼 년 하며 준혜는 쓸쓸하게 웃었다. 그래, 엉뚱한 곳에 언제나 뜻밖의 사람이 있으니까.

"체결된 계약이면 저도 떳떳하게 요구할 것이 있습니다. 요구입니다. 불응 시에는 계약이 파기되는 것입니다. 저와 있는 동안은 우울한 얼굴은 하지 마셔요. 우울한 여자의 어두운 장막이 되고 싶지 않습니다."

"전 저의 우울함이 동준 씨의 즐거운 북소리에 묻혀 춤추기를 바라는 사람인데 여자지만 지킬 수 없는 약속은 안 해요."

"남자는 하던가요?"

"하대요. 약속도 배반도 쉽게. 생리적으로 그런가 봐요."

"나름대로 사정이, 누구인지는 모르지만 그렇게 이해할 수 없나요. 오해는 비겁한 특권입니다. 준정의 일도. 절박하니까 여자라도 안아야. 남자는 그럽니다. 불안하면 더러운 쾌락과 천한 휴식을 가까이 합니다. 얼마 정도 불안을 없애주니까."

"동준 씨도 그랬나요?"

"한 가지 분명한 대답을. 준정을 사랑했습니까?"

"즐거움을 주는 남자예요. 정신적으로 육체적으로. 전 솔직한 사람입니다."

준혜의 몸이 소리가 좋은 악기라던 준정의 말이 생각난다. 그런데 나는 연주자가 될 수 없다. 여자를 가까이하고 싶은 생각이 없으니. 쉽게 생기는 피로가 주는 무기력 때문에.

"놀라운 진전이오."

"비겁한 대면이 아니고?"

"우선 그렇게라도 연결되어 있으니 형의 갈등은 해소된 것이오. 준정이라는 사람. 남자는 그럴 수 있다고 생각은 하지만. 시기로 보면 우리를 찾아오기 전 일이군요. 이곳에서는 두문불출이었으니. 불안과 여자는 쉽게 가까워질 수 있군요. 놀라운 것은 준혜 씨를 찾아간 당돌한 여자요. 준정의 생김새에 현혹된 무식하고 천한 여자일 것입니다. 남자의 과거를 지우는 방법은 순종과 이해인데 어떻게 그런 일을. 어쨌든 형한테는 잘된 일이오. 준정은 자신의 실수에 대한 죗값을 받는 것이고."

매미 우는 소리가
들리지 않으면 가을이다

"임시계약이야. 혜연은 어때?"

"침묵과 짜증, 한숨, 갈팡질팡. 처음부터 정신이 뒤죽박죽인 줄 알았지만, 보통 힘이 든 것이 아닙니다. 가여운 마음은 미련이 겠지요. 아이는 포기되지 않은 것 같고. 혜연으로서는 속수무책입니다. 성급한 판단이 준 실수를 어쩌지 못하고 괴로워하는 모습, 안타까워요."

"준혜도 가여운 것은 마찬가지야. 내가 준정을 만나보는 것이 우선인 것 같다."

"만나겠소. 어차피 오다가다 만난 사이가 아닌가요? 준혜 씨와 미묘한 감정의 교류도 있고. 예전처럼 가능할까요? 양쪽을 배반하는 일은 저지르지 마세요. 배반은 순서가 누구였든 인간 생활에 불필요한 악연이오."

"난 두렵다."

"제가 혜연을 만났을 때 두려웠어요. 두려움의 시작은 감정이 그쪽으로 달음질치고 있다는 증거예요. 형의 감정이야 처음부터 그쪽만을 향한 해바라기였지만."

"안아보고 싶다. 짧은 순간의 인연이지만 같이 살고 싶다. 무분별한 욕심이지."

"뭔가 풀릴 것 같습니다. 언젠가 술집에 가서 노를 젓지도 않고 나왔다고 하지 않았죠."

"예외는 어디든지 있는 것이야. 그냥 들었던 말이 생각나서.

아무리 악기가 명품이래도 서툰 연주자에 의해서는 소리가 좋
지 않지."

"형의 새로운 남성을 위해 준혜 씨는 필요약입니까, 필요악입
니까?"

동운은 웃었다. 준정의 모습이 떠오른다. 그는 정말 좋은 연
주자였구나.

14

내일은 내가 처리해야지. 그렇게 마음먹었다. 비로소 철이 든
것이다. 면회소에서 초조하게 기다렸다. 어떤 이야기부터 해야
하나? 하필 재판 중. 군대란 예고 없는 방문이지만 냉정한 접대에
짜증 났다. 지루하다. 웃고 있는 사람들에게서 만나는 기쁨이 삐
쳐 나온다. 무슨 말을 해야 할까. 무작정 찾아왔으나 두렵고 힘들
다. 충동적으로 버스에 올랐지만, 신중했어야 하는 게 아니냐는
두려움. 지금이라도 가버릴까?. 용서를 빌어야겠지. 다른 문제는
용서가 된 다음에라야 가능한 것들. 언니의 일도. 아이의 일도.
무엇부터 용서를 청해야 할지? 이렇게 숨통을 조여드는 병이 있
을까. 근육이 수축하는 병이 있다는데, 그 증상이 이럴까?

준정의 손을 보았다. 수갑은 채워져 있지 않았다. 다행이다. 수

갑이 채워진 상태일지 모른다는 생각에 얼마나 갑갑했는지 모른다. 정말 원하지 않는 모습이다. 준정이 약간 놀란 듯하나 빙긋이 웃는다. 잡혀갈 때와 같은 웃음이다.

"어떻게 왔니?"

"도와주려고요."

"네가 도울 일은 없다. 언니는?"

언니, 혜연은 혀에 쓴맛을 느꼈다. 얼간이 같으니라고. 여전히 언니뿐이야? 쓴맛이 목구멍을 지나 창자까지 가서 혜연을 뒤틀리게 했다. 위장이 찡그리는 게 느껴진다.

"먼저 용서하세요."

MP가 웃는다. 흔하고 천한 배신에 대하여 나름대로 희극을 보는 기분이겠지. 웃을 테면 웃어라. 저 자식을 어떻게 치울 수 없을까? 아무리 내가 철면피래도 낯 간지러운 용서 구걸이 힘들어 죽겠는데.

"저, 긴히 얘기할 게 있어요."

"괜찮습니다. 이런 일, 한두 번 아니니. 우리는 잊어버리는 기술이 남다릅니다. 이런 일은 오히려 즐거운 일입니다. 당신들의 이야기 따위는 신경 쓰지 않으니 괘념치 마세요."

"도망치지 않아요."

"모두 그러지요. 그리고는 도망치려고 합니다. 나를 떼버릴 생각일랑 하지 말고 하던 얘기나 마저 끝내세요. 시간 없으니까."

개자식. 혜연은 속으로 투덜댔으나 상대는 무표정이다. 준정의 무표정과는 색깔이 달랐다.

"언니의 근황은?"

혜연은 혀를 깨물었다. 다시 충동적인 무분별한 어린애가 되어 버렸다.

"동운 씨와 어울려요."

준정은 동요하지 않았다. 정이란 가까운 흔적 앞에선 쉽게 솟아오르는 특성이 있으니. 준혜의 분노와 동운의 따뜻한 배려는 어울리기 안성맞춤이지. 그녀의 기막힌 상처를 들쑤시지 않고 치료해 줄 거다. 준정은 입술을 깨물었다. 정말 끝이군. 내가 해명했어야 하는 건데, 혜연은 언제나 비구름을 몰고 오는 돌풍이다. 처음부터 그리고 지금까지.

혜연의 출현에 어떤 감흥도 없다. 원하지 않는 현실이다. 모든 것이 끝났다. 남은 것은 죄에 대한 벌을 받고 영원한 낙오자가 되는 길이다. 준혜는 이미 그의 것이 아닌 것, 차라리 보지 않으면서 갈증을 풀기 위해서 군대는 필요한 현실이었다. 스스로 불러온 불행과 결과에 후회는 없다. 다만 아쉬웠다. 준혜, 너는 영혼 속의 내 여자가 돼라. 혜연이 네게 돌아가진 않아. 어떤 경우에도 그런 식으로 준혜의 분노를 가중할 필요는 없다. 준혜의 분노, 정말 본의가 아니야. 혜연이 기억도 없어. 너의 신에게 맹세할 수 있어. 이해할 수 없겠지. 분명한 것은 혜연이는 술 취해 건

다가 잠시 생리적인 것을 해결하고자 멈춘 번지없는 땅덩어리에 불과해. 무분별한 행동을 변명하는 게 아니야. 준혜. 이것만은 절대 알아야 해.

나는 왜 이럴까. 언니를 불행하게 하는 것이 인생의 목적이었을까. 좋아하진 않았지만 미워하지 않았어. 아이의 일부터. 기준은 좋은 녀석이었어. 하지만 나에 대해 너무 많이 아는 녀석이 두려웠어. 언니를 불행하게 한 것은 고의가 아니야. 엄마, 전혀 고의가 아녜요. 혜연인 돌아오는 버스 안에서 눈물을 흘렸다. 아이를 찾을 수 없고, 누구에게 용서를 받을 수 없는 행동이 눈물을 만들었다. 준정이 의례적으로도 반가워할 줄 알았다. 내가 고발한 것을 알고 있구나. 박 교수를 찾아가자. 비열한 포근함에 안겨 위로받고 싶다. 근영이 생각나자 가슴이 아프다. 나를 떠날 준비를 하는 걸까. 잘 지껄이지 않는 침묵이 이렇게 두려울 줄은 전혀 뜻밖이다. 어떤 경우도 떠나지 않겠다 했는데 누구를 믿을 수 있을까. 박 교수의 너절한 위선에 나를 던져야겠다. 몇 번 드나든 곳이지만 서먹서먹하다. 언제나 당당하게 들어선 곳인데 자신의 모습이 초라해 보인다. 낡은 빌딩의 좁은 사무실. 그곳에서 박 교수의 간접적인 구애를 농담으로 물리쳤다. 말소리가 들려온다. 여자 목소리. 좀처럼 자신의 사무실에 여자를 끌어들이지 않는다는 그의 의견이었는데 누구일까? 혜연은 촉각이 곤두선다. 그의 음흉이 어떤 노리개라도 구한 것일까?

"동준 형을 만나시지 않겠습니까?"

동준 씨. 준혜는 쓸쓸하게 웃었다. 속이 훤히 들여다보여 부끄럽다. 근영 씨는 나의 철새족 마음을 간파하고 있구나. 필요한 곳으로 향하는 마음을. 그게 아닌데.

"형과 저는 막역한 사이입니다. 준정 형보다 가까워요. 혜연이보다도 가까워요."

"오늘은 그냥 내려가겠어요. 근영 씨가 힘드시겠어요. 혜연이와 생활하기가."

"혜연이 더 힘들어하고 있어요. 이번 일만 해도."

이번 일, 그 머저리 같은 계집애가 준정과의 일을 근영에게 이야기했단 말인가. 미련한 곰이 조상인가. 아무려면 근영의 이해 폭이 아무리 넓다 하더라도.

"혜연도 모르고."

뭘 몰라, 준혜가 근영을 쏘아 보았다. 근영은 그 눈빛에 놀랐다. 아이 아버지인 줄 모르고 근영의 다음 말이 준혜의 사나운 눈꼬리에 질려 밖으로 나오지 못했다. 모르면 잠자코 있어.

"혜연도 나중에 알고 수습하려고."

준혜의 거절이 명확했다. 왜 이렇게 돼버렸을까?

'그건 혜연이 아니라도 누군가가 해야 할 일입니다. 본인을 위해서도 제가 하려고 했으나 용기가 없었습니다. 비난에 대한 두

러움이 무서웠답니다. 혜연인 용기가 있는 편입니다.'

근영은 입술을 깨물었다. 나는 용기 없는 비겁자다. 한 번쯤 용기 있는 사람이 될 기회가 오겠지. 혜연을 위해서 나도 용기를 내 보자.

"박동운이라는 사람을 기억하십니까?"

동운, 준혜의 얼굴이 하얗게 변했다. 무슨 일인가?. 여기서 왜 그 사람의 이야기가 나오는가? 옛날의 가슴앓이가. 생각만 해도 몸이 서럽게 울던 사람, 문제의 준정이를 데려다준 사람. 지금도 생각만 하면 온몸이 저리는 통증, 돌아갈 수 없는 세월에 묻힌 이름이다.

"잊으셨나요?"

"아니요. 잊다니요. 쉽게 잊혀질 정도의 깊이가 아니지요. 그러나 이제는 필요 없어요."

놀람과 절망의 눈물이 준혜의 눈에서 흘렀다. 준혜의 그런 모습은 또 처음이다.

"근영 씨가 그 사람?"

"아닙니다. 제가 아닙니다. 만나고 싶으신가요. 그 사람을?"

준혜는 고개를 저었다. 만나고 싶지 않다. 위반된 약속을 어떻게 하란 말인가. 내가 좋아하는 어떤 사람도 떳떳이 만날 수 없다. 준정과의 일이 목이 멨다. 그의 충만 앞에서 나도 충만했던 것을. 하룻밤이었지만 참을 수 없을 만큼의 것이다. 혜연에게 노한 것은 기쁨에 대해 아쉬움이다. 준정의 정성이 참을 수 없다. 그녀는 준정의 배 아래서 허우적거릴 혜연의 모습을 보았다. 내가 했던 일을. 준정의 손에서 동류항이 된 자신이 싫었다. 혜연은 전혀 동류항이 될 순 없다. 깊숙이 뿌리 박힌 자만이다. 그랬는데 준정이라는 남자에 의해 본능의 동류항이 된 게 싫다. 준정을 받아들일 수 없다. 여자를 더없이 즐겁게 해주는 기계, 준정은 혜연의 좀먹은 정신을 불타는 육체로 구제해 주었을 것이다. 자신보다 성숙한 혜연, 또한 부끄럽고, 견디기 힘들다. 준정과 혜연을 이해했지만 한 부분에 대한 수치심만은 도저히 떨쳐버릴 수 없다. 나와 혜연이를 비교했겠지. 처음으로 혜연에게 열등감을 느꼈다. 자신과 비교해 혜연의 잘 다듬어진 몸매, 일찍 눈이 뜬 육체, 준정의 정말 예뻤던 몸에 대한 욕심, 아쉬움, 자신의 속물근성에 참을 수 없는 혐오감이 생겼으나 피할 수 없는 감정이다. 분노가 하늘을 찌르고 있다. 이런 상황에 느닷없이 나타난 박동운이라는 사람?

"가겠어요."

준혜는 자신의 추한 욕망이 근영의 눈에 잡힐까 일어섰다. 근영이 어떻게 알고 있는지 물을 용기도 없다. 다만 자신이 부끄러웠다. 박동운. 그리고 그 뒤 바짝 달라붙었던 준정, 어둠 속에서 히죽이 웃는 욕망을 근영이 알아차릴까 봐 겁이 났다. 준정에의 본능적인 질투심도.

매미 우는 소리가
들리지 않으면 가을이다

"선생님을 바라보고 기다리기 지쳤습니다. 결혼하기로 했습니다."

뜻 없이 바다에 떠 있던 배가 슬그머니 움직였다.

"책임있는 확실함입니까?"

주일은 준혜를 보았다. 무슨 엉뚱한 일인가. 어렵게 결정했는데. 쉬운 여자를 택한 네가 옳다는 것은 먼 훗날에 알게 될 것이다. 어머니가 적극 권했다. 어머니는 주일의 아내이기보다 시골 농사꾼의 며느리를 원했다. 어머니뿐 아니라 가족의 원함이다. 그들은 도시인의 냉정한 이기심을 싫어했다. 오리는 물로 가야해. 아버지가 통첩했다. 쉬운 여자, 인생의 동반지에 쉽고 어렵고가 뭐가 있겠는가. 어차피 인생은 어려운 여행인데. 쉬운 여자라는 딱지가 꼭 필요한 것이람? 힘들지만 상대에 따라 편안함 일수 있지 않은가, 준혜라면 많은 어려움이 있더라도 좋다고. 그러나 준혜라고 결정하기엔 그녀 주변이 너무 복잡하고 어지러웠다.

"선생님의 말씀을 해석하기 애매합니다. 세상은 명확한 것을 원합니다. 계곡을 흐르는 물이야 높은 곳에서 낮은 곳으로 흐르지만, 인간사에는 역류라는 게 있습니다. 선생님께서 제게 원하시는 건 부담 없는 편안함이지요. 그런데 결혼이라는 것은 시작부터 부담이 됩니다. 무한의 편안은 상대에 대한 완강한 거부와도 같습니다. 선생님께서 몸살로 앓아누웠을 때 선생님의 눈빛에서 읽은 느낌입니다. 그래서 결정했습니다."

준혜는 창밖으로 눈을 돌렸다. 바다는 여전히 은빛으로 빛나고 있다. 몇 척의 배가 떠다니고 있다. 평화로운 풍경. 처음 이곳에서 느낄 때와 같이 여전히. 편안함. 주일의 정확한 판단이다. 오빠이기를 바라는 마음. 존경과 어려움보다는 가족 같은 느낌. 막상 다른 여자와 결혼하겠다는 선언에 개지랄이다. 준정. 모양만 빼면 형편없는 사람이다. 행동도 계획이 아니고 충동. 알면서 정신없이 매달린 감정. 모든 것에서 벗어나고 싶은 원초적 본능이다. 지저분한 생활이 자신에 의해 정돈되고 있음이 느껴졌을 때 기뻤다. 불량 학생을 선도한 훈육 교사의 흐뭇한 충만. 몸에 밴 직업의식. 그의 여자가 되어야겠다는 생각은 없었다. 즐겁고 수월한 상대로 안성맞춤. 언제나 피에로로 원하는 곳에 있다. 그러나 자신이 원하는 곳에 나타나지 않으리라는 생각이 들자 숨 가쁘게 청산하려 했다. 견딜 수 없었다. 마음속에 도사리고 있던 자만이다. 내가 원하는 곳에 있지 않은 남자에 대한 배척. 수월하게 준정의 원함에 응했다. 삼 년이면 쉽게 분리될 테니까. 그런 생각에 서둘렀다. 동운, 그에게 주고 싶었던 것을 준정에게 준 것뿐. 특별한 감정의 준비도 없이. 그런데 착각이었다. 준정은 자신의 깊숙한 곳에서부터 영악하게 침투했다. 세련된 방법으로 농락했다. 준정은 자신의 여생을 걸고 나를 농락하고 있었다. 그 농락에 당황한 나에게 혜연은 뜻밖의 화살이다. 자만과 충동을 관통해 가루로 만들어버린 독화살. 그렇게 힘든 지금 주일마저 떠난

매미 우는 소리가
들리지 않으면 가을이다

다니. 준혜의 감정이 허둥댔다. 준정이 주고 간 갈증에 허둥대다가 정돈되지 않는 감정을 밖으로 쏟아버렸다. 주일의 태도는 그녀의 원함이 아니다, 원하는 곳에 아무도 없다. 참을 수 없는 외로움이다. 중독된 자만은 허상이란 말인가? 갈증 때 냉수를 마시듯 허겁지겁 찾은 준정. 순간의 갈증을 적절하게 해결해주었다. 충분한 해갈에 온몸이 휩쓸리는 격정의 홍수까지. 터진 둑에서 쏟아진 물은 이성까지 휩쓸어버렸다. 부인할 수 없는 감정. 이성이 망가진 육체. 힘든 감정의 보챔으로 갈팡질팡 뒤죽박죽이다. 절망이 어린 싹을 삐쭉이 내놓았다.

"이 쪽지가 세 번째입니다."

주일이 구겨진 종이를 내놓았다. 준혜, 내가 왔다 간다라는.

"이것은 선생님 주위에 남자가 있다는 증거입니다. 자신을 드러내지 않고 주위를 맴돌고 있습니다. 선생님께서는 모른다고 하셨지만 저는 그림자를 잡았습니다. 엉뚱하고 어처구니없는 일입니다. 박동운이라는 사람. 어쩔 수 없이 나타나지 못하는 아쉬움으로 주위를 맴돌고 있습니다. 밤에 나타나 날 새면 흔적만 남기는 것으로 봐 신체적 결함? 그런데 모양이 멀쩡하더군요. 어둠 속이지만 하자가 없었습니다. 밝은 빛에서만 보이는 부분에 치명적 결함? 술 취한 상태지만 사지는 멀쩡했으니. 최근에 다녀간 남자 두 사람. 누가 선생님의 눈에 들어있는 실상입니까?"

준혜는 웃었다. 근영과 동준도 주일의 눈에 내게 흥미 있는 남자로 보였다니. 근영, 한순간 음흉한 마음을 갖기는 했지만. 동준, 그 사람도 연락이 없는데. 하찮은 약속에 연연하고 싶지 않아 찾지 않았다. 준정의 친구라는 시답지 않은 전적前績도 마음 내키지 않고. 그가 혜연과 얽혀 주위에 머문다고 친구를 끌어당기는 것은 비열함의 극치. 자신을 안다. 죽어도 경멸한 사람들의 전례前例를 밟을 수 없어. 동준의 눈빛이 생각난다. 벌거벗은 수치감과 같은 기분. 준정의 손에서 터트린 기쁨까지 재고 있어.

"지금 상태에서 선생님께서 비틀거리지 않게 도와주신다면 일어설 수 있으리라 생각했어요. 주제넘은 생각이죠."

"처음에는 가끔 손짓도 하셨습니다."

"거꾸로 얘기하죠. 준정이 저 때문에 힘들어하는 거 알았어요. 그런데 고통을 한꺼번에 허망한 아픔으로 돌려주었어요. 저 다음의 여자로 동생을 택했어요. 그의 가슴에서 두 사람의 충만히 합이 되는 것을 느꼈어요. 본능의 노래였어요. 그런 제가 어떻게 선생님에게 손을 내밀 수 있겠어요."

준혜의 눈에서 결국 눈물이 흘렀다. 주일은 아차 했지만 어쩔 수 없다. 이럴 때 어떤 것이 최상의 행동일까? 여자에 대해 특별하고 절실함에 취해보지 않은 주일에게 준혜의 눈물은 곤혹이다. 이야기는 주위만 맴돌 뿐 중심을 향해 진척도 없다. 두 사람은 동시에 짜증이 났다. 주일은 떫은 감을 씹는 기분이다. 두 사람은 같이 침묵하다가 퇴근했다. 저녁노을처럼. 주일은 멀리 휘청거리며

매미 우는 소리가
들리지 않으면 가을이다

걸어오는 그림자를 보았다. 그 사람이다. 주일의 가슴에 다시 포기가 장막처럼 드리워진다. 이렇게 어긋나는구나.

"언니와 혜연은 보기 좋은 자매였지. 두 사람이 서로에 반감은 없는 것으로 알았는데 뜻밖이야. 언니가 그렇게 옹졸한 줄 몰랐어. 물론 좀 어렵겠지만 난 혜연의 용기 있는 행동에 경의를 표하고 있는데. 준정은 좀 심했지만."

"그 사람이 어쨌어요?"

혜연은 준정의 싸늘한 거절이 소름 끼쳤다.

"다른 여자가 생겼대. 언제 그럴 틈이 있었는지. 동운 형과 나는 이해할 수 없어. 더구나 놀라운 것은 그 여자의 당돌함이야. 언니를 찾아가서 확인시켰다는 것이야. 무식하고 욕심 많은 여자야. 혜연의 일도 그 여자의 일도 언니에게는 힘든 일이지."

혜연은 픽 하고 웃음을 터트렸다. 얼간이 바보. 근영을 보았다. 이쯤에서 터트려 버릴까 하는 생각이 든다.

"남자들의 신의라는 게 겨우 그 정도예요. 언니가 그랬나요? 다른 여자가 생겼다고?"

"동운 형이 준정의 부탁을 받고 찾아간 모양이야. 완강한 거부에 이해를 못 하고 쩔쩔매자 알려주더라는 것이야. 동운 형은 물론 나도 놀랐는데 언니는 오죽하겠어!"

혜연은 자신의 충동적인 장난이 일으킨 파문이 어이없다. 확산은 원하지 않았는데. 어디부터 정정해야 하나? 누가 믿어줄까? 아니 나를 용서하지 않을 것이다. 더구나 준정에게 동운과 언니가 놀아난다고 거짓말까지 했는데. 모두 다 기억상실증이라도 걸려야 해결되겠군.

"그 여자의 당돌함이 놀라워. 우연한 실수든 뭐든 간에 언니에겐 힘든 일이야. 더구나 혜연의 행동도 수긍되지 않을 것이고. 언니는 혜연에게 적의는 전혀 없었는데."

"근영 씨, 인간의 믿음이 그렇게 백지 한 장 정도예요? 그런 말을 믿다니. 준정 그 사람은 오직 언니뿐이었어요. 명색이 아기 엄마인 내게 눈 한번 주지 않았어요. 그게 얄미워 내가 지껄인 말에 이렇게들 노하다니."

"마음대로 지껄인 말?"

"그래요. 언니에게 내가 말했어요. 그 사람과 잤다고. 그냥 한번 해 본 말이었어요."

근영은 멍청하게 혜연을 바라보았다. 이런 우라질. 그러고도 조금의 가책도 느끼지 않는 혜연의 몸짓은 무엇을 의미하는가? 이런 일이 과연 일어날 수 있는 일인가? 아무리 철없기로서니. 아무리 마구 터진 게 입이라지만.

"넌 처음부터 웃기는구나. 모든 게. 그런 식으로 마음대로 지껄이고 행동하니. 자신의 행동에 책임도 가책도 느끼지 못하다니."

"모르겠어요. 나는 그래요. 정돈된 모습을 보면 깨뜨려버리지

매미 우는 소리가
들리지 않으면 가을이다

않으면 참을 수 없어요. 어려서부터 그랬으니까, 버릇이겠죠. 세 살 버릇이 어차피 여든까지 간다지 않아요. 난 유전의 법칙처럼 좋은 부분보다는 나쁜 부분이 우성인가 보죠. 모든 게 항상 싫었어요. 그중에도 언니의 완벽함은 언제나 이를 바득바득 갈게 하는 것이었어요. 그 기회가 왔을 뿐이에요. 절호의 기회죠. 어차피 기회란 인생에 한 번이죠. 언니의 자존심과 오만, 완벽함이 깨지는 소리를 들으면서 즐거웠어요. 그뿐이에요.”

“어떻게 수습할 거야?”

“수습이요! 세월이 가면 어차피 흑백은 가려져요. 힘들게 노력하지 않아도.”

“언니가 완전히 망가진 후에.”

“동운 형이 언니 곁에 있어요. 동운 형 음흉한 남자예요. 언니를 처음 보는 순간부터 절망적인 희멀건 눈이 어쩌나 반짝거리는지 우스워 혼났어요. 잘된 일이죠. 언니는 그 사람, 준정은 어울리지 않아요. 그 사람은 정돈이란 게 없어요. 특히 여자관계는 얼마나 나쁜지 근영 씨는 몰라요. 이 여자 저 여자, 세상 모든 여자가 준정의 밭이었어요. 난 다만 언니에게 세상에는 그늘이 있다는 것을 알려주었어요. 그늘이 몹시 견디기 힘든 곳이라는 것도 알려줄 필요가 있었어요.”

“그것은 언니가 받아야 할 벌이 아냐!”

“언니는 결정적인 죄인은 아니에요. 원인이에요. 준정이 언니에게 연연해 있는 동안 많은 다른 여자는 울었어요. 다른 여자들의 화를 내가 잠재워 준 것뿐. 내가 받은 어린 시절의 고통, 갚으려면 한참이 필요해요. 내가 후련할 만큼 되려면 아직 시작일뿐이에요."

"네가 후련해지기 위해 언니가 망가져도 좋다는 논리는 억지다. 내가 해명할 수밖에."

"근영 씨가요? 언니는 나와 관련된 이웃의 이야기 따위 귀 기울이지 않아요. 그걸 못 느꼈어요. 언니의 경멸을, 색깔이 진했는데, 색맹이에요?"

"동운 형을 통해서 해명할 수 있어."

"동운 형이요. 그 형은 지금에 만족하고 있을 텐데요."

"네가 무엇을 안다고!"

"남자는 그런 거 아니에요. 남의 여자를 빼앗는 기쁨, 물론 여자도 그 기쁨엔 예민하지만, 그런 큰 기쁨을 버릴 인간은 없어요."

"동운 형은 할 거야!"

"내기해요. 만약 그 형이 해명한다면 내 아이를 포기하죠."

"내게 용기가 있다면 혜연을 죽지 않을 만큼 때려주었을 거다."

근영은 집을 나왔다. 혜연과의 생활, 날마다 위태로웠지만 불만은 없었는데, 처음부터 혜연의 웃음에 현혹되는 실수는 하지 말았어야지. 마음 둔 여자가 없다는 이유로 쉽게 생활을 같이한 것은 아닌데 하는 후회가 생겼다. 두 자매의 감정싸움에 휘말리고 싶은 생각은 없다. 좋은 그림을 그리고 싶었는데, 혜연과의 생활이 시작되면서부터 그림 한 장도 완성하지 못했다. 혜연의 감정에 휩쓸려 세월만 보냈다. 혜연을 팽개치고 거리에 나오니 그녀에 대한 연민과 회한이 괴롭다. 오는 곳, 갈 곳도 모른 채 웅성거리며 사는 사람들. 그 집합의 작은 원소에 불과한 나, 아버지의 방랑벽이 내게도 들어있겠지. 불쌍한 어머니. 자식이란 거 무언가? 자신의 생활에만 열심이지 부모는 항상 뒷전으로 미루니. 혜연의 아이를 데려다 키우려 마음먹을 때 어머니 생각을 잠시 했고, 한참이 지났다. 힘들면 먼저 떠오르는 어머니 얼굴, 편안하면 생각나지 않는 어머니. 사내 욕심만 있지, 자식 욕심은 없는 년, 할머니가 들먹이던 어머니에 대한 비난. 사내 욕심. 여자란 젊으나 늙으나 사내 욕심이 많은 건가? 혜연이만 보더라도 나, 아이 아버지, 박 교수도 아직 가느다란 끄나풀이 연결돼 있고. 준정이도 혜연의 관심 안에서 허우적거리고. 동운과 준혜와 인연에도 신경 곤두세우고 있는 혜연의 촉각을 잘라내지 못하는 내 무능도 문제다. 근영은 술병을 입으로 가져갔다. 술 마시며 근심 없이 넓은 거리를 내 것이라며 활보하던 때가 좋았구나. 어머니는 자식 욕심이 없었다는데, 혜연이 아이 욕심이 유별난 것도 의아스러운 일이다.

15

보름이 지나고 들판은 빨갛게 달아올랐다가 시커멓게 먹칠 되
는 부분이 많아졌다. 끌려온 지 10개월 만의 귀향. 준정은 왜 휴
가를 주는지 영문도 모른 채 부대를 나왔다. 지난 세월은 지옥이
었다. 한 마디의 불평도 내놓을 수 없다. 죽은 듯 숨만 쉬어. 입
잘못 놀리면 귀신도 모르게 죽을 수 있어. 가족을 만나더라도 잘
지냈다는 말만 하고.

오랜만에 말끔한 새 옷과 구두가 기다리고 있었다. 새 옷을 입
은 준정의 몸은 예전과 비교해 달라진 것은 없다. 여전히 보기 좋
다. 아무리 생각해도 알 수 없는 일이다. 일 년을 선고받았다. 어
떤 생각을 할 여유가 없다. 부대꼈다. 시간이 흘러가는지 며칠인
지 알지 못하고 보낸 일이 많았다. 가끔 준혜를 만났다. 꿈에. 버
스에 앉은 채 하염없는 생각에 잠겼다. 아이들이 들판 이곳저곳
에 불을 지르고 있다. 대보름이라고 아침에 찰밥 한 덩이가 밥상
에 올라왔다. 꺼슬꺼슬한 게 찹쌀은 한 알도 들어있지 않은 붉은
콩밥이다. 아무것도 먹을 수 없다. 일 년의 선고가 번복된 것도 휴
가도 이상했지만, 며칠이라도 자유로워진다는 것이 좋다. 죽어서
떨어진다는 지옥은 살기 좋을지 모른다는 생각이 들었다. 몇 번

매미 우는 소리가
들리지 않으면 가을이다

이나 인편에 소식을 띄웠지만, 가족 외에는 기억해 주는 사람이 없다. 막연히 한 번 준혜가 보고 싶다. 모진 고통 속에서 견딜 수 있었던 것은 준혜라는 이름 때문이다. 준혜의 흔적이 동료들에게 웃음거리가 되었고 수치와 모욕이 뒤따랐다. 의식을 버렸다가 돌아오는 시점에 준혜가 있었다. 군대를 도망친 것은 준혜 때문이 아닙니다, 변명해도 감옥 선배들은 곧이듣지 않고 별의별 추잡한 소리로 당황하게 했다. 시달렸다. 힘든 일 년 가까운 세월, 느닷없는 휴가. 누구한테도 준혜의 소식은 들려오지 않았다. 동운 형과 잘 돼 간다면 좋겠지. 막연한 불안 같은 슬픔이 가슴을 눌렀다. 아버지의 소식에 의하면 아인 잘 자란단다. 불씨다. 어느 곳에서든 타는 것만 있으면 태우려 드는 불씨라 꺼지지 않고 잘 자란단다. 고마운 일. 처음으로 진한 연민이 생겼다. 아이 얼굴에 클로즈업되어 혜연이 떠올랐다. 젊은 한 번의 흔적치곤 덩치가 커 힘들다. 아이를 아버지의 아들로 입적시킨 것부터 잘못이야. 잘못에 붙어 시련을 내게 준 것이야. 죄라는 말에 오한을 느꼈다. 버스는 남쪽을 향해 달렸다. 얼어붙은 땅은 겨울 냄새를 풍긴다. 버스 안은 사람들의 체온으로 데워졌을 뿐, 닫히지 않는 문틈으로 바람이 들어왔다. 이상한 생각이 들었다. 여행의 의미. 계산된 은전恩典인가? 군복 속에서 천해진 젊음이 모처럼 휴식을 취하는 곳, 흉한 위선이나 가식이 없는 원시적 상태, 위축된 젊음이 팽개쳐진 상태, 흉한 모습도 눈감아 주는 상태, 이것이 군대다. 내게 은근히 바라는 것은 무엇일까? 며칠 동안 일어난 일에 대해 생각했다. X-ray를 찍고 의무반이 다량의 약을 먹으라고 했다. 소화불량일 때도. 감기·몸살일 때도 같은 약을 먹는 곳이 군대다. 군대의 감옥은 일반 감옥보다 혹독하다. 맨 나중에 들어온 자는 짐승보다 못했다. 준정을 사람으로 취급하지도 않았다. 군사혁명으로 잡은 정권은 군대에 무능했다. 온갖 비리를 눈감아 주면서 모든 것을 은폐시켰다. 죽어 제대하는 사람들. 이유는 그럴듯했다. 교통사고, 작업 중 안전사고. 시체는 가족이 오기 전에 화장되어 작은 상자 속에 담겼다. 준정도 이야기를 들었다. 인간이 약자에게 더없이 강해지는 비겁한 속성을 군대는 이용하는 곳. 매라면 견딜 힘이 그에겐 있다. 싸움에 단련되었고, 아버지의 몽둥이에 단련되었다. 아파도 찡그리지 않을 만큼 고통에 여유가 있었다. 그것이 결국 많은 매를 초래한다는 것을 알고 나중에 죽어라 엄살을 부렸다. 죽지 않을 만큼의 정도를 아는 게 군대다. 물구나무서기나 원산폭격 등은 순서에 있는 과정이다. 오기로 견딘 것이 아니라 견딜힘이 만들어졌기에 견뎠다. 매라는 것이 맞을수록 즐거워지는 기분, 인간 내부에 깔린 마조히즘의 발산인지. 자신에 대한 연민과 애착, 중간에 혜연의 마지막 눈빛이 항상 조롱했다. 도와주겠다고 내 도움이 필요할 거라는 의기양양한 눈빛.

좀 괜찮을 거다. 아버지가 불쑥 뱉는 말의 의미를 알았다. 액수가 큰 돈을 누군가에게 갖다주었을 것이다. 괜찮다는 말의 뜻이

매미 우는 소리가
들리지 않으면 가을이다

그것이다. 아버지는 자식의 고통에 약한 평범한 소시민이었다. 생활이 조금 수월했다. 매에서 해방된 것이다. 몸 내부의 이곳저곳이 저리고 아프기 시작한다. 고통에 신음을 뱉었고 의무반에 출두했다. 약을 받았다. 휴가까지. 같은 방의 선배들이 심심하면 두들겨 패는 것이 그의 몸뚱이다. 북이었다. 코피 쏟는 것은 습관이 돼버렸다. 순리라면 혜연도 만나봐야지. 준혜에 대한 미안함과 허망함이 견디기 힘들다. 동운 형, 후배인 근영이라는 항상 취한 상태 친구도. 악의도 호의도 없는 상대, 혜연과 사는 남자, 혜연이라는 수렁에 빠져 허우적거리면서도 불평하지 않는 무골호인, 나와 혜연의 악연을. 혜연의 모든 것을. 언제부턴지 남자들이 무능해졌다. 관용이 아닌 무능이다.

기분 나쁜 우연이다. 버스가 고장이 난 것이다. 사람들은 바람이 센 들에 서서 고장 난 버스를 원망하며 다음 버스를 기다렸다. 재수 없군, 누구도 그 말을 밖으로 내놓지 않았다. 교통수단보다는 열악한 도로를 원망하는 편이 낫다. 고속도로는 이름뿐 여기저기 공사 중이라는 푯말이 버스를 국도로 내몰고 있다. 꼬불거리고 정비 안 된 버스는 운 좋으면 목적지까지 고장 나지 않고 가고, 고장이 한번 나면 괜찮은 여행이다. 준정은 아이들이 떠드는 소리가 들리는 곳을 향해 고개를 돌렸다. 소리 지르며 논두렁에 불을 지르는 모습들이 정답다.

예정보다 서너 시간 늦게 준정은 도착했다. 놀란 식구들과 달려드는 아이에게 웃어주었다. 아버지는 말없이 밖으로 나가버리셨다. 어머니는 준정을 바라볼 뿐이었다. 동생들도 모두 자기들 방으로 가버리고 방에는 준정, 어머니, 아이뿐이다. 어머니를 보았다. 늙으셨지만 고운 모습은 변하지 않았다. 고생 많으셨죠. 눈으로 말했다.

"아이는?"

"알고 있다. 네가 없어지고 얼마 후 사실을 알았다. 아버지가 사실을 말해주었다. 서운했지만 아버지의 뜻을 나는 이해한다."

"아버지의 자식이 아니라서 화가 쉽게 풀리셨죠?"

"부자와 부부의 차이라 생각했지. 새삼스러운 얘기다. 너의 부자는 언제나 닮았으니까?"

"아이도 알고 있습니까?"

"아직은, 아버지는 당신 외에 누군가가 사실을 알고 대처해 주기를 원하신 거였다. 너는 그때 소식도 없었고."

"죄송합니다."

"아이의 엄마는 어떤 사람이냐. 궁금하구나. 어떤 여자냐?"

"잘살고 있어요."

엉뚱한 질문에 준정은 당황했다. 어머니가 알 거라는 생각은 한 번도 하지 않았기 때문이다. 아버지의 초조했을 순간이 선하다. 어머니가 혜연에 대해 궁금해하고 있는 사실도 뜻밖이다.

"다른 곳으로 시집갔니? 그랬겠지."

"다른 식구들은요?"

"구태여 소문낼 사건은 아니니까. 아이 엄마가 찾아온 모양이더라. 아이를 달라고, 결혼이 잘못되었나 보다."

"아버지께는 뭐라 하셨나요?"

"너와 상의한다고 그랬더니 울어 버리더라는 구나. 그냥 아이를 줄 수 없느냐고, 쉽게 해결 지을 문제는 아니잖니?"

"어머니 생각은 어떠세요?"

"네 생각을 묻는 거야."

"주고 싶지 않아요. 모든 것이 불안한 상태예요. 생각도 행동도 충동적이고요."

"네 장래를 생각해보렴. 다행히 지금의 남편도 같이 온 모양이더라."

"근영이랑?"

"두 사람 다 알고 있었구나."

"알고는 있어요."

"쉬렴. 피곤해 보이는구나."

준정은 오랜만에 온돌방에 누웠다. 혜연이 무슨 맘을 먹고 찾아왔는지 궁금하다. 어디에 있더라도 내 아이지. 근영이라면, 아직 학생인데 아이를 줌으로써 혜연과의 관계가 끝날 수만 있다면 천 번이라도 주겠지. 아이는 끊으려도 끊어지지 않는 사슬이다. 혜연의 성질로 그 이상의 것을 원할지 모른다.

"언제 귀대해?"

"내일. 사흘간이야. 너를 보게 한 하느님께 감사해. 용기가 나지 않았다. 혜연이를 만나는 것이 무서웠거든. 여자가 이렇게 무섭게 느껴진 것은 처음이다. 혜연에게 전해줘. 아이는 잘 자라고 있다고. 다른 생각 하지 말라고. 충실한 아빠가 될 거니까. 상대가 네가 아니라도 그 애를 허물로 삼지 않겠다고."

"그 아이는?"

"그래 네가 그 애의 엄마가 돼준다는 말까지 곁들인다면 진수성찬이겠지."

준정이 준혜의 입을 막았다. 준혜는 할 말이 없다. 이 상황에 엄청난 이야기를 할 수 있겠는가. 준정을 찾아온 목적이 이루어지지 않을 것을 알았다. 준정 뒤에서 주일과 동준이 서글픈 미소를 보인다. 혜연의 절망이 햇살보다 눈부시게 방에 가득했다. 누구도 해결할 수 없는 수수께끼. 이대로 모든 사람을 속이는 것이 현명할지 모른다. 혜연을 포기시키는 것이 쉬울 것 같다. 준혜는 준정의 손안에 쥐어진 구슬이 되었다. 구슬은 손바닥에서 준정의 의지대로 움직였다.

며칠 후. 준혜는 준정의 사망 소식을 들었다. 대민지원을 나가다가 교통사고로 트럭 꼭대기에서 떨어졌단다. 그의 흔적이 세상

에서 지워져 버렸다. 준혜는 19 ××년 ×월×일 순직. 일병 이준
정이라는 낮은 비석 앞에 망연자실 서 있다. 기막혀 아무 말도 하
지 못했다. 미친 듯이 동운을 잡고 소리쳤다. 교통사고? 알고 있
어. 너희들의 참혹한 행위를.

"이것은 예정된 일입니다. 그 휴가는 준정 인생의 마지막 황홀
한 무대입니다."

"억울해요. 어떻게 이 억울함을."

"달걀로 바위를 치겠소. 준혜 씨 이것은 현실입니다. 아무도
당신의 말을 믿지 않아요. 누가 당신 편이 돼주겠소. 모두 공범
자인데. 그의 운명이요. 당신이나 혜연은 작은 구실에 지나시 않
아요."

"혜연이는 어떡해요. 그리고 아이는?"

"당분간 이대도 둡시다. 준정의 아버지가 실어증에 걸리셨답
니다."

"아이는?"

"꿈을 꾸었다고 생각하겠죠. 어린 가슴이 안타까울 뿐이오."

"사실 은폐는 그에 대한 모독이에요."

"세상에 군에서 일어난 사실이 알려지는 일은 거의 없어요. 당
분간은."

"혜연이는 어쩌고요?"

"나는 당신이 염려되오. 당신은 가슴을 잃은 상태요. 혜연이는

자식을 잃었지만."

"그런 위로로 나의 분노는 잠들지 않아요. 나는 이 사실을."

"준혜. 내 말을 들으시오. 아무도 당신의 말을 믿지 않아요. 당신만 험한 꼴을 보게 돼요. 치명적일 수 있어요. 세상에 억울한 죽음이 어찌 이뿐이겠소. 산 사람은 살아야 해요. 그를 빨리 잊어 주는 것이 우리의 의무요. 떠들면 떠들수록 준성의 영혼은 쉬지 못하고 구천을 떠돌 것이오. 준정의 집에서 그것을 몰라 가만 있겠소?"

둥운은 열심히 준혜를 위로하면서 자신을 위로했다. 월남을 다녀온 많은 사람이 이유 모를 질병에 시달리고 있고, 신문도 몇 번 비슷한 소리를 냈지만 응답이 없다. 정부에 건의해보았지만 코웃음과 무관심이다. 흔한 피부병입니다. 완치가 어렵습니다. 고약하게 질긴 것이 피부 병균입니다. 나이 탓입니다. 나이 탓이라는 말에 더할 말이 없었다. 군대는 모든 남자의 기능을 꺾는 합법적 장소다. 병원은 간단한 해열제와 항생제를 쥐여주었다. 군대가 남자를 망가뜨리는 조직으로 둔갑한 사회다. 얼마간의 경제적 여유를 위해 월남을 다녀온 젊은이는 그 여유를 자신의 몸에 바르는 데만 열중해야 했다. 특별한 이유도 모르는 채 죽어 가기 시작했다. 동운 역시, 스스로 느낄 정도로 무기력 상태의 연속이다. 무엇인가 해야 한다는 생각은 정신이 맑아 있을 순간뿐 실지 행동은 뒷걸음질이다. 특별히 잔병을 앓은 기억도 없는데, 여름만 되면 몸이 가렵고 습진 부위가 넓어지는 몸뚱이를 느끼며 짜증 내다 절망하다를 반복했다. 군대가 젊은 남자들 기를 꺾는 주범인 사회가 되었다. 자신의 졸업식에 준혜가 찾아주기를 바라는 마음으로 준혜를 찾아왔다가 준정의 비보를 접했다. 준정이 자신의 적이 아니었고 죽기를 바란 적은 한 번도 없었다. 항상 염려했던 준혜의 불행이 현실로 나타나 분노가 치밀었다. 국가에 대한 분노. 위정자에 대한 분노가 새삼스럽다.

"그를 위해서 준혜 씨가 할 수 있는 일은 슬퍼하지 않고 잊어주는 것입니다. 그의 일은 누구에게도 얘기하지 마세요. 잘못하면 준혜 씨까지 위험합니다. 은폐는 큰 은폐를. 죽음이 준혜 씨를 찾을지 모릅니다. 이것이 군대입니다. 지금 우리는 군사정권 시대의 힘없는 백성입니다. 재수 없는 희생양이 되었을 뿐입니다. 준혜 씨가 현명하다고 생각합니다. 작별 인사를 나누려고 왔습니다. 졸업과 동시 서울로 직장이 정해져, 계약기간이 2년 남았지만, 거리상 약속을 지킬 수 없을 것 같아 양해를 구하려고요."

"동준 씨는 대단한 신사군요. 떠남을 예고하다니."

"약속은 약속이니까."

"그럼 이대로 끝입니까?"

준혜는 끝이라는 말에 힘이 빠졌다. 이 어려운 시기에 동준이마저 자신을 떠나다니. 왜 이렇게 모든 것이 어긋나는 것일까?

"남는 시간이 주어지면 오겠지요. 준혜 씨가 원하는 시간에 제가 올 수 없다는 말입니다."

"그가 떠나던 날 그를 안을 수 있었어요. 이별 전날이에요. 제가 그 과정을 원한다면?"

"고맙고 바랐던 일이오만. 이별이 전제되는 육체의 약속은 좋지 않아요. 생각이 나면 열심히 살고 있다는 소식 주시겠어요? 엽서면 족합니다."

왜 이렇게 허전하담?

"인간에게 충만이란 없습니다. 자기가 원하는 것을 모두 얻는 순간이 마지막이라고 합디다. J.F.K가 그랬다더군요. 최상을 얻기 위해 최고 노력을 하되 취하기는 둘째라야 한다고. 무상의 영접은 없다고. 그는 대통령이 되었지요. 그래서 죽음이 그에게 달라붙은 것입니다. 신은 인간의 욕망이 다 채워지기를 바라지 않으니까. 준정이. 그 사람의 마지막은 당신이었습니다. 그는 말했습니다. 준혜 씨가 보물이라고. 그래서 원함이 이루어지므로 죽음이 그를 두드린 것입니다. 한데 유감스러운 고백이지만 당신은 제게도 보물이었습니다. 아주 오래인 거 같은 기분. 이해하시겠어요? 준혜 씨! 박동운이라는 사람을 아직도 기억하십니까?"

동운? 이상하다. 언젠가 근영이도 이야기를 했는데. 동준 씨가? 준혜의 가슴이 놀랐다.

"동준 씨가?"

"아니, 그 사람을 알고 있습니다. 우연히 알게 되었습니다. 병

매미 우는 소리가
들리지 않으면 가을이다

원에서.”

“병원에서? 그도 죽었습니까?”

죽었느냐는 말을 하면서 그녀는 말이 씨가 되어 돌아올까 봐 겁이 더럭 났다.

“죽어 갑디다.”

“무슨 말씀이에요? 무엇 때문에?”

“그도 군대의 희생양입니다.”

“어떻게? 어떤 이유로? 뜬구름 잡는 식의 소식을 전하는 이유가 무엇입니까? 만나고 싶지 않습니다. 그가 나를 거부했듯이 나도 그를 거부할 권리가 있습니다.”

준혜는 입술을 깨물며 말했다. 새삼스러운 분노가 힘들다. 이유 없는 거부 때문에 내가 준정을 얼마나 괴롭혔는지 너는 모른다. 개자식. 너 때문이야. 너 때문에 준정이 죽은 것이야.

“그 사람을 만날 수는 없겠지요. 어떤 경우에도 내게 나타나지 않을 테니까.”

“왜 그런 확신을.”

“내가 겁 없이 원했을 때도 나타나지 않았어요. 그런 욕심쟁이가 지금의 제 감정에 눈썹이나 까닥하겠어요. 다만 자신을 기억하는 여자 앞에 자신의 모습을 드러내겠어요? 그런 욕심쟁이가?”

“그를 많이 생각했습니까?”

“준정에게 하지 않은 이야기를 했어요. 사랑이라는 말. 사랑은 검은 옷 입은 밤손님이라는 것을 알았어요. 동운이라는 사람은 저의 마음이 부담스러웠는지 모릅니다. 겁 없이 사랑을 들먹이며 매달렸으니까. 강하고 자신감 넘치는 남자였어요. 자신감에 정신 없이 끌렸어요. 편지에서 월남의 끈적끈적한 더위와 전쟁의 횡포를 느끼면서 사랑하게 되었어요."

"미워합니까?"

"미워할 겨를도 없었어요. 공백을 준정이 웃음으로 메워주었으니까. 얼른 결혼이라도 해버리고 싶어요."

동운은 웃었다. 어디까지 진담이고 농담인지 찾지 못해 애달프다.

"여자의 절실함에 웃을 수 있는 여유. 동준 씨의 매력입니다. 학생이면서 대단히 나이 든 어른이라도 된 것처럼. 의젓해요. 동준 씨의 단점이고 장점입니다. 가만있으면 손짓하다가 다가서면 슬그머니 손을 내리는. 수단입니까? 방법입니까? 동준 씨는 이상해요. 마치 제 심장을 볼 수 있는 투시경을 가진 것처럼. 외롭고 비참해 견디기 힘들어 혼자 소리 없이 신음을 토하고 있으면 슬그머니 나타납니다. 당신 특유 스타일로. 그리고 칭찬해줍니다. 당신은 대단한 여자입니다, 하면서. 여자가 칭찬과 분위기에 약하다는 것을 터득하신 표정으로. 제 신음을 어느 틈에 당신의 호주머니에 넣고 가더군요. 그러면 저는 얼마 동안은 밝게 살 수 있어요. 준정이 와는 전혀 다른 스타일의 치료법이에요."

"동운이라는 사람 만나겠습니까?"

"인생이란 다시라는 것으로 세월을 뒤집을 수 없어요. 말씀드렸어요. 그가 나를 거부했듯이 나도 그를 거부할 권리가 있다고."

"증오입니까? 미련입니까?"

"둘 다. 그리고 세월이 주는 무딤이라는 치료 약 때문이에요."

준혜는 다변으로 우울에서 벗어났다. 동운은 언제나 상처의 급소를 자극하면서 그녀의 푸념을 들어주는 방법으로 그녀에게 다가왔다.

"준혜 씨 당신의 남은 시간에 저를 만나러 오실 수 없습니까? 한양입니다. 당신은 저보다 시간상 여유가 있습니다. 남은 2년, 그 후는 그때 생각하기로 합시다. 한양은 먼 길입니다. 언제든 준혜 씨의 남은 시간에 제 휴식을 걸어두고 싶습니다."

"왜 그런 회사에?"

"친척의 추천입니다. 적성에 맞고. 동운이라는 사람을 만난다면 준혜 씨의 권리를 꼭 전하겠습니다."

"그 사람은 제가 원하면 만날 수는 있습니까?"

"그렇습니다."

"그러나 만나지 않겠습니다. 그런데 혹시 그가 눈에 보이는 불구는 아니던가요? 가령."

"팔이 하나 없다든가 아니면 다리가. 그것은 아닙니다."

"어떻게 잘 아시네요."

"친척의 병원에서 우연히 만났습니다."

"그럼 전해주세요. 혹 다시 만나면 건강한 신체와 건강한 정신은 일심동체라고."

"그보다 준혜 씨는 조금 전 저의 제안에 답을 주시지 않았습니다."

"고약한 제안이에요. 이별을 한칼에 무 자르듯 뚝딱 자르면 부작용이 심하니 미련과 여유를 가지고 천천히 진행해라. 이런 뜻인데. 나쁜 방법은 아니지만, 마음 내키면 언제든지 갈 수 있다는 자신감 옆에서 열정이 늦가을의 마른 풀처럼 시들해지겠지요."

"제 의도는?"

"결과를 이야기하고 있어요. 고통은 서서히, 미련은 은근히. 당신은 제 심장에 안테나를 세운 사람이에요?"

"그렇게 되었습니까?"

동운은 웃었다. 너를 잘 알지. 편지에 거침없이 너의 전부를 적나라하게 표현했으니까. 그게 두려워 내가 숨어버렸지만. 나는 너를 너무나 잘 알지.

"좋아요. 이별주를 사죠. 이별은 술과 친한 괴물이니까. 오랜만에 혜연에게 가겠어요. 혜연의 슬픔을 달래주는 것이 언니의 도리겠지요."

동운은 웃었다. 단순한 듯하면서 복잡한 준혜. 동운은 너의 고통의 흔적이지만 동준은 그렇지 않을 거다.

근영은 혜연이 부서지는 모습을 보기만 하는 방관자가 되었다. 스스로 지쳤다고 할까. 그런데도 끼니는 거르지 않고 마련해 주는 혜연이 고맙다. 끼니를 거르지 않고 먹는 혜연이 신기하다. 예전과 변한 것이 있다면 혜연이 조금 말이 준 것이다. 필요한 말 외에는 침묵, 그리고 그림을 그리는 것으로 시간을 메운다. 겉으로는 오히려 예전보다 정돈된 생활이다. 그러나 혜연이 부서지고 있는 것을 근영은 알았다. 그녀의 길어 지루한 한숨과 침묵, 그리고 잦은 외박. 녹음기에서 한 많은 소리가 흘러나오기 시작했다. 혜연이 멍한 얼굴로 그 소리에 열중했다가 신들린 무당처럼 흥얼대기도 한다. 근영은 놀랐으나 혜연을 비난할 수도, 저지할 수도 없다. 혜연을 어떻게 할 수 없다. 혜연에게 처음부터 무능한 남자였다는 자책감이다. 그녀의 말마따나 승천하지 못한 구렁이의 한이 의식 속에서 요동치는 것인지. 그 한은 그녀의 영혼 어느 구석도 다른 것이 차지하도록 버려두지 않는다. 외출에서 돌아왔다. 여전히 방에서는 퉁소인지 피리인지 알 수 없는 소리가 문을 뚫고 흘러나온다. 조심스럽게 문을 열었다. 혜연이 엎드려있다. 시체처럼 참혹함이 느껴졌다. 방에 들어가자 무엇인가 날아와 피할 겨를 없이 근영의 콧잔등을 때렸다. 코피가 흐르고 통증이 느껴진다. 살殺이 낀 행동이다.

"왜 이러는 것이야?"

가까스로 혜연을 붙들었다. 초점이 도망가버린 혜연의 눈동자가 보인다. 근영은 절망했다. 며칠 연거푸 그런 행동이 반복되었다. 죽음보다 힘든 고통. 차라리 죽어버리면 세월 따라 지워지기라도 하지만. 멀뚱거리기만 하는 감정 없는 생명. 근영은 술은 좋은 것이구나 생각했다. 어렸을 때의 어떤 여자가 생각났다. 오동추. 그녀의 이름이다. 오동동 타령이란 노래를 유난히 잘 부르는 여자라서 그 이름이 붙여졌다. 허벅지가 보이는 따위는 신경 쓰지 않았다. 밥을 얻어먹고 배가 부르면 양지바른 곳에 쭈그리고 앉아 오동동 타령을 불렀다. 언제나 웃었다. 가끔 여자 앞에 앉아 구경했다. 슬픈 일이 있을 때마다 어머니가 보고 싶으면 곁에 앉았다. 편안했다. 초겨울이 다가왔다. 양지바른 곳에서 속옷을 헤집으며 이를 잡아 죽이고 있다. 옆에서 같이 행동했다. 눈이 나쁜 할머니 눈에 작은 이는 보이지 않고, 며느리가 미운 시어머니는 손자도 가끔 성가신 존재다. 그녀가 웃으면 덩달아 웃었다. 겨울이 깊어지자 그녀는 보이지 않았고 근영이는 다리 밑에서 얼어 죽었다는 소문을 들었다. 할머니가 돌아가셨을 때도 그렇게 울지 않았다. 그렇게 된 것을 전쟁 때문이라 들었다. 그녀의 사타구니에서 재미를 본 병사가 많았다고 들었다. 그 뜻을 안 것은 그녀가 죽은 훨씬 후의 일이다. 죽은 그녀의 사타구니를 개가 핥고 있었다는 소문도 들렸으나 확인할 길이 없었다. 그 여자와 같이 되다니. 그렇게 혜연을 버려둘 수는 없다.

요즈음엔 힘들어요. 하고 싶은 일은 많은데 할 수 있는 일은 없군요. 나는 정말 구제하기 힘든 여자인가요? 혜연의 낙서다. 무엇이 힘들었을까? 정신이 가끔 나갔다가 들어오는 혜연, 혜연 손에 붓을 쥐어 주었다. 혜연의 정신을 한 곳에 붓이 잡아 둘지 모른다는 기대에. 혜연은 근영이 그린 자신의 모습을 얼마 동안 보다 물감을 묻혀 얼굴에 수염을 그렸다. 근영은 눈을 감았다. 혜연은 수염 난 여자다. 여자이면서 수염을 동경해야 했던 내면의 슬픔. 불가능한 것에의 갈증. 언니 뒤에 슬쩍 왔다 빠르게 도망가버린 욕망가루.

"좋은 아이였소. 총명하다는 것은 위험하지요. 내 사람이 될 거라는 생각은 하지 않았지만, 그림을 주고 싶소. 혜연이에게 줘요. 빠른 시일 안에 쾌유를 빌겠소. 그 애를 좋아했는가 보오. 그런 감정이 생겼는가 보오. 가슴이 아픈 것을 보니. 좀처럼 이런 느낌은 없었다오."

근영은 박 교수의 화실에서 고흐의 원화를 들고나왔다. 넋을 잃고 앉아 있을 혜연의 모습에 눈물이 엉킨다. 정신이 마비된 그녀에게 이 원화가 무슨 소용이 있겠는가? 동운 형은 잘 지내는지?

하나둘씩 사람들이 떠나감을 느꼈다. 인연이란 서로 끈끈하게 끝까지 붙어 있지 않고 조금 서 있는가 하면 어느새 가버리는 세월과 같다.

16

"너까지 이럴 수기?"

어머니의 노함에 고개를 떨구었다. 기대라는 것은 시시포스의 바위보다 무겁지만 짊어지고 있을 때가 좋은 것이거늘. 가족의 기대는 준혜의 임신에서 없어졌다. 기대를 벗은 준혜는 홀가분함보다는 서운함이 먼저지만 나름의 계획이 있었다. 난 아이를 낳아야 해. 그것도 아들을. 내가 젊어져야 할 짐이다. 내가 풀어야 할 매듭이야. 혜연은 이미 불가능한 상태고. 내 인생이 뒤바뀌는 혼란스러움이 있겠지만 처음부터 내가 풀어야 할 매듭이었다.

준혜는 사직서를 냈다. 아이들 앞에 선다는 것을 양심이 허락하지 않았다. 아무도 나의 타당성은 이해하지 못할 것이다. 도덕적인 손가락질. 선생이 어떻게? 그녀는 이 말을 듣고 싶지 않다. 선생도 인간이야. 주일이 찾아왔다. 묵묵한 기다림을 저버린 자신에게 비난 없이 약혼한 주일. 막을 힘이 없어 떠나는 배를 보고만 있었다. 자신에게서 멀리 흘러가고 있었다.

"갑자기."

"그냥이요. 이곳에 더 머물 이유가 없어서요."

"이유를 말해 줄 수 없겠소. 나한테만이라도. 사직서 이야기

매미 우는 소리가
들리지 않으면 가을이다

는 한 번도 들먹이지 않던 민 선생님이었소. 대단히 중요한 일입니다."

"아이 가진 처녀 선생의 이야기를 들어본 적 있습니까? 더덕더덕 따라다닐 여러 가지 비난의 소리를."

"선생님답지 않은 비겁함이오. 결혼하면 해결되는 문제를."

"아버지가 없어요. 준정 그 사람인데."

"지우세요."

"그러나 지울 수 없는 긴박한 사정이 있어요. 난 낳아야 해요. 아들을."

"딸일 수도 있어요."

"아들이에요. 낳아야 해요."

"좀 더 신중히 생각해봐요. 남의 말은 삼일이고, 소문은 강하지 않은 병균과 같은 것이요. 전염성도 없어요."

"길이 없어요."

"생각해봅시다. 무조건 도망가지 말아요. 나로선 선생님을 도울 수 없다는 것이 대단히 안타깝소. 동준이라는 사람과 상의해보시오. 그 사람은 당신을 도와줄 거예요."

"멀리 갔어요."

그 사람이 동운이요, 하려다 입을 다물었다. 우연한 만남이었다. 동운은 그가 쉽게 결혼에 응하도록 도와주었다. 준혜집에서 나오는 동운의 뒤를 따랐다. 의심을 풀기 위해서.

“박동운 씨.”

주일은 몇 걸음 뒤에서 조심스럽게 불렀다. 흠칫 놀라 멈추는 발걸음.

“그렇죠. 그 사람이죠?”

“어떻게?”

“나는 박형을 잘 아는 사람이오. 왜 이런 비겁함의 연속입니까?”

비겁함이라는 말에 동운의 얼굴이 붉어졌다.

“술에 취한 박형의 모습을 보았지요. 확인했습니다. 술값을 준혜 씨 앞에 달고 간 사람. 술집에서 확인했습니다. 이유라면 나도 준혜 씨에게 관심이 많으니까.”

“관심이 아닙니다.”

“여전히 비겁하시군요.“

“비겁해서가 아닙니다. 건강한 준혜에 건강한 이웃이 될 수 없으니까 피하는 것입니다.”

“월남 병이군요. 우리 동네에도 있지요. 시름시름 앓다가 죽더군요. 그렇게 심각합니까?”

“그 정도는 아니지만, 미래에 자신이 없습니다.”

“언제까지나 민 선생님 곁에서 허우적거릴 생각입니까?”

“그것도 내가 대답해야 할 질문입니까?”

“난 민 선생님과 결혼하고 싶은 사람이오. 그런데 박형 같은 사

매미 우는 소리가
들리지 않으면 가을이다

람이 주위에서 얼씬거린다면 가능성이 희박해지므로 당돌한 질문인줄 압니다."

"아니요. 대답하겠소. 적어도 얼마 동안은, 아니 죽을 때까지 얼씬거릴지도 모르겠소."

주일은 더 묻지 않았다. 차라리 묻지 않아야 했는데 상대의 약점을 꼬집지 말자. 결혼한 후에도 준혜의 감정이 다른 남자에게 오락가락한다면 심각한 문제다. 결혼과 함께 내게 속해야 하는데. 준정까지는 잊게 할 자신이 있다. 준정의 배반으로 준혜의 가슴이 어느 정도 식었다고 생각했다. 이 사람은? 이 사람이 누구라고 숨길 자신이 없다.

"준혜에게 사실을 알리지 마시오. 원한다면 오지 않겠소."

동운이 슬그머니 말꼬리를 내렸다. 나중에 부끄럽고 후회스러운 일을 못 해. 주일은 그날 밤, 어머님의 뜻에 따라 서둘러 약혼했다.

"죽었다는 말이오. 그 사람도?"

"아니에요. 멀리 떠났어요."

"그러나 도와줄 거예요. 아니 한 가지 제안을 하겠소."

"어떤?"

"파혼하리다. 그러니 나와 결혼합시다."

"안 돼요?"

"도덕관 때문에요. 한번 벌거숭이가 되어 봅시다. 도덕관, 교사관, 다 벗어 버립시다."

"전 다른 사람의 아이를. 선생님의 약혼자에게도 못 할 짓이에요."

"아이의 아버지가 나라고 말하면 모든 것이 해결됩니다."

"어떻게 그런 뻔뻔한."

"결혼은 남자를 용감하고 뻔뻔한 도둑으로 만드는 기술이 있습니다. 선생님은 제게 과분한 상대였소. 그래서 주춤거렸습니다. 이 정도의 흠쯤은 과분한 선생님의 티끌에 지나지 않습니다. 오늘 밤 당신을 찾겠소. 문을 걸지 말아요. 예전처럼 그 사람이 오지는 않겠지요?"

준혜는 쓰러지듯 의자에 앉았다. 이게 아닌데.

"결혼을 허락받을 수 있겠소. 쉽지 않을 겁니다. 난 일주일 안에 해결할 테니 선생님도 한 달 안에 허락을 받도록 해요. 그리고 결혼합시다."

의외로 주일의 목소리는 경쾌하고 행동도 활발했다. 왜 약혼이라는 과정을 길게 늘였을까? 뒤틀리는 내 인생의 어느 부분에 자기의 인생이 부딪히리라는 예감이라도 들었을까? 이상한 일이다. 왜 흡족하지 못하는가. 감사하는 마음이 생기지 않는가. 가슴 어딘가에 구멍이 뚫려 바람이 소리 없이 지나가는 기분. 이런 기분이어서는 안 되는데. 이런 시작은 아니어야 하거늘. 긍정적이고 흡족함으로 시작해야 하는데. 그런 기분을 맛볼 수 없다. 어디에 구멍이 뚫렸나, 바람은 또 어디에서 시작하여 끝날 것인가?

거리상으로 이 이상의 밀착은 불가능하군요. 준혜 씨. 행여나 하면서 많은 시간 허비했어요. 타이프로 보내는 편지 성의 없다고 해석하지 마세요. 워낙 필체가 엉망이라서. 어떻게 지냈는지 궁금할 뿐이요. 계약기간이 아직 유효하다면 답장을 보내 줬으면 반갑겠소. 끝이라는 말만 아니라면 한 줄이라도 반갑겠소. 나는 잘 있어요. 세월에 끌려다니는 생활에 특별한 즐거움이 없다오. 땅을 밟는 것조차 허락하지 않는 그곳 생각에 가슴이 젖는다면 영문 모르는 준혜 씨는 의아해하겠죠. 이곳은 거울이 연상되는 바람이 날마다 문을 두드리고 있는데 그곳은 어떠하오? 바쁜 나날이오. 준혜 씨 당신의 하루 시간 중 몇 분이라도 떼어 보내 주지 않겠소. 개인 회사는 인간을 기계 취급입니다. 초능력 없는 절름발이 슈퍼맨이요.

아이들의 떠드는 소리가 유리창을 통해 들려온다. 정중히 정선된 편지를 읽었다. 너무 깨끗한 운동장에 쓴웃음이 나온다. 아이들답게 소란스러워야 어울리지. 주일의 배에 올라야겠다는 결심을 굳히면서 가라앉을 것 같은 불안에 허둥지둥 시간을 소비했다. 침몰을 바라지 않는 현실이다. 준정에 대한 고리를 끊자 하는 마음이 날마다 조금씩 많아졌다. 주일. 침몰이야. 큰 바위를 안고 물속에 가라앉는 침몰. 나뿐 아니라 주일까지도. 다른 남자의 아이를 가진 당신의 자궁에 내 올챙이를 넣지 않겠소. 시위는 싱겁게 시작되었다. 성실한 고집에 침몰을 느꼈다. 외면상의 원만함과 나약함에 쌓인 완고함이 복병이다. 무한정의 용서가 아니다. 자신의 가슴앓이를 없애기 위한 수단의 선택이지 관용이 아니다. 언 발에 오줌 누는 식의 선택은 위험한 발상. 준혜는 창이 훤해짐을 확인한 후 문을 열고 나가는 주일의 완고한 등. 그런 주일의 등을 뚫을 수 없는 창이 된 자신. 뚫리지 않을 완고함, 망설임 속으로 동준의 편지가 날아들었다. 언제나처럼 외로움이 꼭 다문 이 사이로 새어 나오고 있을 때.

그곳의 느린 하품에 비해 서울은 날마다 시끄럽게 변하고 있어요. 좋게 해석하면 부지런하고 다르게 해석하면 게으르면 발 붙인 곳 없는 냉정한 땅이요. 파헤친 땅속에는 사람들이 개미처럼 늘어 붙어 있다오. 마지막 생존 경쟁처럼 치열한 나날이오. 준혜 씨의 축복받은 아이들은 이번에는? 문득 그런 상상에 잠기기도 해요. 준혜 씨의 순진한 철부지 작은 이웃이 되고 싶다는. 어린 시절에 대한 회한이 아니겠소. 날 완전히 잊지 않았다면 소식을 주겠소? 날마다 스물다섯 시간을 기다릴 거요. 당신의 계약상 친구 동준.

준혜는 창을 뚫고 들어오는 반가운 햇빛을 보았다. 봄이 한참이구나. 봄은 어차피 느리게 왔다가 빨리 가는 계절이지만, 바람은 겨울의 꽁무니를 여전히 붙들고 있는지 날마다 지독히 춥다.

난로조차 철거된 교실에서 가슴은 떨고 있다. 추위를 녹여주는 동준의 편지다. 그는 나의 어느 구석에서 숨 쉬는 작은 생물일까. 이렇게 또 힘들어할 때 노크하는 것을 보면. 그래 그에게 편지라도 보내자. 누군가 내 생존을 확인한다는 사실에 열중하자. 세상에 이런 고마운 친구도 있구나. 아들을 낳으면 혜연의 아이와 바꿀 생각이다.

　"혜연이를 위해 할 수 있는 최고의 길이오."
　혜연은 근영의 손에 매달려 들어오는 아이를 보았다. 놀랍게도 아이는 의젓하게 잘 자라주었다. 어떻게 이런 일이? 아이를 덥석 안았다. 아이는 그녀의 가슴에서 애완동물처럼 움직였다.
　"어떻게 이런 일이? 얘기해 줘요. 어떻게?"
　"이제 되었소? 쉬고 싶소. 얘기는 나중에 해요."
　"그래요. 그렇게 해요."
　혜연은 처음으로 고분고분한 여자가 되었다. 근영의 옷을 받아서 벽에 걸고 양말은 벗겼다. 며칠 신은 양말에서 고약한 냄새가 났다. 사람 냄새. 왜 밥은 해줬나? 가난한 근영에게 먹는 문제라도 해결해줘야 한다고 상식적으로 생각했다. 근영의 목소리가 창밖까지 요란하게 들린다. 웃음이 나왔다. 흉한 모습에서 시작된 근영과의 생활은 가식이 없었다. 잘 보이려는 욕심도 억지도 없는 상태. 멋대로 무신경 상태의 연속이다. 어떻게 이런 일이 일어날까? 아이는 곁에서 혜연을 물끄러미 관찰하고 있다. 나만의 것. 얼마나 충만한 즐거움인가.

"이름이 뭐지?"

"지운이었어요. 한데 아저씨가 말했어요. 이제부터 다른 이름을 쓰게 될 거라고. 그 이름은 남의 이름이래요. 엄마가 다시 지어줄 거라고."

"엄마?"

"아줌마가 엄마라고 했어요. 복잡해요. 아버지가 어느 날 할아버지가 되었어요. 그리고 형이 아버지가 되고, 엄마 생각은 잘 하지 않았어요. 할머니가 엄마인 줄 알았어요. 이렇게 늙었을까 생각했어요. 기분이 나빴어요."

"그랬는데!"

"그냥 그랬어요. 한데 아줌마도 아빠처럼 며칠 놀아 주다가 가버리시는 건 아니지요."

가엽게도. 혜연은 콧날이 시큰했다. 준정이라는 사람에게 정이 흠뻑 들어있는 아이가 가엽다. 진즉 알았어야 했는데.

"어떻게 아저씨를 따라올 생각은 했어. 할아버지에게 말은 했니?"

"전화만 했어요. 학교에서 아저씨를 만났어요. 엄마를 만나게 해준다고 해서 따라왔어요. 아빠가 젊으니까 엄마도 젊겠다 생각했어요. 할머니에게 전화만 했어요. 할아버지는 요즈음 말을 잘

매미 우는 소리가
들리지 않으면 가을이다

하지 못하시거든요. 식구들이 무엇인가 숨기는 것 같아요. 엄마에게 간다고 전화했어요. 할머니가 우시는 것 같았어요."

"그럼 할머니에게 가지 않을래?"

"엄마하고 사는 것이 좋은 일이라고 아저씨가 말해주었어요. 나도 그것이 좋을 것 같고요."

"아저씨가 다른 얘기는 안 하고?"

"예."

아이는 순한 듯하나 야무지게 키워졌다. 자기의 뜻을 정확히 전달할 줄 아는.

"할머니가 무슨 말 하지 않으시던?"

"잘 가라고 우시는 거 같았어요. 엄마를 만나서 좋겠다고."

"좋아?"

"아줌마는 좋지 않아요?"

"아줌마라고 부르지 마!"

"아저씨도 그렇게 말했는데 잘되지 않아요. 그런데 옷이랑 장난감이랑 책은 어떻게 해요. 선생님에게도 아무 말도 하지 않았고. 아빠가 사주신 장난감과 옷은 갖고 오고 싶었는데."

아이가 갑자기 울먹이는 바람에 혜연은 놀랐다.

"나중에 내가 다 사줄게. 선생님도 만나보고."

"결석은 좋지 않다고 하셨어요."

"몇 학년이야? 일학년?"

"예."

아이는 또렷하게 말했다. 일학년인 어린이에게 너무 심한 물살이려나. 어쨌든 지금은 기분이 좋다. 얼마나 바랬던 현실인가. 포기한 바램이었는데. 이런 방법도 있구나. 그녀는 대화를 통해 허락을 받는 상식적인 길만을 생각하고 힘들어했다. 이런 우격다짐 식은 혜연에게는 전혀 생각 밖의 행동이다. 그래서 얼마나 절망했는가? 준정의 죽음으로. 언니 생각이 났다. 언니를 힘들게 하는 게 아닌데. 언니는 누구의 아일 가졌을까? 언니에게 전혀 어울리지 않는 실수다. 왜 그렇게 되었을까. 무엇이 언니의 이성을 그렇게 뭉개버렸을까. 지독한 바람이야. 근원이 북풍이었기에 언니를 참혹하게 무너지게 했을까? 하나의 매듭이 풀리는가 하면 다른 매듭이 생기는 어긋난 인생 고리.

"상식적인 방법으로 도저히 불가능한 일이었어."

"어쨌든 좋아요. 그리고 감사할 뿐이에요."

"나중엔 나를 원망할지 모르지. 다음의 여러 가지 일을 생각해 봅시다. 어떤 이야기도 할 수 없는 상황이기에 아무 얘기도 하지 않았어요. 서서히 체념하기를 기다리는 게 좋은 방법 같아요. 바라는 것은 그들이 준정에 대한 아쉬움을 이기지 못해 아이를 탐낸다면 복잡하지만, 별일은 없을 것 같소. 전화만 간단히 했어요. 아버지도 죽고 엄마가 키우는 게 아이를 위해서도 좋을 것 같다고. 그래서 데려간다고. 아이는 어디서 키우든 준정의 아이라고."

"왜 그 이야기를."

"그들의 아쉬움을 남겨 둬야 할 거 같아요. 원만한 체념을 위해 시간을 벌자는 것이오. 그들의 분노에 불을 댕길 필요는 없으니. 아이는 영악했소."

"엄마가 다녀가셨어요."

"이젠 엄마와 화해하고 좋은 딸이 되도록 해요. 좋은 엄마도 되고."

"근영 씨는?"

"미련의 끈을 자를 수 없었으니 자격상실이오. 혜연에게 내가 필요하지 않을 테니까."

"그래서요?"

"가라면 언제든 가겠소. 먼 훗날이라도 내 행동에 원망은 말아 주기를 바랄 뿐이오. 그동안 행복했다면 교활한 아첨이라 하겠소? 가난한 내게 집과 밥은 대단한 자선이고 혜연이 내게 애정을 갖으리라는 생각은 처음부터 없었소. 항상 아쉬웠다면 내가 욕심쟁이겠지요. 혜연의 언니가 그러하듯이 혜연의 가슴도 무한정한 공간이더군요. 아무리 채우려 해도 안 되는 허허벌판이었소. 기뻤지만 힘든 세월이었소."

"그래서요?"

"더럽고 냄새나는 방을 하나 준비해 두었소. 언제든 그곳은 나를 기다리고 있답니다."

"내 이야기는?"

"작은 미련으로 남자를 얽매지 마시오."

"아이에겐 아버지가 필요해요. 살아있는."

"기준이란 친구는 어쩌고."

"그 애와 상관없는 일이에요. 난 인공수정을 했다고 생각해요."

"나와도 상관없는 아이요."

"근영 씨!"

"사람들이 그러더군요. 여자는 남자의 아이를 돌볼 수 있지만 남자는 그렇지 못한다고. 나도 그럴 거요. 감정엔 평범한 나니까. 아이와 혜연을 상대로 마음 싸움 벌이고 싶지 않아요. 그렇게 옹졸한 모습이 되기를 바라지 않아요."

"가더라고 지금은 안 돼요. 아직도 뒤죽박죽이잖아요. 도와주세요. 정말 도움이 필요해요."

"혜연인 나쁜 사람이오. 항상 녹슨 못으로 자극하면서 내가 조금만 고통에 신음하면 몰라라 하고, 내가 자극하면 고슴도치처럼 털을 세우고."

"그러지 않을게요. 근영 씨, 나는 근영 씨가 필요해요. 이왕 도와주었으니 떠나라 할 때 떠날 수 없어요. 나와 있는 게 조금이라도 기쁘다면 그렇게 해 줘요."

근영의 허한 웃음이 계속되었다, 조금의 기쁨, 큰 기쁨인 것을.

그런데도 매사에 무능한 자신에 대한 어떤 계기를 만들고 싶은 것이다. 혜연과 정식으로 가정을 이루어 살고 싶다. 소망이라는 너울을 쓴 욕심이기에 근영은 욕심을 억누르고 있었다.

근영은 주일을 찾아갔다. 주일은 차분한 사람이다. 근영의 방문에 어떤 놀람도 없다. 모든 것은 이렇게 매듭지어진 것이다. 도시 여자는 마음 줄 상대가 아니다. 어려서 그 여자처럼.

"한 가지만 궁금증을 풀어주겠소?"

주일의 미소에 근영이 웃었다. 숨기지 말고 그가 묻거든 전부 사실대로 얘기해주세요. 그의 가슴을 후련하게 해주세요. 맞이방에서 들려주던 준혜의 부탁이다.

"형씨와 민 선생님은 어떤 사이요? 비열한 호기심이요?"

근영은 웃었다. 좀 더 다른 준혜의 여러 가지 일을 주일이 물어주기를 바랬다. 준혜의 근황 같은 것을. 남자란 어차피 이렇게 어리숙한 질투의 노예인가.

"그뿐입니까?"

"혼자 비참한 결말을 만들고 싶지 않아서. 민 선생님이 이렇게 잔인하게 굴진 않을 것이라 믿었거든요. 민 선생님은 오시지 않고 다른 남자가 왔습니다. 확실한 체념과 배반을 동시에 수용하기에 그릇이 부족한 사람입니다."

"형씨가 생각하는 남녀관계가 아닙니다. 필요엔 의한 심부름입니다.”

“이곳에 한 번 오신 적이 있지요?”

“그때도 심부름이었습니다.”

“이상한 인연입니다.”

“준혜 씨가 말했습니다. 선생님의 자존심을 으깨지 말라고. 됐습니까? 어느 만큼 선생님의 비참이 사라졌습니까? 준혜 씨의 근황을 말씀드릴까요?”

“아니요. 됐습니다. 충실한 성격입니다. 전해주십시오. 먼 훗날 마주치더라도 아는 체하지 않을 테니 각오하시라고, 그러나 오늘까지는 전 민 선생님의 편이라는 얘기도.”

“가능하면 짐도 갖고 오라고 부탁했습니다.”

“물론 그러서야죠. 그것이 남은 사람을 위한 최고의 자선이란 것을 아실 테니까.”

근영은 묵묵히 주일의 도움을 받았다. 주일은 충직한 머슴이 되어 준혜의 살림을 챙겨주었다. 기름이 필요한 기계처럼 멈춰버렸던 가슴, 준혜는 기름이 아니다. 그를 움직였던 기름은 젖먹이 때부터 키워준 바닷냄새다. 준혜에 대한 최후의 자존심이다. 어머니는 뜻밖에 완고하셨다. 무식한 어머니의 바위 같은 완고함을 꺾는 데 시간이 필요했다. 어머니를 설득시키는 중이다. 밤새 헛소리하던 준혜가 눈을 떴을 때 준혜 고통의 흔적을 보고 아차 했다. 시효가 끝났구나. 배를 움켜쥐고 고통받는 준혜를 택시에 태위 보내면서 속으로 마지막 인사를 했다. 같이 가고 싶은 충동을 억박질렀다. 부모를 그렇게 배반할 위인은 못 되었다. 선량했고 효자였다. 가면 끝이라고 생각하면서 준혜를 따라가지 못한 약한 의지가 밉다. 택시에 대고 마지막 인사를 했다. 물건을 정리하는 마음이 천근만근이다. 운동장 구석에 준혜가 앉아 있다, 교무실 의자에도 앉아 있다, 옆 교실에도. 준혜는 언제나 눈에 남아있다. 눈에 든 가시처럼 힘들게 했다. 준혜의 짐이 있을 때는 언젠가 나타날지 모른다는 기대라도 있었는데.

주일의 침묵이 근영은 힘들다. 여자는 남자를 울리야 직성이 풀리는 요물인가. 소리 내어 울 수 없는 남자의 속성, 정이란 이렇게 부서지면 처참한 모양인가. 말로 표현할 수 없는 우직한 순정이다. 동운의 편지가 생각난다. 그럭저럭 산다는 표현에 얼마나 또 술을 마셨는지 모른다. 나라님을 긁어 부스럼을 만들지 않는 현명한 사람이야, 어차피 그렇게 통일될 나라를 위해 우리가 무엇 때문에 싸웠는지 모르겠다. 보았니? 태평양에 부유하는 월남인의 끝없는 방랑 생활을. 너를 통해서 듣는 준혜의 소식, 우선은 반갑다. 몸이 아픈 것 같다고? 대신 아플 수 있을 만큼 내가 건강한 육체를 가졌다면 당장 내려가겠지만, 빠른 쾌유를 바라는 내 마음이 꽃바람에 실려 그쪽으로 내려갔으면 좋겠다.

"학교는 그만두는 겁니까? 민 선생님께서는?"

"모릅니다. 병가로 처리되는 모양이더군요. 전 진단서만 가지고 왔습니다."

"그렇다면 굳이."

"본인의 희망입니다. 근무지를 옮기고 싶다는 선생님의 침몰을 원하지 않는다고 하던데요. 그래서 이곳에 오고 싶지 않다고 했습니다. 아마 올 일은 없겠죠."

"가족의 뜻인지 본인의 뜻인지?"

"가족이 동의한 본인의 뜻입니다. 왜 붙잡지 못했습니까? 조건상 가장 유리한 위치에 계셨으면서."

"준혜 씨는 바람이 가득 담기지 않은 고무풍선입니다. 꽉 움켜쥘수록 손가락 사이로 빠져나가려 하는. 무슨 힘으로 그 풍선을 잡습니까?"

아이는 선생님의 하려다 근영은 침묵했다. 너무 잔인한 질문 같아서다. 그래서 궁금하지만, 물을 수 없는 부분이다. 작은 화물차를 대절했다. 바다가 손짓한다. 근영은 주일이 내민 손을 잡았다. 끈적끈적함은 단순한 땀이 아니라 분노와 슬픔이다. 주일이 한동안 손을 놓지 않는다. 마치 준혜를 잡은 듯한 표정이다. 근영은 주일의 눈에서 기어이 번쩍이며 내리는 이슬을 보았다. 작은 물방울이 막이 되어 눈에서 한 번 빙그르르 한다. 근영은 준혜가 굳이 자신을 보낸 이유를 알았다. 준혜는 이곳을 떠나지 못했을 것 같다. 저 막에 갇혀서. 침몰, 가엾게도 상대적인 애정이다. 침몰시킬까 봐 두려운 여자와 침몰하고 싶은 남자의 만남은 합이

매미 우는 소리가
들리지 않으면 가을이다

될 수 없는 평행선이다. 여자의 두려움은 남자의 갈망을 언제든지 뭉개버린 만큼 강하다.

　주일이 돌아섰다. 근영은 운전사에게 재촉했다. 트럭이 느린 속도로 비포장 자갈길을 달리기 시작했다. 왼쪽으로 바다를 끼고 무심한 바다는 여전히 출렁이고 있다. 근영은 덜커덩거리는 트럭에 기대 잠이라도 청하고자 했으나 쉬운 일이 아니다. 나는 왜 그 자매의 궂은일만 찾아다니는 걸까. 아이의 일만 하더라도.

　외면상 평화 속에서 준혜의 몸과 마음이 회복되어가고 있다. 근영에게 주일에 대해 어떤 이야기도 물을 수 없었다. 순순히 보내 준 주일이 감사하다. 전생에 하느님이 뺨이라도 서너 대 갈긴 모양이다. 이렇게 힘든 생활을 준 것을 보면. 준혜는 모든 것을 어머니에게 맡겼다. 어머니는 돌아온 준혜를 위해 열심이다. 어머니는 준혜의 사고를 감사하는 눈치다. 그런 어머니를 준혜는 나무라지 않았다. 당연한 현실적인 모성이다. 딸의 실수에 관해 묻지 않았다. 혜연에 비하면 부스럼 정도에 지나지 않는다. 떠나올 때 그렇게 매정한 방법을 쓸 수밖에 없는 나를 어떻게 생각할까. 그를 위해 내가 할 수 있는 최선책이다. 지금은 모르겠지만 기억의 적은 부분에 내가 집을 지으면 오히려 감사할 거야. 그를 침몰시키는 쓸모없는 바윗덩어리는 되고 싶지 않아. 어차피 나는 모범경작생이었어. 그 자리로 돌아온 것뿐이야? 그 바닷가는 나의 추억 조각일 뿐이야.

몇 달의 시간, 한 해의 여름이 몹시 길다. 최근 몇 년의 세월이 힘겨웠다. 자신의 의지와 어긋난 생활들. 준정과의 일은 질풍노도다. 주일 때문에 계속 가슴이 아프다.

벚꽃이 눈처럼 날리는 사월의 마지막 날. 드문드문 마지막 잎새처럼 나무에 붙어 있는 꽃잎들 사이로 새파란 잎들이 모습을 드러낸다. 개나리와 더불어. 준혜는 새로운 환경에서 늦은 봄의 정취를 만끽하고 있다. 논 가운데 학교가 외롭게 자리 잡고 있다. 키 작은 건물이다. 낡은 모습은 그곳과 오십보백보 차이. 어느 쪽을 봐도 확 트인 들판은 막힘이 느껴지지 않아 좋다. 수평선이 아닌 먼 들판, 낮은 산 위로 하루가 저물고 있다. 준혜는 피하지 않고 해를 노려보았다. 뜨거워서 차마 마주 보는 것이 두려웠던 낮의 열기는 사라졌고, 해는 준혜의 응시를 묵묵히 수용한다. 주황인지, 노란색 같기도 한 둥그런 움직임, 검은 듯 파란 듯한 테두리로 자신의 모양은 만들다가 원에서 떨어져 나가기도 한다. 햇빛은 무기력했다.

준혜는 생각 잃고 해만 바라보았다. 그래 모든 것이 저렇게 되는 것이다. 누가 감히 정오에 해를 정면으로 바라볼 수 있었는가, 해는 언제나 무지한 힘으로 인간의 응시를 윽박지르지 않았는가. 한번 눈을 감았다 떴다. 해는 더 무기력하다. 준혜는 해에서 눈을 돌렸다. 검고 모양이 분명하지 않은 점들이 눈길을 따라 생겨 목

적지를 응시하지 못하게 방해한다. 해의 오기? 감히 똑바로 바라
보는 인간을 향해 마지막까지 쐐기를 박자는 것인가.

떠 있는 배. 감은 눈 안에서 바다가 생각났다. 주일에 대한 아
련한 그리움이 가슴을 노크했다. 그를 위한 결정이었다는 생각
은 변함없지만 아쉽고 허전한 마음. 시간은 어떤 사람의 게으름
도 탓하지 않은 관대함을 갖고 있다. 시간은 평등했다. 준혜는 자
신이 그런 시간의 관대함을 이용한 무능력자가 되어 있음을 알
았다. 몸은 다른 지역에 있지만, 마음은 언제나 그곳. 바닷가. 헐
렁해져 있을 주일의 가슴. 도대체 주일은 나의 무엇이었을까. 이
상하게 모든 것이 뒤죽박죽이다. 나의 두 번의 배반을 절대로 용
서하지 않을 것이다. 그런데도 묵묵한 전송에 감사해놓고 허전함
은 무슨 감정인가. 제발 하나의 감정만 존재했으면 좋겠다. 그런
데 시간 속에서는 언제나 팽팽한 양립이다. 월남은 굶주린 한국
의 젊은이를 유혹해 상처만 만들어 주고 버린 창녀와 같다는 신
문 칼럼의 글귀가 생각난다. 상처? 동운. 나의 무조건의 관대함
을 윽박지를 수 있는 상처는 어떤 것? 동운, 근영이 안다고 했다.
병원에서 만났다고. 아! 준혜는 깨달았다. 그 사람이다. 준혜, 내
가 왔다 간다. 그를 주일이 동운이라고 했다. 준혜, 네가 보고 싶
다. 왜 눈치채지 못했을까? 그 말투를. 주위에 있었구나. 그러면
서도 나타나지 못한 아픔은 어떤 빛깔이었을까? 감정이 원점으로
급하게 회전했다. 누구나가 다 아는 그 사람을 나만 모르다니. 다

273

른 남자들에게 둘러싸여서, 그를 잊기 위해 너무 서둘렀구나. 분
노에 대한 대비책이 없어, 준정에게 휩쓸린 급한 행동에 차마 접
근을 못했구나.

"그 사람 이야기는 왜?"

근영이 시선을 피하며 말한다. 준혜는 근영의 눈빛을 삽으려
노력했으나 쉽지 않았다. 준혜는 불안하고 초조한 마음이 되었다.

"내 주위에 있었어요. 나만 모르고 있었어요."

"이제 그것을 눈치채셨습니까? 그렇게 자신에 둔했다니 놀랍
습니다."

근영의 말이 비아냥거렸다. 아무래도 한국을 떠나야겠다. 해
외 지사 발령이다. 친구가 원하고 나의 원함도 된다. 가면 아마
오지 않겠지. 한국에서의 난 지워지고 싶다. 이제 버틸 힘이 없으
니까. 정리되고 있는 그녀의 주변에 새삼스레 걸리적거리고 싶지
않아. 결국 초라한 낙오자가 될 뿐. 그러고 싶진 않다. 마지막 자
존심이야. 술 묻은 종이에 너절하게 쓰인 동운의 편지다. 아침에
받아 읽고 나왔다. 이미 떠났을지도 모르는데. 주변을 털고 떠날
수 있는 용기가 겨우 생긴 동운, 용기를 방해하겠다는 준혜, 복잡
하다. 신물이 난다. 복잡한 인연의 주변에서 왜 뒤치다꺼리를 해
야 하는가. 혜연과의 만남에서 얽힌 운명이 이것인가?

"연락은 해 보죠."

매미 우는 소리가
들리지 않으면 가을이다

"제게 연락할 기회를."

"그에게 생각할 기회를 주자는 것입니다. 기대는 마세요. 다만 연락해 줄 수 있는 것입니다. 준혜 씨의 마음을. 다시 선택의 권리는 준혜 씨가 아니라 그사람입니다."

"무슨 뜻이에요?"

"준혜 씨가 그러셨다죠. 그를 거부한 권리가 있다고."

그래 누군가에게 그 이야기를 했지. 동준이. 근영과 동준은 어떻게 아는 관계일까? 누가 동운인가? 근영? 동준? 그림을 그린다는 얘기는 한 번도 하지 않았다. 근영 정도의 솜씨라면 언질이라도 있었을 텐데. 동준?

"어긋난 상상은 마십시오. 그는 처음부터 뜬구름이 아니었나요? 아마 끝까지 뜬구름일 수 있지요."

"우린 만나야 합니다."

"누굴 위해서, 그의 고통을 완치한 명약이라도 있습니까? 언젠가 만나고 싶지 않다고 명확히 거절하셨습니다. 그게 정리된 감정이라고 생각했습니다."

준혜는 말을 끊었다. 자신이 더러운 질투에 감겨 허우적거릴 때라고 솔직히 말하지 못한 위선이 밉다. 준혜의 얼굴. 질린 얼굴이다. 변명할 타당한 말을 찾지 못해 당황하는 범죄자의 표정이군. 동운이 떠오른다. 허상! 도대체 그것이 무엇인가. 인간이라는 형태에서 빠져나온 산물이면서. 감정이 먼저냐, 이성이 먼저

냐의 차이일 뿐인데. 감정은 뭐고 이성은 뭔가? 둘 다 느끼는 정도에 따른 분류일뿐, 같은 모태이면서. 동운 형, 그런 것 같군요.

"도와주세요. 연락이 닿도록."

준혜의 모습에서 혜연이 보인다. 명령 같은 부탁, 거절 못 하고 쩔쩔매는 자신의 몰골. 여전히 혜연과 살고 있다. 대책도 없이. 솔직히 표현하면 즐거운 동무로서. 아이가 의외로 호의적이어서 고마웠다. 엄마를 만나게 해준 사람으로서의 호감치고는 꽤 돈독했다. 아이는 그러나 근영에게 아빠라고 부르지 않았고, 준정의 죽음을 모르는 것 같아 말하지 않았다. 얼마 동안 근영은 아이 때문에 바빴다. 이상한 일이다. 그렇게 원했던 안정된 생활인데. 어쩔 수 없이 근영에겐 아버지의 방랑벽이 유전인자로 몸에서 기생하고 있었다. 혜연에 싫증 같은 감정은 언감생심이건만. 안정이 거북하고 못마땅하다. 불쾌하고 우울한 기분의 연속에서 벗어나고 싶다. 준혜를 보았다. 초조한 눈. 어쩔 수 없이 닮은 형제간이다. 뿌리가 같으니까.

"만나서, 그리고 그 후의 일도 생각하셨나요."

"아직은⋯⋯."

"그렇다면 충분히 생각하신 후에 행동하세요. 이쪽 의사를 연락은 해 드리겠습니다. 멀리 가버렸는지 모릅니다. 가겠다고 했으니. 그는 자기의 뜻을 밖으로 내놓지 않는 습관이 몸에 밴 사람입니다. 그의 생각은 언제나 행동한 후에 전달되었답니다. 자

매미 우는 소리가
들리지 않으면 가을이다

신의 확신이 서지 않는 한 생각을 내놓지 않는 사람입니다. 특권인 듯하고요."

"무슨 뜻인지 쉬운 말로 해주세요. 그것은 도와주지 않겠다는 말입니까?"

"그건 그렇고, 동준 형과는 어떤 연락이라도?"

"이쪽의 주소를 몰라서인지 전에 있는 곳으로 한번 소식이 왔어요."

"왜 연락을 안 하십니까?"

"그 사람은 싫어요."

"싫은 이유를 물으면 대답해주실 겁니까? 괜찮은 사람인데. 사려 깊고, 다정하고."

"여자는 자신에 대해 너무 아는 사람에겐 편안함보다 두려움이. 그 사람은 저 내부의 어딘가에 붙어 있는 세포 같은 기분이 들어요. 치부를 잘 아는 사람. 저의 우울함에 민감한 세포. 준정의 친구예요. 준정과 나에 대해 모든 것을 알아요. 그게 싫어요."

"이유는 그뿐인가요? 인간적인 혐오감이 아니고?"

"싫은 마음에 인간적 운운은 우스워요. 거북한 이웃이에요."

그의 호주머니에 가득 찬 내 신음이 지금도 그대로일까? 아니면 이미 버렸을까?

"혜연은 어때요?"

"우린 잘 되고 있습니다."

"하느님은 어떤 가정에도 평등한 행복은 주지 않는가 봅니다."

"행복은 인간을 웃게 하죠. 웃음은 인간에게서 두려움을 뺏어갑니다. 두려움이 없으면 인간은 하느님을 믿지 않으니까."

"지쳤어요."

"지친다는 것을 느끼는 순간부터 인생이 무질서의 천국이 됩니다. 혜연이는 지치지 않던데요. 무서운 의지였습니다. 준혜 씨에게도 의지가 있을 겁니다. 형제를 닮으니까."

정신이 오락가락했다가 특별히 치료하지 않았어도 제정신으로 스스로 돌아온 혜연이다.

17

아카시아 꽃냄새가 진동했다. 일본인들이 한국의 묘지와 산의 나무를 없애고자 무한정으로 심어 놓은 나무다. 요란한 번식력이 묘지 밑으로, 다른 나무뿌리 밑으로 파고들어 묘지와 산을 황폐화했다. 묘지는 균열했고 산의 나무들은 이유 모르게 말라 죽었다. 그런 꽃냄새가 산을 뒤덮고 마을까지 내려왔다. 공기처럼 말 없이. 그 냄새를 맡으면서 근영과 준혜는 서로 다른 아픔에 시달리고 있다. 준혜는 편지지를. 근영은 혜연과의 첫 만남을. 왜 난 그렇게 멍청했나? 왜 난 그렇게 충실했나. 그에게 그렇게 충실할 만큼 네게 해준 것은 하나도 없는데. 그런 우스개 같은 내기에서 만난 인연이기에 혜연과는 언제나 뒤죽박죽인지 모르지. 꿀물의 상처에서 벗어나게 해준 혜연에게 어쩔 수 없는 맹목적인 복종이 있었을 뿐이다. 노예 역할에 어이없이 만족하고 있구나. 넌 훌륭한 화가가 될 거다. 재능과 소질은 탁월해. 초등학교 때 들은 칭찬 때문에 세상을 환상 속에 산 게 아닐까? 주관적인 감언이설에 속아. 그림도 웬일인지 잘 그려지지 않는다. 세상에는 할 수 있는 일과 하고 싶은 일이 엄격히 구분되어 있단다. 사람들은 할 수 있는 일은 등한하고, 하고 싶은 일에 매달려 허송세월 보내는 경우가 많다. 바보짓인 것을 깨달았을 때는 후회막급이지만 때가 늦다. 네가 할 수 있는 일은 그림을 그리는 것이다. 할 수 있는 일에 전념해라. 그러노라면 무엇인가 대단한 것이 나타날 테니까. 이 말을 오랫동안 가슴에 안고 살아왔다 혜연을 알기 전까지. 그랬는데 혜연과의 생활이 시작되면서 하고 싶은 일에 몰두한 자신을 느꼈다. 혜연을 위해 하고싶은 일로, 하고 싶은 일이 돼버린 것이다. 혜연은 언제나 갈증 나게 했다. 원인을 알 순 없지만 혜연이만 생각하면 더러운 물이라도 벌컥벌컥 마시고 싶은 충동을 느낀다. 부당하다고 수십 번 되뇌면서도 질질 끌려다닌다. 그렇게 혜연의 울타리를 벗어나지 못하고 있다. 그런데 동운 형, 형은 이 땅에 있소?

여름은 질병의 천국이다. 세균들의 천국이다. 모기를 비롯한 해충들이 사람의 몸에 달라붙어 피를 빨기에 혈안이다. 벌레 물린 자국이 부풀어 올라 사람들을 힘들게 한다. 따갑고 간지럽다. 따갑고 쓰린 것이야 참을만하지만 근질근질함은 참기 힘들다. 아주 작은 부분도 신경을 자극하여 짜증을 일으킨다. 동운은 작은 가려움 따위는 견딜만하다. 한데 웬일인지 사타구니 부위에 알 수 없는 습진이 생겨 벌겋게 달아올랐다. 그 부분은 땀도 많이 나는 곳이다. 약을 발라도 효험이 없고, 점점 다리 아래로 퍼지고 있다. 왜 이럴까? 신체 중에 가장 소중하면서 수치스러운 곳, 강하면서도 취약지인 곳. 가렵다고 함부로 사람들 앞에서 만질 수도 없는 분위기에 고통은 심하다. 병원에서는 단순한 습진이라는 진단이 나왔다. 전에는 이런 일이 없었습니다. 피부도 변합니다. 그리고 이곳은 바람이 잘 들지 않는 곳입니다. 더구나 햇볕도. 의사는 농담 반, 진담 반으로 가볍게 진단을 내렸다. 동운은 더 묻기도 어색해 병원을 나왔다. 타인의 고통을 어찌 의사가 알랴. 본인 외는 아무도 모르는데. 타인의 고통은 즐겁지. 자기들에게 돈을 가져다주니까. 술, 담배도 끊었는데. 날카로운 신경이 오히려 언제나 전투태세다. 이래선 안 되는데 하는데도 수습되지 않고 힘들다. 자신의 몸이 썩고 있다고 느꼈다. 가려움은 모든 병의 근원인 것을. 서둘러 미국에 갈 생각을 한 것은 자신의 증상 때문만이 아니다. 미국이라는 큰 나라에 서서히 번지고 있는 월남 병 이야

매미 우는 소리가
들리지 않으면 가을이다

기를 들었다. 월남 증후군, 파월 용사들이 신체에 드러나기 시작한, 알 수 없는 증상들. 누렇게 말라버린 밀림을 지나면서 오히려 감사했던 무지함. 피부를 괴롭히는 벌레가 없어서 좋았고, 정글 속에 베트콩이 없어서 좋았던 기쁨. 역시 기쁨은 짧고 고통이 길다. 작은 기쁨에 만족해서 그 이상의 무서운 상황을 생각하지 않았다. 전쟁과 적과 모기. 그때는 목숨을 흥정하는 시기였다. 이곳저곳 월남에 관한 서적을 살펴보았으나 철저히 검열을 거쳐 들어왔기 때문에 특별한 소식은 없다. 이상한 신체. 의욕 상실이 주는 당연함인가. 정신 탈진상태의 당연한 증상인가? 여자 생각이 나지 않는다, 어떤 여자를 봐도 성욕은 잠을 깨지 않았다. 육체는 정신의 부산물인가? 그런데도 준혜만은 한 번 안아보고 싶다는 가여운 욕망에 여름밤을 뒤척였다. 철저히 정돈되고 있는 그녀의 주변에 불쑥 나타날 용기도 없다. 두 번 상처를 줄 수 없다. 준정을 그녀의 인생에 억지로 집어넣었고 결과는 생죽음이다. 특별히 나쁜 병을 앓은 기억도 없는데. 준정의 죽음에 가책을 느꼈다. 준혜 때문이 아니다. 오판한 자신 때문이다. 누구의 음모인가. 갑자기 음모에 의한 조작이라는 생각이 든다. 너무 쉬운 포기, 상관의 충고를 맹목적으로 받아들인 경솔한 추종. 꿈도 어차피 인간의 머릿속에서 만들어지는 것인데. 인간이 없으면 꿈도 없는데. 그런데 인간이면서 꿈에 질질 끌려다니다니. 우라질. 약속한 시각에 근영이 나타났다. 술만 먹지 않으면 근영은 정확한 사람이다. 떠나기 전에 꼭 만나고 싶다기에 허락했다. 고국에는 어떤 미련도 갖지 않고 떠날 생각이다. 살아온 것이 오히려 후회스럽다. 차라리 돌아오지 않아야 했는데. 근영이 들려주는 준혜의 소식이 성가시다. 인공호수의 물은 잔잔하다. 모든 것이 인공이다. 서울이라는 곳은 사람들이 산을 헐고 땅을 파고 지하에 무엇인가 열심히 만든다. 김×성은 전쟁 목적으로 두더지가 되고 서울은 편리한 생존을 목적으로 좁은 땅은 파헤친다. 밀려오는 사람들에게 누울 자리라도 마련해 주려면 지하면 어떻고 지상이면 어떤가. 선택의 여지가 없기에 고층 건물을 짓고 일자리를 마련해 주고자 땅속을 팠다.

"형을 만나고 싶어해요. 동운이라는 사람을. 곁에서 보기에 힘들어 보여요 자신을 포기하고 있어요."

"구체적인 이야기를."

"자신의 상처를 숨기려 하지 않고 스스로 어려운 길은 걸으려 해요. 잘 모르겠지만. 아이를 가진 적이 있었거든요. 형에게 그 사실까지는 차마 알려줄 수 없었어요."

"그런 이야기를 어떻게?"

"혜연에게 들었어요. 그래서 재혼 자리를 생각한다고 해요."

"그런 바보짓을?"

"그렇게 하는 것이 순리라고."

"그럴 수 있는 여자야."

"준혜 씨가 형에게 용서받기를 원해요. 서둘러 준정을 택한 경솔함이 몹쓸 결과가 나왔다고. 자신의 주위에서 맴돌고 있었던 형을 찾아내지 못한 둔함에 자책하고 있어요."

"나는 간다."

"두 번 도망치지 마세요."

"그 선생님은?"

"도시 여자에 미련 없답니다. 어려서부터 계속 도시 여자에게 버림을 받았답니다. 남자다운 체념입니다. 여자의 마음은 정말 알 수 없습니다. 혜연이도 그랬는데. 여러 사람에게 동시에 같은 감성을 느낀다는 깃, 남자로선 언감생심이죠. 어차피 준혜 씨와 형은 만나야 할 사람인 거 같아요. 그런데 형이 자꾸 피하니 그 과정에 어긋난 일이 생기는 거 당연합니다."

"나는 여자를 안을 수 없다. 하지만 준혜는 남자를 안다. 내가 그녀에게 나타날 수 없는 가장 큰 이유야. 준정은 사력을 다해 모든 것을 알려준 사람이야. 그녀는 건강하고 좋은 여자야. 준정은 말했어. 좋은 악기라고. 나는 그렇게 할 수 없어."

"이해라는 게 있잖아요. 가엾지 않으세요. 그녀의 자책과 포기가."

"감정의 동요를 기대하지 말고 강요하지 마라. 충분히 생각한 후에 내린 결정이니까. 번복이 있어선 안 돼."

"형의 도피는 비극을 낳을 겁니다. 형의 비극, 그리고 준혜 씨의 남은 인생의 비극. 제발 한 번 만나 보세요. 동준으로라도. 동운이라는 것이 두려우면."

"그러다가, 그런 다음에 질질 끌려다니라고. 난 안타깝고, 준혜는 힘들고. 뻔한 일을 스스로 저지를 수 없어."

"준혜 씨도 서울에 있습니다. 기어이 따라나서는 그녀를 만류할 수가 없었습니다. 그녀는 무엇인가 결정을 내릴 때가 되었다고 생각한 모양입니다. 이혼한 어떤 장교와의 혼담이 거의 무르익어 간답니다. 월남에 다녀왔다죠. 파월 중에 마누라가 바람을 피웠대요. 딸린 자식도 없고. 괜찮은 남자라나 봐요. 김성민이라고, 혹시 들은 기억이라도 있습니까? 장교랍니다."

"김성민."

동운은 뒤통수를 세게 얻어맞은 기분이 들었다. 설마 그럴 리가?

"혼담이 오간 것이 오래랍니다. 끈질긴 인내성을 가진 사람이래요. 자신의 결점(이혼)을 호강으로 반납하겠다고 막무가내로 고집한답니다."

김성민! 우연인가, 고의인가? 중대장님, 동명이인인가?

"그 사람 이름을 다시 한번!"

"김성민이라고, 확실한 것은 모릅니다. 혜연에게서 얼핏 들은 얘기라서. 안면이 있는 사람입니까?"

"아니야!"

동운은 고개를 저었다. 그는 내 사랑을 꿈이라는 것으로 옴짝 달싹 못 하게 해놓고 실속을 차린 것이다. 기억하고 싶지 않은 몇 가지의 일들이 생각난다. 중대장은 순찰이라도 나갈 때마다 사무실에 모기가 많다고 자신에게 번번이 살충제를 뿌리도록 했다. 그렇게 사무실은 거의 비웠고 동운은 언제나 혼자 지시를 기다렸다. 살충제를 뿌린 체 문을 닫고 늘어지게 낮잠을 즐겼다. 그것이 다 우연인가? 너의 깨질 꿈을 위해 건배하자던 상관. 아냐, 누구를 원망하지 말자. 어떤 선택이든 최후의 결정은 본인이 내리는 것이니까. 어긋나고 있는 행로를 새삼스레 바로 잡으려 하지 말자. 문득 떠오른 모습이 있었다. 준혜랑 준정의 묘지에서 나올 때 아는 모습이 눈에 어른거렸다. 흔한 우연이고 착각이라 가볍게 여겼다.

그는 문 쪽을 보며 준혜를 기다리고 있었다. 준혜는 또박또박 얘기했다. 민준혜라는 사람을 찾을 사람이 올 거예요. 평범한 모습에 조금 실망스러웠다. 연약한 체구의 어디에 그렇게 무궁무진한 감정이 들어있었을까. 당돌하고 용감한듯하면서도 순진함 때문에 혼란시켰던. 준혜는 얌전히 앉아 있었다. 약간 상기된 표정에 다리를 모으고. 동운이다, 라고 몇 번이나 나가고 싶었다. 얼마나 기대했던가? 편지에서처럼 거칠고 왈가닥이 아니어서 이럴 수가 하는 의심이 생길 정도로 딴 모습이지만, 거부감을 일으키진 않았다. 가슴이 끓기 시작했다. 맹목적인 원함에 무조건적 선택은 화를 초래하는 불이 될지도 모른다. 두 시간 정도를 준혜는 정물이 되어있었다. 가끔 시계를 볼 뿐 움직임이 거의 없었다. 가까이서 그런 모습을 보았다. 준혜를 각인하는데 충분한 시간이었고, 더는 자신을 다스릴 용기가 없었다. 발이 김유신의 말처럼 준혜를 향했다. 꿈은 꿈이야. 그래서 영원한 갈증이고 희망이야. 김성민. 중대장의 염려스러운 충고가 생각났다. 우연이겠지. 한국은 좁으니까. 어쩌다 인연의 끄나풀이 준혜와 중대장을 연결한 것이겠지. 아무려면 건강한 신체만 가진 남자라면. 준정의 영혼은 콧노래를 부르고 있다. 내게 들릴 정도로. 준혜의 신음과 같이 들리는 것이 힘들지만. 그 불협화음은 분별없는 감정을 잠재우는 성능 좋은 자장가이고.

"준혜 씨에게 물었어요. 혼담에 대해 솔직한 얘기가 듣고 싶다고. 그 사람에게 호의를 느낀 것은 그가 형처럼 월남은 다녀왔기 때문이랍니다. 월남 이야기가 듣고 싶답니다. 그리고 그런 기분이 들었대요. 그 사람의 월남 이야기에 형의 흔적이 묻어 나올지도 모른다는 단순한 감정이랍니다. 월남은 준혜 씨의 심장을 움직이는 괴력이 있답니다. 이유가 무엇이겠습니까. 형에의 갈증입니다."

"내일이면 한국을 떠난다. 누구도 변경할 수 없는 약속이다. 너는 내게 마지막 좋은 선물을 주었다. 그녀는 언제나 내게 좋은 선물만 주는구나. 월남에 있을 때부터. 준혜는 누구에게나 충실

매미 우는 소리가
들리지 않으면 가을이다

할 거야. 그녀의 장점이고 단점이야. 너는 어떠니? 혜연과는? 그리고 아이는?"

"그냥 살고 있습니다. 한데 더러운 기분입니다. 남의 자리에 앉아 있는 거북함. 혜연은 제게 태풍입니다. 제 삶이 혜연이라는 나뭇가지에 대롱대롱 매달린 셈입니다. 그림도 그려지지 않고. 억울하지만 탈출하고 싶지 않은 옥살이 같아요. 혜연의 성질이 많이 누그러졌어요. 냄새나는 제 양말을 콧노래를 부르며 빨아줄 정도로."

"아이의 아버지는?"

"만나서 얘기했어요. 어디서 자라든 당신의 아이라고. 필요한 것은 대를 이을 아들이 아니냐고. 그 임무를 충실히 이행하도록 할 테니 더는 얼씬거리지 말라고. 그랬더니 황송하게도 상당히 많은 금액이 생활비로 들어옵니다. 우린 아직 가난하니까 묵인하고 있어요. 혜연이도 아무 말 하지 않았어요. 어떻게 보면 과한 행복입니다. 여자와 아이와 돈. 호박이 덩굴째로 굴러든 셈입니다. 얼마나 다행한 일입니까. 떠날 때도 아이에 대한 미련은 없을 테니까. 남자를 약하게 만드는 자식에 대한 미련 말입니다. 혜연과의 생활이 계속되리라는 생각은 하지 않습니다. 여기는 제자리가 아니에요."

"왜 그렇게 생각해? 두 사람은 썩 어울려 보였는데."

"저의 맹목적인 태도가 그렇게 보였군요. 복잡한 여자예요. 감당하기 힘들어 언제나 떠날 준비하면서 삽니다. 선택권이 없습니다. 혜연이 나가라고 하면 나갑니다. 언제든.”

“만약 그런 일이 없으면?”

“희망 사항입니다. 그보다 준혜 씨에게 어떻게 전할까요?”

“죽었다고 해.”

“잊히길 원하세요. 준정처럼. 준혜 씨가 말하더군요. 죽음은 망각에 쉽게 흡수된다고.”

“어차피 동운은 허상이야. 우리 이별주 마시자. 준혜와 같이면 더 바랄 게 없지.”

“자신 있으세요?”

“물론. 확신이 섰다. 그렇지 않으면 떠나지 못한다. 네가 실수하지 않으면 나는 동준이다.”

그들은 서로 마주 보고 앉았다. 묘한 자리다. 근영은 언젠가 박 교수와 혜연과의 자리가 생각났다. 나는 언제 이런 자리에서 벗어날 수 있을까. 준혜의 굳은 표정에 비해 동운의 표정은 밝다. 긴장과 체념의 색이다. 어떤 이야기래도 상관하지 말자고 했다. 술만 마셔야지. 그래서 물건을 내놓고 오줌을 누는 실수를 하더라도. 동운의 염려는 기우이기를 바래야지. 이 사람이 그 사람이다는 말만 하지 않으면 스릴있는 자리다. 외국으로 나가는 사람에게 조국의 그림을 그려주는 자리. 오백 밀리짜리 맥주가 세 개 들어왔다. 소주 체질인데. 근영은 불만이다. 그러나 준혜와 동운에겐 무리한 요구다.

"그 사람도 오나요?"

준혜의 긴장이 소리를 냈다. 그녀는 더 기다릴 수도 참을 수도
없다 근영인가, 동준인가. 아무리 두 사람에게 덧칠해도 동운과
는 너무나 판이하다.

"그 친구는?"

"죽었습니다."

근영이 말을 받았다. 차마 뒷말을 잇지 못하는 동운을 배려
한 것이다. 아직은 멀쩡하다 하며 웃었다. 이렇게 두 사람은 서
로 통했다.

"결국 그렇군요. 어떻게 그 사람과는 인연이 되었습니까? 그
동안에?"

"우연히 병원에서 만났습니다. 두어 번 근영과 술을 먹을 기회
가 있었습니다. 남자들은 쉽게 어울리는 속성이 있습니다. 죽은
사람의 이야기는 그 정도만 하죠. 망각에 쉽게 흡수하도록. 떠나
는 저를 위해 건배합시다."

"준정이 동운인가요?"

"아닙니다."

강력한 대답이 동운의 입에서 나왔다. 어쩌면, 준혜는 생각했
다. 준정을 만난 곳이 그곳이다. 그리고 준정이 있는 곳에는 언제
나 그가 있었다. 준정이 죽자 동운, 그 사람도 죽었다.

"아닙니다."

준혜의 표정을 열심히 읽은 근영이 강력히 말했다.

"상관없습니다. 동준 씨, 내일 떠나신다고. 그럼 동준 씨의 주머니에 들어있는 제 신음은 이제 돌려주세요. 먼 길 무겁고 어려운 짐이 될 거니까."

"신음은 영원히 죽지 않습니다. 그러죠. 돌려 드리죠. 대신 보관료는 받겠습니다."

"보관료는?"

준혜의 눈이 선량하게 웃는다. 그녀의 머릿속에는 동준과의 이별에 대한 대가를 이미 계산했다. 당신의 국 끓이는 솜씨가 일품입니다, 하는 말이 생각난다. 웃음이 나온다.

"언젠가 말씀하셨죠. 약속의 보관료를 받고 싶다면. 제가 서울에 올 때 하신 약속. 가볍게 안아보고 싶습니다. 준혜 씨를. 준혜 씨는 동준이라는 사람의 애인이었습니다. 준혜 씨가 사실을 몰랐다는 것만 빼면. 그래서 정중히 청합니다. 가볍게 한번 안아보고 떠날 수 있도록."

이 남자는 나의 무엇이었을까? 불행하게도 나는 한 남자에 충실할 수 없는 세월에 묻혀 살았구나. 준정의 친구. 그 이상의 어떤 감정은 정말 없었을까. 싫은 마음도 있었던 사람. 그러나 가끔 필요한 사람. 준혜는 동준 곁으로 다가섰다. 떠나는 사람을 위해! 풋내 나는 감상이다. 서글픈 포옹이다. 스스로 안겼다. 잘 가

매미 우는 소리가
들리지 않으면 가을이다

세요. 준정이 다가오면서 많은 남자가 다가왔다. 떠날 때도 같이 간다. 곁에 누구도 머물기를 바라지 않는 너의 욕심 때문이니. 네가 처음이었잖니. 흡족하지 않아 모두 데리고 떠나니. 네 노자路資로서 처녀성은 가치가 없구나.

"이제 됐습니다."

준혜는 동운의 가슴에 그대로 있었다. 동운은 괴로웠다. 준혜와 밀착된 은밀한 부분이 용트림하기 시작한 것이다. 그러나 순간, 모든 것은 다시 잠잠해졌다.

"좋은 선물입니다. 술이나 듭시다. 진탕 취하고 즐겁게 이별합시다."

준혜는 동운을 보았다. 알 수 없다. 이 사람은 나의 무엇이었을까. 나는 이 남자의 무엇이었을까. 다시는 돌아오지 않을 것 같은 몸짓이다. 정말 누구인가? 동운을 알고 준정을 아는 이 사람은. 머리가 복잡해졌다. 김 아무개라는 그 사람. 동운이 허상이라면 그 사람과의 혼담도 무의미한 도박이 아닌가.

기차가 서서히, 빠르게 움직인다. 근영은 공항에서부터 말 한마디 없다. 답답한 가슴만 요란하다. 더위에 지친 식물들이 늘어진 거리에 느린 버스가 졸면서 움직인다. 육로 교통은 언제나 거북이다. 산은 늘 푸른 소나무와 연초록 낙엽수들이 보기 좋게 얼룩져 있다.

"민 선생님."

정색하고 부르는 소리에 근영을 보았다. 밤새워 마셨건만 근영은 힘든 표정이 아니다.

"동준 형이!"

근영은 잠깐 생각에 잠겼다. 그는 어떤 경우에도 돌아오지 않을 것이다. 모든 것을 버리고 떠났으니까. 내가 너무 잔인한 고발자인가.

'정말 민 선생님을 좋아했답니다. 진정한 용기가 없었지요. 선생님께 자신을 말할. 그렇게 얘기해보라고 권했지만 결국 말을 하지 않고 떠났습니다. 자신이 동준이도 동운이도 될 수 없다는 것을 알았기 때문입니다. 형은 누구도 아닙니다. 이상한 얘기지요. 형은 동준이었고 동운이었다는 겁니다. 이런 일이 왜 생기는지 모르겠습니다. 형은 자신의 미래에 불안했습니다. 어젯밤, 그런 뜨거움 속에서도 못 느끼시는 선생님은 정말 형에게만은 지독한 불감증이더군요. 왜 진즉 이야기하지 않았느냐고요? 형이 우선입니다. 이유는 그뿐입니다. 형이 먼저였습니다. 선생님의 무신경함에 질렸습니다.'

무신경함에 질렸다. 끝까지 동운이기를 거부하고, 곁을 떠나려는 데만 급급한 사람에게 매달릴 이유가 없었을 뿐이다. 그가 동운이다. 준혜는 공항으로 가는 차 안에서 느꼈다. 그의 뒷모습을 보면서. 절망과 슬픔, 따뜻하고 찬 감정, 슬프고 기쁜 감정. 그를 기다리면서 느꼈던 상반된 두 개의 감정의 망령이 되살아난 것이다. 근영은 술에 취해 멋대로 굴러다녔지만 조금도 흩어지지 않았다. 동운을 붙잡고 싶었으나 자신의 경솔함에 용기가 없었다. 그의 가슴에 언제나 못을 박았다. 동운 앞에서 준정 때문에 발광했던 모습. 동운의 언제나 차갑고 당돌한 위로, 의심과 후회가 묻어있지 않는 많은 질문. 신음아. 태평양 건너가거든 다시 돌아오지 말아라. 세 사람의 남녀가 공존하는 생활은 누구에게도 강요할 수 없어.

"어쩌죠. 당신의 신음이 제게서 떠나고 싶지 않다고 아우성치는데."

"무겁다 느껴지지 않으면 그냥 갖고 가세요."

그렇게 가버린 동운과 신음. 근영에게 내가 알고 있었음을 알릴 생각은 없다. 언제나 내게 멍청해야 한다. 그가 선택한 형벌이다. 지금까지 동운을 숨긴. 그의 곤혹스러움에 신음을 묻히겠다. 그의 고통에. 혜연에게서 떠나지 않을 근영이니까. 그를 보며 동운을 생각하고 살겠다. 이것이 그와 나의 삶이니까. 주일. 정리했겠지. 나의 모든 것으로부터. 소낙비라도 한 줌 뿌려주었으면 좋겠다. 찡그린 하늘을 보며 준혜는 문득 알몸으로 비를 맞고 싶다는 생각이 들었다. 시원할 거 같다. 어렸을 때 냇가에서 물놀이를 즐기면서 맞았던 소낙비의 감촉처럼.

동운 형, 준혜 씨의 결혼이 확정되었습니다. 참 대단한 구혼입니다. 당신의 모든 마음을 제게 주십시오 당신과 같이 생활하면서 속죄해야 할 일이 있습니다. 문득 형의 편지가 생각납니다. 김성민. 형의 상관이었고 우연이겠지만 준정 형 부대의 참모. 준정의 사고는 정말 우연이었을까요? 아니면 조작된 사고일까요? 준혜 씨는 영원히 모르는 것이 좋겠지요.

　근영은 편지를 찢어 버렸다. 새삼스러운 폭로가 무슨 소용이 있겠는가. 그는 내년 봄에 개최되는 전국 미술대전에 출품할 작품을 구상했다.

　매미 우는 소리가 들리지 않으면 가을이다. 지금부터 시작해도 촉박하다.

매미 우는 소리가 들리지 않으면 가을이다

초판 1쇄인쇄 2023년 5월 17일
초판 1쇄발행 2023년 5월 20일

저   자 민금애
발행인 박지연
발행처 도서출판 도화
등   록 2013년 11월 19일 제2013－000124호
주   소 서울시 송파구 중대로34길 9－3
전   화 02) 3012－1030
팩   스 02) 3012－1031
전자우편 dohwa1030@daum.net
인   쇄 유진보라

ISBN｜979－11－90526－88－3 *03810
정가 13,000원

도화道化, fool는
고정적인 질서에 대한 익살맞은 비판자,
고정화된 사고의 틀을 해체한다는 뜻입니다.